之美

谷崎润一郎
精品集

细雪

上

[日]谷崎润一郎 — 著

赵鹤 — 译

北京理工大学出版社

版权专有 侵权必究

图书在版编目（CIP）数据

细雪：上、下/(日)谷崎润一郎著；赵鹤译.—北京：北京理工大学出版社，2020.12
（阴翳之美：谷崎润一郎精品集）
ISBN 978-7-5682-9195-8

Ⅰ.①细… Ⅱ.①谷… ②赵… Ⅲ.①长篇小说—日本—现代 Ⅳ.①I313.15

中国版本图书馆CIP数据核字（2020）第211288号

出版发行 /	北京理工大学出版社有限责任公司
社　　址 /	北京市海淀区中关村南大街5号
邮　　编 /	100081
电　　话 /	（010）68914775（总编室）
	（010）82562903（教材售后服务热线）
	（010）68948351（其他图书服务热线）
网　　址 /	http://www.bitpress.com.cn
经　　销 /	全国各地新华书店
印　　刷 /	三河市金元印装有限公司
开　　本 /	880毫米×1230毫米　1/32
印　　张 /	22
字　　数 /	486千字
版　　次 /	2020年12月第1版　2020年12月第1次印刷
定　　价 /	199.00元（全5册）

责任编辑／李慧智
文案编辑／李慧智
责任校对／周瑞红
责任印制／施胜娟

图书出现印装质量问题，请拨打售后服务热线，本社负责调换

目 录
contents

上 卷 | 001

中 卷 | 193

下 卷 | 427

上 卷

XI XUE

一

"小妹，快来帮我……"

在镜子里看到从走廊进来的妙子时，幸子正自己往后颈涂粉。她把粉刷递给妙子，眼睛仍盯着镜中穿着无领长衬衣的自己，仿佛在欣赏他人容貌一般。"雪子在做什么呢？"她问。

"大概在看悦子弹琴吧！"

原来如此。她听到了楼下弹奏练习曲的声音，想着，一定是雪子刚打扮好自己，就被悦子拉去听她钢琴练习得怎么样的吧！平时，就算母亲不在家，只要雪子还在，悦子就会乖乖地待在家里。但今天母亲要和雪子、妙子一同外出，悦子心里不太高兴。雪子答应她，只要下午两点开始的演奏会结束，她就会先回家，肯定在晚饭之前回来。悦子这才不情愿地同意了。

"哎，小妹，又有个人来给雪子介绍对象了。"

"是吗……"

妙子拿着粉刷蘸了点儿香粉，给姐姐从后颈到肩膀都涂了一遍。姐姐并不驼背，但由于身材十分丰满，肩背也很厚实。幸子抹过香粉的肩背在秋日阳光下映出美丽的光泽，肌肤吹弹可破，看着完全不像三十多岁的女人。

"这个人是井谷介绍来的,只不过……"

"怎么了?"

"是个上班族,好像是MB化学工业公司的职员……"

"工资多少啊?"

"每个月一百七八十日元,加上津贴奖金的话,差不多每个月二百五十日元。"

"那个MB化学工业,听说是个法国公司。"

"是啊。……你知道的还挺多的嘛!"

"这种事当然知道了。"

妙子年纪最小,但在这种事情上,她比两个姐姐知道的都多。因此,在这一点上,她有点瞧不起对世事一窍不通的姐姐们。她对姐姐们说话的口气,也好像自己年龄更大。

"那家公司我没听说过——好像总部在巴黎,是一个资本雄厚的公司。"

"那家公司是不是在神户的海滨大道上有座大楼?"

"是的,听说他就在那里工作。"

"那个人会法语吗?"

"会。听说他从大阪外语学校法语系毕业后,去法国巴黎待了一段时间。本职工作之外他也去夜校当法语老师,每个月工资大概一百日元,两边加起来每个月收入能有三百五十日元。"

"他的财产呢?"

"财产倒是没什么。他母亲住在乡下的老房子里,他自己住在六甲的家里,再加上有块地皮,总共也就只有这些了——六甲的家也是

上 卷 | 003

分年支付买的新式小型住宅。别的没什么了。"

"虽说他财产不多，但不用交房租，每个月生活费差不多也有四百日元了。"

"这门亲事对雪子好不好呢？家累只有他母亲一个人，而且他母亲还住在乡下，不来神户。这个人虽然四十一岁了，但也是第一次结婚……"

"为什么四十一岁了还没结婚？"

"听说是一直在乎女方漂不漂亮才没能结婚的。"

"真是个怪人，得好好调查一下。"

"对方对雪子还挺有意思的呢。"

"雪姐照片已经给他了？"

幸子上面还有一个本家的姐姐，叫鹤子，所以，妙子从小就管幸子叫"二姐"、管雪子叫"雪姐"。本来应该叫"雪子姐"的，叫顺口就变成"雪姐"了。

"之前把照片给过井谷一张，她自作主张就把雪子的照片给男方了。对方看过之后好像还挺中意的。"

"没有男方的照片吗？"

楼下的琴声还在继续，幸子估计雪子一时半会儿还不会上来，就拿起口红，对着镜子噘着嘴，像亲嘴一样涂口红："在最上面一排右边的小抽屉里，你找找看。"

"应该有吧？"

"找到了。这张照片给雪姐看过了吗？"

"看过了。"

"她怎么说？"

"跟以前一样，其他的就说了'啊，是这个人啊'。什么都没说。小妹你怎么看？"

"看照片也不过这样嘛。不过也可能是个好男人吧！但怎么看都只是个上班族啊！"

"那不用说，肯定是这样的啊！"

"对雪姐来说有一点倒是挺好的——能让他教法语。"

幸子的妆化得差不多了，就解开印着"小槌屋绸缎庄"纸包上的带子，解到一半突然想起来：

"对了，我有点'缺B'了，小妹你下楼告诉他们给注射器消消毒。"

脚气可以说是阪神地区①的一种地方病了。可能是因为这个原因，他们家上到主人夫妇、下到今年上小学一年级的悦子，每天夏秋季节都会得脚气，已经养成注射维生素B的习惯了。最近他们甚至都不用去看医生，家中常备高效维生素注射剂，就算没什么病，家里人也会互相打针。谁身体要是有点不舒服了，就把原因归结为缺乏维生素B。不知道是谁开的头，碰到身体不舒服时，就说自己"缺B"了。

听到楼下钢琴声停了，妙子把照片放回抽屉里，跑到楼梯口，冲着楼下大声喊："喂！楼下有人吗？太太要打针了，来个人给注射器消毒！"

---

① 大阪、神户地区。

二

井谷是神户东洋饭店附近美容院的老板娘，幸子她们经常去那里。听说老板娘非常喜欢给人牵线搭桥，所以，幸子就拜托她给雪子介绍对象，也给了她雪子的照片。前几天幸子去做发型时，老板娘说："幸子，能陪我喝点茶吗？"在工作期间插空就把幸子约了出来，在酒店大堂里讨论了这件事。

"实在不好意思，当时没跟您商量。我怕磨磨蹭蹭地，容易耽误雪子小姐的人生大事，一个半月前，就自作主张地把您给我的照片给男方看了。之后对方没回信，我自己也就忘了这件事。看来，这段时间里，对方去调查了您家里的情况，您大阪老家、分家的情况，也去了解了雪子小姐本人的情况，好像还去了雪子小姐上过的女校，找到了教过她书道、茶道的老师。男方现在对您家里的情况一清二楚。在那次登报事件发生之后，还特意去报社调查了一下，知道是报道出了差错之后，也表示能够谅解。但在那之后，我还是劝他最好先和雪子小姐见个面，看看雪子小姐到底是不是能闹出那种新闻的姑娘。对方倒是很谦逊，说莳冈小姐和他身份地位不同，他这样身份卑微、薪水微薄的人，根本想不到会娶到这样的大家闺秀，小姐嫁过去也要跟着他受苦，他实在是难为情。话虽这么说，万一能和小姐成了有缘人，结了婚，那简直就是再幸运不过的了。所以他一直拜托我尽量来您这边说说媒。从我了解到的情况来看，男方那边从祖父开始，就在北陆某个小藩当家老[①]，现在藩里

[①] 幕府时代诸侯的家臣之长。

还有一部分宅第,在门当户对这一点上,也不是说完全配不上您家。您家世代住在这里,在大阪提到'莳冈'可谓无人不知无人不晓——不过说句不好听的,要是您家再这样端着过去的架子,到头来还是会耽误雪子小姐的人生大事。我看,要是对方条件还可以的话,还是将就将就吧!男方现在每个月工资确实不多,但人家才四十一岁,又不是说今后就不能升职加薪了。而且人家单位和日本公司还不一样,时间充裕得很,如果在夜校再多干点儿,一个月收入四百日元以上也不是问题,结婚之后应该也能雇得起女佣。我二弟跟他是中学同学,年轻的时候就认识他,跟我打包票说他人品可以。虽然我二弟这么说,不过你们最好自己也去查查男方家到底怎么样。听说这个人迟迟不结婚,都是因为挑剔女方的长相,这种说法还是可信的。这个人去过巴黎,又是四十多岁的人了,肯定不会完全没接触过女色。不过从我见他的感觉来看,这个人是个老老实实的上班族,完全没有拈花惹草的样子。在他这种老实人当中,不少人都看重女方的姿色。也许正因为他去过巴黎,所以才更想娶一个纯日本式的美人。娶来的妻子穿上洋装风格不搭也没关系,只要是窈窕淑女、举手投足优雅知性、和服穿着合体就行,脸当然要长得漂亮,但首先双手、双腿要好看。我觉得您家雪子小姐可以说非常符合他的这些条件了……"

井谷一边照料着因中风长期卧床的丈夫,一边经营着美容院,把一个弟弟培养成了医学博士,今年春天还把女儿送进了目白的大学。仅这些,就足以说明比起一般的女人,井谷的头脑不知灵活了多少倍,无论做什么都能很快地掌握要领。但与之相对的是,从做生意的角度来看,她还是欠缺了点什么。她说话很直,不会拐弯抹角,心里想到什么就会直接地都说出来。还好她说话并不恶毒，不过就是必要时的实话实说，没让人觉得反感。幸子最开始听到井谷连珠炮似的说个不停时，也觉得这个人怎么这么能说，后来在接触中，逐渐了解了她像男人似的直爽性格。而且井谷说话十分有条理、找不出破绽，从此，幸子慢慢开始佩服起井谷来了。听井谷说完，幸子表示会尽快和本家商量此事，这边也会尽可能地调查男方的情况，说完两人就分别了。

幸子大妹雪子迟迟没有结婚，不知不觉间已经到了三十岁，有人怀疑其中是否有什么难言之隐，但实际上并非如此。要说有什么重要原因，那只有一个，就是，无论是本家姐姐鹤子、幸子还是雪子本人，都放不下父亲晚年奢华的生活和"莳冈"家族曾经的盛名，也就是曾经家族兴旺发达时的排场，且一直执着于找到门当户对的结婚对象。最开始，源源不断地有人前来说媒，可她们总觉得来的这些人怎么都不太满意，一直拒绝，结果到最后引起了人们的反感，来说媒的人越来越少，家道也开始中落。所以，井谷说的"不要再想着过去了"，实在是为她们着想的忠告。莳冈家全盛时期也不过到大正年代[1]末期为止，现在也只剩下一部分大阪人还记得当时莳冈家的盛况了。不，再直截了当地说，在全盛时期的大正末年，由于父亲在生活和经营上都十分奢侈放纵，家境没法完全维持，家里各方面已经开始出现各种各样的破绽了。没过多久，父亲就去世了，家族营业规模也缩小了，此后又把旧幕时代[2]起就久负盛名的船场店铺转手给了别人。但很

---

[1] 即1912—1926年。
[2] 即德川幕府时期，1603—1867年。

长时间里，幸子和雪子都无法忘记父亲在世时的风光，每当路过曾经像仓库似的、现在已改造成大楼的老店时，二人总是不由自主地怀念起来，探身望向店铺昏暗的门帘。

父亲只有女儿没有儿子，晚年隐退后就把家业交给了女婿辰雄，次女幸子也嫁了出去。三女儿雪子婚姻不顺，差不多到了该结婚的时候，却没在父亲还在时喜结良缘，又和姐夫辰雄起了争执隔阂。辰雄是银行家的儿子，入赘前自己也在大阪某家银行里工作，接手家业后，家业依然是父亲和掌柜在打理。父亲去世后，辰雄不顾小姨子们和其他亲戚的反对，又把努努力或许还能坚持下去的船场店铺转让给了别人，那个人原先是莳冈家仆人的同业从业人员，辰雄自己又去做银行职员了。辰雄和热爱铺张奢华生活的岳父不同，知道自己老实、胆小怕事，不适合去重振自己不熟悉的家业，就选择了一条更加安全的道路。对于他本人来说，这正是他出于身为赘婿的责任感，他才选择了这条路。但雪子还留恋过去，对辰雄这个做法非常失望，她觉得去世的父亲想法一定和自己一样，九泉之下一定会责怪辰雄把家业拱手让人。正好这个时候——父亲死后不久，辰雄很热心地给雪子介绍了结婚对象。对方是丰桥市大资本家的嗣子，在当地银行里担当重任。由于辰雄工作的银行是那家银行的上级银行，所以他十分了解这个人的人格和财产状况。丰桥的三枝家家境无可挑剔，现在的莳冈家可以说是高攀人家了。对方本人也是一个堂堂正正的人物，辰雄和对方已经谈到了约男女双方见面的程度。然而雪子见到对方本人时，却总是看不上人家。说对方长得虽然不错，但怎么看都像个乡绅，虽然看着是个好人，但一点儿都不机灵。听说这个人中学毕业时得了一场病，没能升学，可能在学历和知识水平上没那么高，而雪子从女校读到英语专业，又以优异的成绩毕业。她担心两人之间这样的差距，将来可能让自己无法和这个人做到相敬如宾。而且，不管对方资产再怎么丰厚，能保证今后的生活，但丰桥这个地方毕竟只是个小城市，嫁过去可能也没法忍受这种小城市里生活的孤独。幸子比谁都同情、可怜雪子，说不能让雪子去受罪。但在辰雄看来，小姨子尽管学识优秀，但也有点儿过于循规蹈矩了，思想保守消极、沉迷日本趣味，适合在没什么竞争的乡下安稳度日，断定本人不会反对这件婚事。却没想到他判断错了。从这件事开始，辰雄才知道雪子虽然内向害羞，外人面前不爱说话，但实际上并不是如外表看上去那样是会忍气吞声的姑娘。

不过，雪子心里明确觉得"不行"，却又没尽早直截了当地说出来，直到最后，她也没跟辰雄和大姐说，只跟幸子说了这件事。也许是她觉得很难拒绝热心张罗这件事的辰雄，但这样一直不说也是她的坏毛病。结果辰雄误会了她，他一心认为雪子内心并没有拒绝，再加上对方也在和雪子见面后一见钟情，且恳求辰雄一定成全，就造成了现在没有退路的局面。在雪子表示"拒绝"后，不管辰雄和大姐怎么轮番上阵劝说，雪子最后都没同意。辰雄本以为这次能让九泉之下的父亲欣慰，没想到却带来了更大的失望。比这更麻烦的是，他以后都没脸面对对方和帮着撮合的银行上司了。一想到这些，他就不由得直冒冷汗——尤其是，要是有拒绝的正当理由也就算了，说什么"嫌弃对方看上去不够机灵"，嫌弃这种可能再也不会遇到的良缘，只能说雪子太任性了。往不好处想，也许雪子就是故意想让他难堪呢。

从那之后，辰雄不再过问雪子的终身大事。别人来说媒时倒是会颇有兴致地听听，但实际推进时则能躲则躲，再不积极插手、发表看法了。

三

雪子姻缘不顺还有一个重要原因，就是井谷所说的"登报事件"。

那是距今五六年前的事。当时二十岁的小妹妙子，和同在船场旧家的珠宝商、奥畑家的儿子陷入恋情，两人甚至离家私奔了。妙子想越过雪子先结婚，通过正常途径恐怕很难，于是两个年轻人就想出了一个非常手段。两个人动机倒是很认真、单纯的，但这样做，两家哪一方都不会同意，就算跑出去了也会马上被抓回来。本以为这件事就这么过去了，不巧的是被登在了大阪某家小报上。而且报纸上还把妙子的名字搞错了，写的是雪子的名字，年龄也是雪子的。当时，莳冈家为了保护雪子的名誉，想让报社撤下这篇报道，但这样做，就相当于从侧面承认是妙子干出来的事，恐怕会招致同样的后果，也不明智，不如就不理睬、不回应。当时，家主辰雄反复考虑，觉得不管犯错误的人怎么样，但无辜的人不能被连累，所以仍要求报社撤下这条新闻。然而，报社并没有把新闻撤下来，而是更正了新闻里的名字，把妙子的名字登出来了。虽说辰雄觉得事前该听听雪子的意见，但他也知道，雪子面对自己时沉默寡言，也没法从她那里得到明确的答复。再考虑到和小姨子们商量这件事，有可能会引起雪子和妙子之间的纠纷，她俩之间又有利益关系，所以辰雄就只和妻子鹤子说了这件事，说是他自己一个人想出来的主意，自己负责。说实话，他是想讨好雪子，为了给雪子洗清冤屈，牺牲妙子也没关系。对入赘的女婿辰雄来说，雪子看上去温顺，实则不好对付，这次事件也给了他取悦雪子的机会。但这次，他的希望又落空了，给雪子和妙子两个人都留下了不好的印象。雪子觉得，报纸搞错了名字是自己倒霉，就算更正了，也是被刊登在别人很难注意到的角落里，毫无作用，且再上一次报纸不过是徒增烦恼，不如就这么放着不管。她想："姐夫一心想还我清白，我很感激，但小妹又会怎么样呢？小妹做得确实不对，但毕竟还年轻，要追究责任，也应该追究双方家庭管教不力的责任。别说姐夫，就连我也不能说一点责任都没有。而且我一向认为，相信我的人，自然会相信我的清白，那点儿新闻也不会对我有多大伤害。相比带给我的影响，更重要的是，要是小妹因为这件事今后性格变得乖僻，甚至走上邪路，又该怎么办？姐夫做出来的事，道理上全对，但一点儿都没有人情味。我作为和这件事关系最大的人之一，这么大的事，竟然都不和我说一声，是不是太独断专行了？"妙子也认为，姐夫给雪子洗清冤屈是理所当然的，但除了改当事人名字之外，肯定有更好的方法吧？况且对方不过是家小报社，使点儿手段完全可以制服他们，结果，姐夫在这件事上又吝惜那几个钱，才成了现在这样——从那时起，妙子对辰雄的印象也更差了。

这件事发生时，辰雄以自己没脸见人为由，向上司提交了辞呈。上司劝他"不至于这样"，他才消停下来。但雪子因此受到的伤害却无法补偿。到底有几个人能注意到名字的更正，知道雪子是被冤枉的呢？她再怎么清白，全大阪也都知道了她妹妹这件事，作为姐姐，她再怎么自信，这件事也逐渐成了她一直没法结婚的原因之一了。雪子心里怎么想暂且不论，她面上是一副"那点儿事伤不到我"的样子，非但没和妙子产生隔阂，还在姐夫面前包庇她。之后两个人经常离开上本町九丁目的本家，来到位于阪急线芦屋川的分家——也就是幸子家。之前一直都是一个人来了、另一个人回去，交替轮换住在这里。但这件事发生之后，两个人一起住的次数逐渐频繁，一住就住半个多月。幸子的丈夫贞之助是一个会计，每天到位于大阪的事务所上班，用工资加上从岳父那里分得的财产来维持生活。贞之助和本家一贯严厉的辰雄不同，不像个商科大学的毕业生，更对文学感兴趣，经常写写和歌之类的东西。他也不像辰雄那样拥有家主的地位和权力，对雪子她们来说，贞之助在各个方面都不足以让她们害怕。不过，当她们在这里住的时间太长时，贞之助才会提醒幸子，她们"该回去一次了吧"，而幸子每次都说，姐姐会理解的，不用担心。现在本家的孩子也多了不少，家里地方不够，妹妹们经常在这儿住，也能让姐姐休息休息，就让她们暂时随着性子住在这里吧！时间一长，不知不觉间，大家就都对这种状态习以为常了。

几年过去了，雪子身上没出现什么变化，妙子的境遇倒是有了意想不到的发展。最后，妙子的境遇多少还是影响到了雪子的命运。妙子从读女校时就很擅长做人偶，有空时，就会用碎布随便做做。她的技术日益精湛，做出来的人偶甚至能摆上百货商店的货架。她做过法兰西风格的人偶，也做过纯日本式歌舞伎样式的人偶，其他风格的也做过不少。她做出来的人偶，无一不闪烁着别人难以企及的独创才能。此外，她的人偶也反映了她在电影、喜剧、美术、文学等方面的广泛兴趣。从她手里诞生的可爱的小艺术品，逐渐吸引了众多人偶爱好者的目光。去年，她还在幸子的鼎力支持下，借来心斋桥附近的某个画廊，举办了个人人偶作品展。最开始，由于本家孩子太多，过于吵闹，她就在幸子家制作。后来，她又希望能有一间专门用于工作的房间，就从幸子家搬出去，租了一间房，房子在离幸子家不到三十分钟路程、同一条电车线上的凤川松涛那里。本家姐夫辰雄不赞成妙子就这么成了个专业做人偶的职业女性，特别是不理解妙子竟然还在外边租房子住。这个时候，也是幸子帮着妙子说话——妙子的过去已经有了污点，比雪子更难找到好对象，让她做个什么工作也比闲着强。就算租了房子，也只是在那里工作，又不是在那里住。幸好幸子还有个朋友的遗孀在经营公寓，好好拜托她，请她帮忙在那儿租个房子也可以。而且房子的位置离幸子家很近，她也能时不时地去看看妙子。最后，幸子先斩后奏，让辰雄不得不接受妙子已经租了房子的事实。

妙子原先性格开朗大方，和雪子截然不同。她嘴里经常蹦出名言警句或是玩笑话，语出惊人。登报事件发生后，妙子一下子变得郁郁寡欢，每天心事重重。做人偶成了打开她新世界大门的钥匙，拯救了她，最近，又逐渐恢复以前开朗活泼的性格了。在这一点上，幸子的预见是正确的。每个月妙子都能从本家那里拿到一点零花钱，除此之外，做出来的人偶也卖得不错，经济自然变得宽裕了。她时不时地拎个令人惊诧的包，穿着像进口的漂亮鞋子。对此，姐姐鹤子和幸子有时候还是担心，劝她把钱存起来，但妙子根本不用她们提醒，还能记得把钱好好存着。她把邮政储蓄的存折拿出来给幸子看，还让幸子跟大姐保密。妙子甚至还说："姐要是零花钱不够，我借给你。"幸子听到也不禁瞠目结舌。有一天，幸子被人提醒："我看到您家小妹和奥畑家启少爷在凤川河堤上散步。"事实上，这段时间里，幸子还看到妙子从口袋里拿手帕时，不小心带出来了打火机，由此，她知道了妙子背地里开始吸烟，想着妙子现在也二十五六岁了，也没法管。把妙子本人叫来问，妙子很痛快地承认了。幸子不死心，接着往下问，妙子说她和启少爷早就不联系了，前几天办个展的时候他过来看了，还买了她最好的作品，所以就这么又开始来往了。不过他们真的只是单纯的来往，而且能见面的时候少之又少。她又和以前不一样，早就是个大人了，这点还请相信她。但幸子听完，就开始对妙子在外租房子一事感到不安，也觉得自己对本家也有责任。妙子的工作，说到底还是看她自己心情的，妙子自己也一直都是艺术家的性格。妙子的工作说是制作人偶，但也完全没有规律，并不是每天都在规规矩矩地工作。没有灵感，就连续休息好几天，有了灵感，就熬夜赶工，第二天肿着个脸回家。原先幸子他们还不让她在那里过夜，现在渐渐地也不那么严格要求了。而且，无论是在上本町的本家、芦屋的分家，还是凤川的公寓，妙子从来不会跟幸子说自己什么时候从哪里离开、去哪里。想到这里，幸子觉得自己是不是太糊涂了。有一天，幸子趁妙子不在，到妙子租住的公寓里去看，恰巧碰到了朋友，也就是公寓的女主人，她就装作不经意地问了个究竟。女主人说，妙子最近可不得了，有两三个弟子跟她一起学做人偶，都是太太和小姐之类的人物。而男人的话，就只有做箱子的工匠有时候来订货、交货，见不到别人。对于工作，妙子一开始就能马上进入状态，干到凌晨三四点都是常事。那时候也没有晚上能睡觉用的被褥,她就抽烟抽到天亮,等到第一班电车来了再回芦屋。幸子听女主人讲完,发现时间点都能对得上。幸子的房间之前只有六张榻榻米大小,参考书、杂志、缝纫机、碎布、其他各种材料、还没做完的作品,一股脑儿地堆在房间里,墙上用钉子钉了许多照片,看着就像艺术家的工作室。但妙子毕竟还是个年轻女性,在她工作的空间里,也能感受到斑斓的色彩,房间勤于打扫很干净,也好好整理过,烟灰缸里一个烟头也没有。幸子还看了抽屉和信夹子,没发现任何值得怀疑的地方。

  实际上,幸子还怀疑会不会在这里发现什么证据,来的时候还很担心,现在看到妙子没有异样就放心了。她庆幸自己来看了一趟,反而比之前更信任妙子了。就这么过了一两个月,幸子都快把这件事忘了。有一天妙子不在公寓,去了凤川,奥畑突然来了,说"想看望一下太太"。经营船场店铺时期,两家就离得很近,幸子对他并不陌生,两人还是打过照面的。奥畑见到幸子,就说什么突然来访实在失礼,但有一件事还是要特地过来请求幸子的原谅。之后又说:"前几年的事我们的做法太过激了,但我们绝对不是一时兴起。虽然后来我们被强行拆散,但我和小妹("小妹"就是"小女儿",在大阪用来称呼家里最小的女儿。当时奥畑称妙子为"小妹",管幸子叫"姐姐")之间已经有过约定,我们等多少年都愿意,直到双方家长兄姐同意为止。我家家父家兄最开始误会小妹了,以为她是什么不良少女,但现在看到她是个充满艺术才华的正经姑娘,也知道了我们俩的恋爱是正常的,现在看来,似乎不会再反对我们结婚了。我从妙子那里也听说了雪子姐还没有定下姻缘,我们想着,要是您这边定下来了，也许您家里也会同意我们结婚的。我们商量过后，我才来拜托您的。我们不着急，能耐心地等到合适的时候。只是希望您能知道，我们已经定下了婚约，也希望您能信任我们。今后还请您帮我们在本家姐夫姐姐那里多多美言，要是能成全我们，我们真的感激不尽。我们知道，您是最能理解我们的，也是最同情小妹的，所以才冒昧地向您提出这样任性的请求。"奥畑啰啰嗦嗦地说了一大堆，幸子听完也只表示自己知道了，没表示自己到底答没答应，就打发他回去了。要是真像他说的那样，幸子也不是完全想象不到，也没有感到多意外。说实话，这两个人都上过一次报纸了，最好的办法就是让他俩结婚。本家姐夫和姐姐应该也是这么考虑的。但想到这件事可能给雪子带来心理影响，幸子才想尽量把这个问题往后推推。这天，把奥畑送走之后，幸子和往常闲着时一样，一个人坐在客厅钢琴前，随便翻翻谱子弹弹琴。这个时候，妙子估算着时间从凤川回来了，一脸若无其事的样子。幸子停下弹琴，说：

"小妹，刚才奥畑家的启少爷来过了。"

"是吗？"

"我知道你们的事了——但现在啥都别说，交给我就行。"

"嗯。"

"要是现在就说的话，雪子可太可怜了。"

"嗯。"

"明白了吧，小妹？"

妙子看上去很难为情，但强迫自己保持面无表情的样子"嗯、嗯"地答应着幸子。

四

最开始,幸子对包括雪子在内的任何人,都没有讲妙子和奥畑最近交往的事。有一天,这两个人又去散步,从夙川走到香栌园,途中横穿阪神国道时,不巧正碰上了从大阪国营公交车上下来的雪子。雪子什么都没说。过了半个月,妙子才跟幸子讲了这件事。要是再不说的话,雪子可能更会误会妙子,所以,幸子跟雪子讲了之前奥畑家启少爷来拜访的事。幸子说,雪子定下姻缘之后再处理妙子他们的事也不着急,但不管怎样还是要让这两个人结婚。那个时候,也需要麻烦雪子一起求求情,取得本家的谅解——幸子一边讲,一边观察着雪子的脸色和反应。但雪子安静地听完了幸子的解释,丝毫没有一点异样的表现。雪子听完,表示:"只是为了保证先后顺序,就把这两个人的婚事延期,我觉得大可不必。我就算在他们之后结婚也没关系,对我没什么打击,我更不会放弃找到好姻缘的希望。我有种预感,自己拥有幸福的日子马上就要到了。"既没有讽刺,也没有对自己在妹妹之后结婚表示惋惜,雪子整个人都表现得风平浪静。

不过,不管当事人怎么想,结婚这件事还是必须遵循姐妹的大小顺序。要是妙子那边已经快定下来了要结婚,那雪子的婚事现在也必须加紧张罗起来了。但除了上面提到的原因,雪子婚期不得不延后的原因还有一个,就是她是在未年[①]出生的。一般来说,关东地区只忌讳在丙午年出生的,并不会嫌弃未年出生的人,因此东京人对这一习俗

[①] 1907年,即丁未年。

可能会觉得很诧异；但在关西地区，传说未年出生的女性命运不好，姻缘难找，特别是商人，非常忌讳娶一个未年出生的女子做妻子。甚至还有句谚语："未年女子莫站门前。"大阪自古以来就是商人的聚居地，很早就有这个风俗。就连本家的姐姐也常说，也许雪子耽误了婚事也是由于这个原因呢。一来二去，姐夫和姐姐也明白了，在这件事上，不能一味地坚持对男方那么苛刻的条件。最开始，家里说我们女方是第一次结婚，所以男方也必须要是第一次结婚才行；然后又说男方是二婚也行，只要没有孩子就可以；后来又说男方二婚有孩子也不是不可以，但不能超过两个；最后，征婚条件已经低到了"男方年龄比二姐夫贞之助大一两岁都行，看着不显老就可以"。只要姐夫和姐姐对这些条件达成一致，雪子自己对这些条件都没意见，表示嫁到哪里都行。只不过要是有了孩子，最好是个可爱的女孩子，这样雪子自己看着，也能好好疼爱孩子。嫁个四十多岁的丈夫，已经能看出来男方这辈子也就这样了，不指望他还能再怎样升职加薪。而且自己也很有可能将来要守寡，就算不求有什么万贯家财，至少晚年生活要有保障。从那以后，本家和分家都把这条作为重要事项，加进了征婚条件中。

井谷也是在这个时候来说媒的。男方的条件基本上和上面提到的差不多，只是没有财产这点不符。但人家才四十一岁，比贞之助还要年轻一两岁，还不至于将来完全没有进一步发展的希望。比姐夫年长没关系，不过自不必说，还是小一点的更好。而且这个人最合适的一点就是，他自己也是第一次结婚。本来大家已经快不要求男方是不是第一次结婚了，而这个人竟然符合这一点，令大家喜出望外，觉得可能以后再想找，也未必能找到这样的人了。总之，其他条件虽然还有点儿欠缺，但男方是第一次结婚这点就足够弥补了。而且，虽然这个人是拿工资的上班族，但毕竟学过法语、去过法国，多少了解点儿法国的美术、文学和文化等，幸子觉得这一点雪子也许会喜欢。不了解雪子的人可能会认为，雪子一是个只喜欢日本趣味的大小姐，但那只是服装、体态、动作、语言给人带来的表面印象，实际上，雪子自己未必就是外人看到的那个样子。现在，雪子也在学习法语，在音乐方面，比起日本音乐，雪子对西洋音乐的理解反而更深刻。幸子曾经偷偷查过MB化学工业公司，到处打听姓濑越的这个人，在他公司之外也做了各种调查，无论从哪方面，都听不到别人对他的负面评价。幸子觉得没人说他坏话，也许能成就一段好姻缘呢，就准备过几天回本家和大家商量一下。不过大约一周之前，井谷就突然坐出租车来到芦屋的家里，催着问前几天说过的这个人，觉得怎么样，还带来了对方的照片。井谷和往常一样，连珠炮似的说了一大堆，幸子觉得回答她"这边正准备和本家商量这事"未免太拖沓，就说："我也觉得这会成就一段良缘。现在本家正在调查对方的情况，大约一周后就能给您答复。"井谷听了，马上回答："这事还是越早办完越好。如果您家里那边觉得可以，还是要尽快操办起来。濑越先生那边每天都给我打电话，催我'对方还没考虑好吗'，说不如让我把他的照片给您送过来看看，顺便打探一下您这边的意见。那么一周之后，请您务必给我答复。"不过五分钟时间，井谷就快速地说完了这件事，上了等在旁边的出租车，又马上回去了。

　　幸子无论做什么都是关西风格，是个慢性子，况且这还是关乎女人一生的人生大事,像赶工作似的处理过于粗鲁了。但井谷一直火急火燎地催着,慢性子的幸子难得第二天就去了上本町,和姐姐讲了这件事,还说了对方着急等回复。然而姐姐比幸子还要慢性子,且在这件事上十分慎重。姐姐虽然觉得这也不是什么坏事,但还是要和丈夫商量一下,可以的话请信用调查所调查一下,之后再派人到他老家进行进一步了解,说完成这么一套流程就需要一段时间了。本家都已经这么说了,要把这些事都办完,一个星期肯定来不及,怎么也得一个月。幸子觉得,得想办法跟井谷拖延一下时间。昨天正好过了约定好的一周,又有一辆出租车停在家门口,一看就知道是井谷来了。幸子一下子就慌了,赶紧跟井谷解释说:"昨天我赶紧回本家又问了一下,本家对这件事基本上没什么异议,但还有没调查到的点,希望能再给我们四五天的时间调查清楚。"幸子还没说完,井谷就抢了话:"基本上没什么异议的话,那就之后再细致调查吧!总之,先让这俩人见个面怎么样?不用搞得特别正式,我请你们双方一起吃个晚饭,要是您本家那边来不了,您夫妻俩能来就行。男方特别希望能和咱们这边见面。"一点儿都没有留下推辞的余地。在井谷看来,这对姐妹有点太骄傲了,别人一直在为她们的事热心奔走,她们自己倒是慢慢悠悠的,一点儿都不着急。真不知道她们自己到底是怎么想的,不就是因为这个才让婚事一拖再拖吗?必须得让她们醒醒,看清现实,因此她说话就更咄咄逼人了。幸子好像也隐隐约约地感受到了这一点,问到底定在哪天见面。井谷回答说:"虽然可能会挺仓促的,但明天我和濑越先生都有空,就明天吧!"幸子又说:"我明天有个约可能不行……"井谷回道:"那就先定在后天吧!后天我直接过来,明天中午再打电话跟您确认一下。"这样,幸子总算把井谷打发走了。

"喂,小妹——"

幸子对长衬衣外面披上的衣服好像不太满意,就脱下来放到一边,准备打开另一个包装纸。这时,楼下刚停下不久的钢琴声又响起来了,幸子好像又想起了什么。

"实际上这件事我也挺为难的。"

"什么事啊?"

"今天出门之前得给井谷打个电话。"

"为什么?"

"昨天她又来了,说想今天安排两人见面。"

"她一直都是这样。"

"说不是什么正式见面,只是大家一起吃个饭,别太拘谨。还说我们一定得答应她。我昨天说我今天没空,她就说那就明天再见面,我也没法推辞。"

"本家那边怎么说?"

"姐姐在电话里说,如果要去的话就我们跟着去,要是本家这边都去了的话就没有退路了——井谷也说我们跟着去就行了。"

"雪姐怎么说?"

"哎,她啊……"

"她不乐意吗?"

"倒没说不乐意,不过……哎,昨天井谷来了就说要今天明天见面,雪子也不愿意被人这么轻率地对待。虽然她没跟我明说,但她也表示说再调查一下后再见面不行吗。我怎么劝都没用。"

"那怎么跟井谷交代啊?"

"是啊,怎么跟她交代啊……要是找不出信得过的理由,她肯定会刨根问底的……这件事不管结果怎么样,要是把她惹急了,以后要再想找她介绍对象就难了……哎,小妹,今天、明天不去就不去了,你再去劝劝她,就说四五天之内去见一面。"

"我去劝倒是可以,但雪姐已经明确这么说了,估计很难'劝得通'。"

"不,兴许还有希望——这次是催得太急了,雪子才不高兴,但她对男方这个人好像还没到讨厌的份儿上。我觉得,你要是去好好说说,也许她就答应了呢。"

雪子拉开隔门,从走廊走进来。幸子心想刚才说的话估计被她听到了,赶紧闭嘴不再讲话。

五

"二姐,你要系这条腰带去吗?"雪子看见妙子站在幸子身后给她系腰带,就问,"这条腰带——啊,上次去钢琴演奏会时也是系的这条吧?"

"嗯,是系这条去的。"

"那天我就坐在你旁边,你这条腰带是袋式的,你呼吸的时候腰带就一直在吱吱响。"

"真的假的？我都没注意。"

"声音不大，反正就是一呼一吸它就会'吱吱'地响，听着让人不太舒服。这条腰带不适合去音乐会的时候系啊。"

"那怎么办，系哪条呢……"

妙子打开衣橱，拉出来几个纸盒摆了一地，一个一个拆开，选出了一条水涡花纹的腰带。"那就系这条吧？"

"系这条合适吗？"

"合适合适——就系这条吧！"

雪子和妙子已经先收拾好自己了，幸子还在打扮。妙子像哄孩子似的，一边说一边拿着腰带走到姐姐身后。幸子终于收拾好自己了，再次坐到镜子前面。

"不行！"幸子突然大叫一声。

"这条也不行！"

"为什么？"

"什么为什么，你好好听听——你听，我一这样它就吱吱响。"幸子说完，故意大口呼吸几下，让她们都听听腰带发出的声音。

"真的是在响呢。"

"青草挂露水花纹的那条怎么样？"

"我也不知道怎么样——小妹，你去给我找找那条腰带。"

三个人里面只有妙子一个人穿了正装，她到处翻翻找找，在散落一地的包装纸中找到了那条腰带。之后她又转到姐姐的身后系腰带，幸子单手按住太鼓结，站着呼吸了两三次。

"这次好像好了。"

她嘴里衔着带扣，又把衔着的带扣拿下来，穿过太鼓结收紧。幸子再次呼吸时，腰带又响了起来。

"怎么回事？系这条也响了啊。"

"真的呢，哦呵呵呵呵呵。"

幸子的腰带一跟着呼吸的节奏响起来，三个人就笑得前仰后合。

雪子说："啊哈哈哈哈哈，不能系这种腰带，袋式腰带不行啊。"

"不，不是袋式腰带的原因，是腰带材质的问题。"

"是吗？但最近的袋式腰带都是用这种布料做的啊。这种布料，再加上做成袋子的样子，肯定会吱吱响的吧？"

"明白了，二姐。我明白了。"

妙子一边回应，一边抽出另一条腰带。

"系这条怎么样？我觉得这条应该不会有声音了。"

"这不都是袋式腰带吗？"

"哎，你先按我说的试试。我知道它为什么会响了。"

"已经过了一点了啊，再不快点儿就来不及了。今天的这种演奏会，正经演奏的时间估计会很短。"

"但不是雪姐自己说腰带不行吗？"

"是我说的没错。好不容易去听一次，要是腰带一直响着也不是回事啊。"

"啊啊忙死我了！来来回回系了又解解了又系，我都忙出汗了。"

"你别说了，我才是又忙又累呢。"

妙子在幸子身后跪下,一边说话一边使劲儿系上腰带。

"就在这里打针吗?"

阿春走了进来,手中端着一个盆,盆里装着消过毒的注射器、维生素药盒、酒精瓶、脱脂棉、创可贴等物品。

"雪子拜托你了,快来打针。"

幸子对雪子说完,又冲着准备出去的阿春的背影喊:"啊,然后你再去叫辆汽车,让车十分钟以后过来。"

几乎每次都是雪子来给家里人打针。她技术纯熟,麻利地用锉刀切开装维生素的瓶颈,把里面的液体吸出来。幸子站在镜子前面,妙子往她身上的太鼓结里塞好衬垫,雪子就握住幸子的左手,把袖子撸到肩膀的位置,用酒精棉擦了擦胳膊,熟练地把针头插进了幸子的胳膊里。

"啊,疼。"

"今天可能确实会有点儿疼,没那么多时间慢慢地把针插进去。"

一瞬间,房间里就充满了强烈的维生素B的气味。雪子给幸子贴好创可贴,轻轻拍了几下,又揉了揉。

"我也好了。"妙子说。

"系这条腰带要配哪个带扣才好呢?"

"那个就行,快点儿,快点儿——"

"你那么着急干什么,你越催我越着急,事越乱,我就什么都搞不清楚了。"

"这个怎么样?二姐你呼吸几下试试。"

"嗯,真的——"被妙子这么一说,幸子做了好几次深呼吸,"真的,这样就没有声音了——小妹,这是为什么呢?"

"之前的腰带都太新了,才'吱吱'地响。这条已经旧了才没有声音。"

"真的啊,真是因为这个啊。"

"你也稍微动点儿脑子啊。"

"夫人您的电话,是井谷女士打来的——"阿春跑到走廊里喊。

"啊,完了,我忘了给她打电话了。"

"喂,车好像也快来了。"

"怎么办,怎么办?"

幸子鼻子"哼哼"出声,雪子就像对待别人的事一样,就这么看着。

"喂,雪子,怎么跟她讲啊?"

"怎么说都行。"

"但要是不能跟她好好解释的话,她肯定不会放过我们的。"

"那你看着办吧!"

"总之,那就是明天先把这事放一放。"

"嗯。"

"这样行吧?"

"嗯。"

幸子站着,雪子低着头坐在那里,幸子似乎怎么都没法看清雪子脸上的表情。

六

"悦子,咱们出去一下。"

雪子出门前,往西式房间里看了一眼,看见悦子正在和小女佣阿花玩过家家游戏。

"你要好好在家待着哦。"

"二姨记得给我带东西回来哦。"

"当然记得。不就是之前你看中的厨房过家家玩具吗?"

悦子只管幸子在本家的大姐叫"大姨",管幸子两个年轻点儿的妹妹分别叫"二姨""小姨"。

"二姨,一定要在傍晚前回来哦。"

"嗯,一定回来。"

"一定回来啊。"

"一定。你妈妈和小姨去神户,你爸爸在那边等着她们一起吃晚饭,二姨回来之后和你一起在家吃。学校留作业了吗?"

"留了作文。"

"那你玩得差不多就行了。赶紧把作文写完,我回来给你看看。"

"二姨、小姨,再见!"

悦子把她们送到家门口,穿着拖鞋就下了土间[①],蹦蹦跳跳地走上

[①] 即素土地面房间,三合土地面,指屋内没有铺地板的地面或只是三合土铺面的地方。

石板路，追着两个姨妈直到大门口。

"二姨，您一定要回来，不要骗我！"

"你都说好几遍了，我知道了。"

"要是不回来悦子就生气了，知道了吗，二姨？"

"哎呀你好烦，知道啦，知道啦！"

雪子虽然这么说，但还是为悦子喜欢自己感到高兴。不知道为什么，这个孩子在她妈妈出门时，从来不这么追到门口，但雪子要出去的时候，她总会缠着雪子，要雪子答应各种各样的条件。雪子自己也知道，她讨厌住在上本町的本家而总是过来芦屋，主要是因为她和大姐夫关系不好，在姐妹中也只和二姐关系最好。但最近，她似乎也意识到，比起前两个理由，对悦子的喜爱才是更重要的原因。自从意识到这点后，雪子就越来越喜欢悦子了。不知道什么时候，她也听本家姐姐曾经抱怨说"雪子只喜欢幸子的孩子，一点儿都不喜欢本家的孩子"，搞得她也不知道该怎么回答才好。不过说实话，雪子好像确实更喜欢悦子这个年龄段的、像悦子这样的女孩子。本家孩子太多，不过女孩子只有一个，今年才两岁，其他的都是男孩子，没有一个能像悦子那样让雪子那么喜欢。雪子年幼的时候母亲就去世了，父亲也在十年前去世，她自己在本家和分家之间来来往往，没有定居之所，就算明天嫁到别的什么地方，也没什么可留恋的。但要是结婚了的话，要是见不到最亲近的幸子，不，幸子还是能见得到的，但想见到悦子就很难了。就算见到了，见到的也不是曾经的悦子了——自己倾注了那么多爱、给了她那么大的影响，可悦子将来会一点点地忘了她，成了让她觉得陌生的悦子——想到这里，雪子就开始羡慕幸子，作为悦子的母亲，能独占这个少女的爱慕，她觉得有点儿委屈。她提出结婚对象的条件"要是二婚就一定要有一个可爱的女儿"，也正是出于这个原因。即使嫁到了符合条件的人家，有了比悦子更可爱的女孩子，她也不可能像现在这样爱悦子一样，去爱这个孩子。想到这里，就算婚期一再延后，雪子也不像别人以为的那样孤单寂寞。与其勉强自己嫁给一个并不中意的人，不如一直留在家里，帮着承担幸子作为母亲的职责，这也能将自己从孤独中拯救出来。

说实话，雪子和悦子关系如此融洽，也许其中也有幸子的功劳。就算是在芦屋的家里，原先是雪子和妙子共用一个房间，妙子开始把那间房当作工作室之后，幸子就让雪子和悦子同住一间房。悦子的房间在二楼，有六张榻榻米大小，榻榻米上摆了一张儿童用的木床。之前一直都有一个女佣，晚上在床下打地铺陪悦子睡觉。从那之后，雪子就代替了女佣，在折叠床的床垫上加两块木棉垫子，垫到和悦子的床差不多高，睡在悦子旁边。从那时候起，悦子生病时的照顾、课业复习、钢琴陪练、准备带到学校的便当和点心等事项就从幸子移交到了雪子手里。其中一个原因，就是在各种事情上，雪子要比幸子更加能够胜任。光从表面上看，悦子的气色和肌肉看上去都很健康，但实际上，她的体质和她母亲一样，抵抗力很差，经常不是淋巴肿胀，就是得了扁桃体炎。她还总是发高烧，一发烧就要通宵陪护两三天，需要人给她换冰袋和湿毛巾。在这些事上，只有雪子能完全胜任。本来在姐妹三个中，雪子看上去是身体最弱的，四肢也和悦子的差不多粗细，看着像得了肺病一样。这或许也是她嫁不出去的原因之一。然而，雪子在姐妹三个中抵抗力最强，有时候，全家都陆陆续续得了流感，只有她安然无恙，至今没生过什么大病。在这点上，看上去最健康的幸子反而和悦子一样，弱不禁风，稍微连续几天照顾生病的悦子，结果自己也跟着病倒了，反而给其他人添了无谓的麻烦。原因就是，幸子成长于莳冈家的鼎盛时期，集去世的父亲的宠爱于一身。现在，她的孩子都已经七岁了，可她自己有时候都还像个孩子，身心都没什么韧性，动不动就被两个妹妹责备。就因为她是个这样的人，不只是照顾生病的孩子，只要是养育孩子的事情，她都非常不适合，还经常跟悦子争吵。所以，别人都说幸子把雪子当作家庭教师对待，不愿意放雪子走，雪子才会一直找不到好对象，就算有，也因为幸子在旁边捣乱而搞黄了。传言一个传一个，越传越远，连本家的人都知道了。本家的姐姐倒还不至于误会幸子，但背后还是会说，幸子都把雪子当成宝贝了，不愿意让她回来。贞之助也很在意这一点，说雪子虽然住在这里可以，但是插进自己家三个人里面，感觉不太舒服，要不让她离悦子远一点？不然悦子今后疏远母亲更亲近雪子就麻烦了。幸子听完，觉得这不过是贞之助想太多了，悦子还是个孩子，虽然喜欢黏着雪子，但她心里还是最爱自己的。"她明白到了什么重要场合还得找我，也知道雪子早晚也得嫁给别人。正因为雪子在，我才省下了很多照看孩子的工夫，她帮了我很大的忙。但这种情况，最多只会持续到雪子嫁出去为止。比起这个，更重要的是，雪子那么喜欢照顾孩子，把悦子交给她，也能让她暂时忘掉不能及时嫁出去的痛苦。小妹还有做人偶的工作，也有收入（似乎还有个秘密交往的对象），雪子什么都没有，往极端了说，她连个容身之所都没有，我自己觉得她太可怜了，所以才愿意让悦子作为雪子的'玩具'抚慰她的孤独。"

不知道雪子到底有没有理解幸子的良苦用心。实际上，悦子生病的时候，就连母亲和护士都没有像雪子这么全身心投入地照顾她。悦子在家，必须有一个人留下照顾时，雪子就会担当起照顾悦子的重任，让幸子夫妇和妙子安心出去。所以像今天这样的周日，以前都是不会把悦子单独留在家里的，但今天她们姐妹三个都被邀请到阪急线御影的桑山宅里听雷奥·希罗达的演奏会。要是别的聚会，雪子就乐于放弃聚会选择在家，但听钢琴演奏就一定要去了。演奏会结束之后，幸子和妙子约定去与在马远足的贞之助会合，定好了在神户吃晚饭，雪子则选择放弃一起吃晚饭，先行回家了。

七

"喂，二姐还没好吗——"

两个人刚才就在门口等着了，幸子却还没出来。

"快到两点啦！"妙子走到司机已经打开的车门前。

"这电话打得可真是长啊。"

"还没挂电话啊？"

"估计是想挂也没法挂，挺着急的吧！"雪子像不关自己的事一样，觉得这件事挺可笑的，"悦子，跟妈妈说一下——电话差不多就得了，快点出来！"

"我们要不先上车吧，雪姐？"妙子把手搭上车门，而雪子依然礼仪端正。

"再等等吧！"之后继续默不作声。妙子也没办法，只能站在车门前。看到悦子跑进屋里，为了不让司机听见，悄悄地说："我听说井谷那件事了。"

"是吗？"

"照片也给我看了。"

"是吗？"

"雪姐怎么想？"

"光看照片也不知道啊。"

"是啊，那就见个面看看？"

"……"

"来都来了就见一面吧，要是说不见的话二姐也很为难啊。"

"那你说，有什么非急着现在就要见的理由吗？"

"哎，二姐说你肯定得这么说，不过……"

"啪嗒啪嗒"的脚步声传来，"啊，我忘带手绢了，谁来帮我拿一下？我的手绢！手绢！"

幸子一边整理露出来的长衬衫一边飞奔向门口。

"久等了。"

"你这通电话的时间可真长啊。"

"是啊，我都不知道该怎么挂掉……不过最后总算是完事了。"

"哎，行了行了，过一会儿再听你说。"

"快上车！"

雪子刚说完，妙子就催她们。

从幸子家到芦屋川车站有七八百米远，像今天这样赶时间的话就坐车去，要不就慢慢地散步过去。有一条路和阪急电车线路平行，靠山，当地人称之为"水道路"。偶尔天气好了，姐妹三人就穿着正式服装，款款地走在这条路上，十分引人注目。附近的居民，没有不眼熟她们长相的，但知道她们三个真实年龄的人倒是很少。幸子生了悦子这么大的女儿，应该不难猜到年龄，但她看上去最多不过二十七八岁。雪子还没结婚，看上去也就是二十三四岁。妙子更是被认为是十七八岁的少女。因此，雪子她们总是被叫作"小姐""姑娘"，她们自己听着很可笑，但谁都没觉得有什么奇怪的。而且，三个人着装华丽，和她们的脸蛋很相称。倒不是说衣服华丽才显得年轻，而是她们的脸庞和身体姿态都还很年轻，只有华丽的衣裳才衬得上。贞之助去年和三姐妹加上悦子一起去锦带桥一带赏花，三个人并排站在桥上拍了照，那时候他咏的和歌是：

佳丽三姐妹，亭亭玉立锦带上，花般倩影留。

姐妹三人并不像其他姐妹那样只有长相像，而是各有特点，互相衬托，交相辉映。但另一方面，三人又确实有相通之处，别人一看就知道是漂亮的三姐妹。首先从身高上看，幸子最高，其次是雪子、妙子，按顺序递减。三人一起走在路上时，就是一道亮丽的风景线，衣裳、饰品、气质各不相同。在气质上，雪子最有日本传统风格，妙子最有西洋气质，幸子介于两者之间。在长相上，脸圆、五官分明、身材丰满、肌肉匀称的是妙子，雪子则正好相反，脸型细长，是三人中最清瘦的，幸子则将二人的长处融于一体。在服装上，妙子穿的基本上都是西洋服装，雪子一直穿着和服，幸子则是夏天主要穿西洋服装，其他时候穿和服。要论相似之处，幸子和妙子长得像父亲，属于同一类，相貌明朗。而雪子与她们不同，从面上看就很清冷寂寞。但让人想不到的是，她更适合穿绉绸做的、染上图画的华丽的贵族侍女风格和服，而不适合东京风格的素雅条纹服装。

她们去音乐会时就会盛装打扮，今天还是应邀拜访私人宅邸，不用说，她们一定会更加精心打扮。在这个秋高气爽的晴天，三姐妹从车上下来、走上阪急电车站台时，在场的所有人都把目光投向了她们。因为是周日下午，去往神户的电车中没什么人。当她们依次并排坐下时，雪子注意到对面坐着的中学生腼腆地低下了头，脸上浮现了两朵像要烧起来的红晕。

八

悦子玩够了过家家游戏，就叫阿花把作业从二楼房间里拿过来，在西式房间里开始写作文。

这座房子里大部分都是和式房间，只有食堂和客厅之间相连的两间房是西式房间。家人团聚和接待来访客人都在西式房间里进行，一家人一天的大部分时间都在这里度过。客厅里摆放着钢琴、收音机和留声机，冬天在壁炉里烧柴火，寒冷的时候大家更会聚在这里，自然成了家里最热闹的地方。悦子白天也很少待在二楼自己的房间里,而是待在这边,楼下访客盈门或自己生病卧床时除外。她二楼的房间是和式房间,但里面摆放了西洋家具,同时作为卧室和学习的房间。但悦子无论是在学习时还是在玩过家家游戏时,都喜欢到客厅去,总是把学习用品和玩过家家游戏的玩具散落一地,导致每次突然有客人来访时,都会搞得手忙脚乱的。

傍晚,大门门铃响了,悦子放下手中的铅笔跑到门口迎接。雪子拎着包走进客厅,包里装着答应给悦子买的东西,悦子自己也跟在她身后,说:"不准看!"说着慌慌张张地把作业本倒扣在桌子上,"给我看看你买的东西!"悦子直接把那个包拉到自己面前,把里面的玩具拿出来一一摆放在沙发上。

"谢谢二姨!"

"是这个吧?"

"对,就是这个,谢谢!"

"作文写完了吗?"

"不行——不行——"悦子把作业本从桌子上拿起来,紧紧地抱在胸前,跑到了房间另一头。"不让看是有理由的。"

"什么理由啊?"

"嘻嘻嘻嘻嘻——这里可是写了二姨的事呢。"

"写了就写了,赶紧给我看看。"

"之后——之后再让你看。现在不行。"

悦子说作文题目是《兔子的耳朵》,里面写了点儿二姨的事。现在还不好意思给二姨看,说等今晚她睡觉之后二姨再慢慢看,要是有写错的地方就改过来,她明天早上也早点儿起来,在去学校之前再重新抄写一遍。

雪子知道幸子他们晚饭之后肯定要去看场电影什么的,回来得肯定很晚,吃完晚饭之后就和悦子一起泡了澡,八点半左右回到了二楼卧室里。悦子虽然还是小孩子,但不太容易睡着,上了床之后二三十分钟内都非常兴奋,一直在讲话,所以让她安安静静地睡着也是雪子的"工作"之一。雪子经常让悦子躺下,一边和她聊天,一边自己也睡着了。有时候就这么睡到第二天早上,有时候只是睡了一会儿。为了不吵醒悦子,自己悄悄起来,在睡衣外面套上和服外套,悄悄下楼和幸子她们喝茶聊天。有时候贞之助也加入进来,端来奶酪和白葡萄酒之类的东西,一起就着喝上一杯。雪子偶尔会肩膀酸疼,今天晚上疼得更厉害。她想着幸子他们还没回来还有时间,正好趁着这段时间把悦子的作文看完。听着悦子睡得正香的呼吸声,雪子便拿起枕边台灯下放着的作业本,翻开来看:

兔子的耳朵

我养了只兔子。这只兔子是有个人说"送给小姐"后送来的。

因为我家有了狗和猫,所以就把兔子放在了大门里。我每天早上去上学时,一定会抱抱那只兔子,摸摸它。

这是上周四的事情。早上去上学,出大门时,我看到兔子一只耳朵竖了起来,另一只耳朵耷拉着。我说:"哎呀,好奇怪,把另一只耳朵也竖起来!"但兔子好像没听到似的。我又说"那我帮你竖起来",伸手把另一只耳朵竖起来,但当我放开手时,那只耳朵马上又耷拉下来了。我跟二姨说:"二姨,请帮我把兔子的耳朵竖起来。"二姨就用脚夹起了兔子耷拉着的那只耳朵,让它竖起来。然而,二姨把脚放下时,兔子的那只耳朵马上又耷拉下来了。二姨说着"真是奇怪的耳朵呢",就笑了起来。

雪子看完,慌忙把"二姨就用脚夹起了兔子耷拉着的……"中的"用脚"两字用铅笔划掉了。

悦子在学校里很擅长写作文,这篇文章也写得很好。雪子自己也查了字典,只是把"奇怪的""倒下""不知道的样子"几处假名改正过来,没有发现其他错误的地方。唯一比较难改的,就是如何处理"用脚"这两个字。她把"二姨用脚"到"倒下去"这段改成如下文字:

……二姨也夹着兔子的耳朵,那只耳朵就竖起来了,但一旦二姨放开了那只耳朵,它又立刻耷拉下去。……

虽然最简单的办法就是把"用脚"改成"用手",但实际上,当时雪子确实是用脚夹起来的。考虑到不应该教孩子说谎,雪子采取了模糊的写法,于是改成了上述样子。她一想到要是在自己不知道的时候,作文就被悦子拿到学校交给老师了,心里就慌了一下。不过,再想到这种事都能被悦子写进作文中,她就又一个人笑了起来。

以下是"用脚"的由来。

芦屋家里的院子和邻居家的院子是相连的。半年前，邻居家搬来了一家德国人，姓舒尔茨。两家院子仅用粗铁丝网相隔。悦子很快就见到并认识了舒尔茨家的孩子们。最开始他们隔着铁丝网像动物一样互相嗅着，没过几天，双方就穿过铁丝网来来回回地互相拜访了。那家德国人有三个孩子，最大的是叫佩特的男孩儿，其次是叫罗斯玛丽的女孩儿，最小的是叫弗里茨的男孩儿。老大佩特看上去大概十岁或十一岁，罗斯玛丽和悦子看着正好同年，但西方的孩子看上去会比实际年龄稍微大一些，所以罗斯玛丽的实际年龄可能要比悦子小一两岁。兄妹三人中，悦子和罗斯玛丽关系最好，每天从学校放学回来，都会叫她一起到院子里的草坪上玩耍。罗斯玛丽开始叫悦子"悦子、悦子"，后来好像被谁提醒了，称呼马上就改成"悦子小姐、悦子小姐"了。悦子叫罗斯玛丽时，则和父母兄弟叫她时一样，叫她"露米小姐、露米小姐"。

舒尔茨家有一条德国短毛猎犬和一只欧罗巴种的纯黑猫。此外，后院还有一个他们自己做的箱子，里面饲养了安哥拉兔。悦子自己家里也养了狗和猫，所以对猫猫狗狗并不觉得稀奇，但她很少见到兔子，所以经常和罗斯玛丽一起给兔子喂食、拎着兔子的耳朵、抱起兔子等。最后，她自己也想养兔子了，一直缠着她妈妈给她买一只。幸子觉得养动物可以，但养从来没养过的动物，要是养死了也太可怜了。本来养狗狗约翰和猫咪小铃就够麻烦了，再加上一只兔子，就更麻烦了。首先，为了不让约翰和小铃咬死兔子，得找个地方圈养起来，但家里又没有合适的地方，所以幸子一直在犹豫，要不要同意悦子养兔子。这个时候,一个经常来清扫烟囱的男人带来一只兔子,说是给悦子小姐的。而且这只兔子不是安哥拉兔,是一只毛色雪白的非常漂亮的兔子。悦子和妈妈商量后,为了把兔子和猫狗隔离开,门口土间是最安全的,就决定在那里养兔子了。但兔子一直都只睁着通红的眼睛,就算别人对它说话也完全没有反应,和猫狗完全不同,大人们都觉得很有意思。而且,兔子不像猫狗那样通人性,让人感受到,这是和人类仿佛毫无关系的、经常惊慌失措的奇妙的存在。

悦子写进作文中的就是这只兔子。雪子每天早上叫悦子起床,照顾她吃早饭,确保书包里没有忘记东西后送她上学,回来后又钻进被窝,让身子暖和起来。那天,已经到了深秋季节,早上寒气沁肤,雪子在睡衣外面套上纺绸的长袍,只穿着袜子,连袜扣都没扣就把悦子送到大门口,就看到了悦子执着地想把兔子的另一只耳朵竖起来的情景。但无论悦子怎么努力,兔子的耳朵就是竖不起来,所以悦子才说"二姨,你来试试"。雪子为了不让悦子上学迟到,就想快点儿帮她把兔子的耳朵竖起来,但又不想用手碰那软乎乎的东西,于是,她就把穿着袜子的脚抬起来,大脚趾夹起了兔子的耳朵。不过,雪子刚把脚放下,兔子的那只耳朵就立刻又耷拉下来了。

"二姨,为什么这里不行?"悦子早上看到了修改过后的作文,问雪子。

"不行啊,悦子,不写'用脚'也可以的呀。"

"但你不就是用脚夹起来的吗?"

"那是因为我不想用手碰它——"

"嗯。"悦子这么答应着,但还是一脸的迷惑不解,"那把理由写上去不就行了吗？"

"话是这么说，但这么奇怪的动作怎么往上写呢？老师看到了，不会觉得二姨是什么举止奇怪的人吗？"

"嗯。"悦子好像还是一副没完全理解的样子。

九

"明天要是不方便的话，十六号好像是个吉日，那就定在十六号怎么样？"幸子前几天接电话时井谷就这么说，她只能先答应下来。幸子花了整整两天来劝说，好不容易才得到雪子一句"那就去看一下吧"。而且，她还加了个条件，要求井谷必须遵从之前约好的，只是招待双方吃饭，不能有强制相亲的感觉。当天晚上六点在东洋饭店，出席者中，主人这方是井谷、她的二弟及大阪铁屋国分商店职员村上房次郎夫妇——房次郎是濑越的老朋友，这次也帮忙牵了线，是今晚吃饭不能少的人物。濑越那边只有他一个人来，有点孤单，但现在又不适合把近亲从故乡叫来，还好濑越老乡中有一位叫五十岚的长辈，在房次郎工作的国分商店担任常务，房次郎就拜托他过来作陪。女方这边，则是贞之助夫妇加上雪子，主客双方加起来一共八人出席。

前一天，幸子为了出席当天要做头发，就和雪子两个人一起到井谷的美容院里去了。她自己只是想做个发型，就让雪子先去，自己等老板叫号码。这时候井谷抽空走了过来。

"我说，"她小声说着，弯下腰来，靠近幸子的脸，"我说，实际上是对夫人您有个请求。"

井谷说着，把嘴靠近幸子耳边。

"这样的事情，我想我不说您当然也明白，明天请您务必穿得尽量朴素一些。"

"嗯，这个我明白。"

幸子还没说完，井谷就接着抢话说：

"但您不能穿得仅仅朴素一点点。真的，请您往最朴素里打扮。我知道雪子小姐当然非常漂亮，但不知道为什么，感觉她脸型比较长，看上去是清冷寂寞那类的。她和您站在一起，就显得她有点不占优势了。而您的长相又属于非常明艳的那种，就算不怎么打扮，也容易吸引别人的目光。所以请您明天无论如何都要打扮得显老十岁、十五岁，请雪子小姐明天尽量精心打扮得出众一些。不然，就会因为您陪着她出席，挺好的姻缘就又要告吹了。"

幸子不是第一次听到别人这么提醒她了。到现在为止，她曾经陪雪子相过几次亲，经常被说"姐姐看上去很有活力、很现代，妹妹就有点儿内向阴郁了""姐姐看着又年轻又有感染力，对妹妹的长相倒是没留下什么印象"等，甚至还有人说"本家大姐陪着就行，分家的姐姐就不要陪着了"。每次被人这么说时，幸子都会为雪子极力辩解，说这些人根本不懂得欣赏雪子的美。的确，她自己长得很明艳、很现代，但现在长成这种风格的人很多，到处都能找到。夸自己妹妹可能有点奇怪，但说到以前那种居于深闺的大家闺秀，长得不都是像雪子这样的吗？要是不能欣赏雪子的美貌，别说非她不娶了，她都不能让妹妹嫁给他。但事实上，幸子心里仍有难以抑制的优越感，但只有在丈夫贞之助面前，才会稍微有点儿骄傲地说："我要是陪雪子相亲，反倒是耽误她了。"贞之助也说："那就我陪她去吧！你可别去了。"还给幸子看看化妆和着装合不合适，说："不行，还是不行。得再朴素点，要不别人又说你抢了你妹妹的风头了。"但幸子明显能看到，贞之助内心对有一个如此漂亮的妻子而扬扬自得。因此，幸子也有一两次没陪雪子去相亲。但在大多数情况下，幸子作为本家姐姐的代表不得不出席。雪子也常说，二姐要是不陪着去就不去，到了那个时候，幸子也只能努力往朴素低调里打扮。但幸子日常生活中的服装、饰品大多数都是华丽风格的，再朴素也有限度，"还是不够朴素。"还是会有人这么说她。

"……嗯，好，我一直被大家这么说，心里清楚。您也不用再强调了，我明天一定会打扮得非常朴素了再去……"

待客厅里只有幸子一个人，外面谁都听不到她们的谈话。但用来隔开旁边房间的帘子卷起来了，雪子就在那个房间里，头上罩着烫头发的罩子，通过镜子的反射，她也能清楚地看到那边的幸子和井谷。井谷以为雪子头上罩着罩子，肯定听不到她们谈话，但雪子能清清楚楚地看到两个人谈话的情景。虽然听不到她们在说什么，但雪子的眼睛一直直勾勾地向上盯着她们，幸子有点儿担心雪子会不会通过看口型推测出她们在聊什么。

当天下午三点左右，雪子在姐妹俩的帮助下开始化妆，贞之助也提前从事务所下班回来，化妆间里挤满了人。贞之助对和服的花纹、配饰、发型等都很有兴趣，也喜欢看女人们穿着打扮，但他过来的另一个原因就是三姐妹没有时间观念，每次都耽误事情，今天约在了晚上六点，所以他也是来监督她们不要迟到的。

悦子从学校放学回到家，就把书包往客厅一扔，上楼大喊："听说今天二姨要去相亲？"

幸子惊了，镜子里雪子的脸色立刻就变了。幸子若无其事地问："这件事你听谁说的？"

"今天早上听阿春说的啊——是吗，二姨？"

"不是。"幸子说。

"今天妈妈和二姨被井谷阿姨叫去东洋饭店吃饭。"

"那爸爸为啥也去呢？"

"因为也叫了你爸爸啊。"

"悦子，你先下楼。"雪子对着镜子说。

"下楼把阿春叫来。悦子你就不用上来了。"

以前雪子让悦子走开时，悦子从来不听她的话，这次悦子好像察觉到了雪子的语气和平常不太一样，"嗯。"

悦子答应着就出去了。不一会儿，阿春小心翼翼地拉开隔扇门，双手撑着门槛。她似乎已经从悦子那里听到了什么，脸色也变了。这期间，贞之助和妙子看形势不对也赶紧溜走了。

"您有什么吩咐——"

"阿春，你为什么要跟小姐讲今天的事？"

幸子不记得今天的事和女佣们说过，特别是本来就不应该让她们知道的，结果却走漏了风声，成了现在这种状况。在雪子面前，幸子觉得自己有责任当面质问阿春。

"喂，阿春丫头……"

"……"

阿春低着头，战战兢兢地说："我错了。"

"你什么时候跟小姐说的？"

"是今天早上。"

"你怎么想的？"

"……"

阿春不过是个刚十八岁的小姑娘，从十五岁开始到这里做女佣，现在是"上女佣"，在内宅伺候，几乎被当作一家人了。当然，叫她阿春丫头也不完全是这个原因，最开始只是觉得叫得顺口，就在她名字后面加了个"丫头"。（悦子经常叫她"阿春姐"，有时候也把敬称去掉，直接叫"阿春"）后来，每一天，悦子上学、放学都必须穿过交通事故多发的阪神国道，必须有一个人来接送她上下学，这个重任就交给了阿春。幸子又问了很多问题，才知道她是今天早上送悦子上学时说的。阿春平常明明是个能说会道的女孩子，现在被批评后就像打了霜的茄子一样默不作声，旁人看着反倒是有点儿可笑。

"哎呀，我啊，之前在你们面前打电话时可能也没太注意。但你们既然已经听到了我打电话的内容，就更应该明白今天不是什么相亲会，只不过是亲戚朋友聚会而已。而且，就算是真有什么事，不是也分能说的和不能说的吗？这件事之后能怎么样八字还没一撇呢，怎么就能跟小孩子说呢？你什么时候来我们家的？又不是说昨天、今天才来的，这点儿事应该清楚的吧！"

"不光是今天这一件事。"雪子也开始讲话了,"你一直都多嘴多舌的,不该说的事也总是说出去,这毛病得改啊。"

不知道她俩轮番上阵说的话阿春有没有听进去,她一直低着头跪在那里一动不动,就算跟她说了"行了,你出去吧",她还像死人一样一动不动,直到再三催赶,她才用几乎听不到的声音道歉后站起来出去了。

"总是批评她这个坏毛病,她还是不改。"幸子观察着还没息怒的雪子的脸色,说,"果然是我太不小心了。打电话的时候本来能说的不那么明白,没想到竟然就被她们听到了,听到之后还告诉了孩子……"

"不光是电话,之前我们在阿春面前商量过好几次相亲的事,我一直都挺担心的。"

"还有这种事?我都不知道。"

"都好几次了。我们正说着话呢,她就进来了,然后我们就都停下了,等她出去之后再说。但她那时候还在门外,我们说话声很大,我觉得她十有八九是听见了的。"

她所说的,是前几天有几次在悦子睡着以后,过了晚上十点,贞之助、幸子、雪子,有时候妙子也在,在客厅商量今天相亲的事,阿春时不时地从餐厅端来饮料之类的东西进客厅。餐厅和客厅用三扇拉门隔开,门与门之间都有能插进手指的缝隙,在餐厅也能听见客厅的谈话声。更别说已经是半夜三更夜深人静时了,更应该小声交谈,但实际上好像谁都没注意到这一点。可能也只有雪子意识到了这一点,但她也不用留到现在再说啊,明明当时提醒一下就好了,雪子本身说话声音就小,当时也没人注意到她到底有没有特意压低声音讲话。她要是沉默着不说出来,别人也不可能明白。是啊,阿春那种到处乱讲的是让人很困扰,但像雪子这样一天讲不了几句话的也差不多。而且,幸子注意到,雪子一直在用敬语讲"大声交谈"的事,不由得认为雪子是不是专门对贞之助说的,而且当时没说,也许就是在给贞之助留面子。实际上,那时候贞之助的声音特别高亢,在那种情况下是最容易被人听到的。

"雪子你当时既然注意到了,那个时候直接说出来就好了啊。"

"唉,我希望以后不要再在这帮人面前提这种事了。我不是讨厌去相亲……但她们要是知道了,肯定觉得我就算去了也是吹了,我心里好难受……"

雪子说着,忽然有了鼻音,从镜子里看,脸上一滴泪珠缓缓流了下来。

"话是这么说,但到现在为止,你从来都没有被对方拒绝过。喂,雪子你知道的,每次相亲后都是对方来求我们结婚的,是我们没看中才没结成的。"

"但在那帮人看来就不是这样了。这次要是还不行,她们肯定觉得我又被对方拒绝了,就算不这么想,也肯定会把这件事传出去……所以……"

"哎,行了,行了。这件事到此为止吧!都怪我们不好、不小心,以后肯定按你说的做。妆没花吧?"

幸子想靠近雪子给她补妆,但转念一想,现在马上就这么做,雪子可能会流更多的眼泪,就放弃了。

十

贞之助逃进别的书房,看到过了四点,他们还没梳妆打扮完毕,他开始担心会不会迟到。忽然,他听见院子里八角金盘叶子枯萎后的啪嗒声,好像有什么东西落在叶子上了。他靠着桌子,伸手拉开眼前的窗户,看到外面刚刚还是晴天,现在就开始下小雨了,雨滴连成细线敲着屋檐。

"喂,下雨啦。"

贞之助跑进主房间,还在楼梯上时就大喊起来,匆匆忙忙走进化妆间。

"真的,下雨了啊。"幸子也望向窗外,"不过是阵雨,过一会儿就会停,肯定的。看得到天空中蓝的地方吧?"

幸子还在说着,就看见窗外的屋檐瓦片一整面都湿了,不一会儿就变成了瓢泼大雨。

"要是还没订车的话现在就得去叫。告诉司机五点十五分左右过来。下雨的话我就穿西服了,藏青色的那件可以吧?"

每到下骤雨的时候,芦屋地区的汽车就供不应求。虽然在贞之助的提醒下,她们打电话订了车,但当三个人都已经收拾好了,五点十五分、五点二十分了车也没来,雨下得更大了。就算给所有的汽车公司打电话,对方也回复说今天是吉日有好几十对结婚的,再加上下大雨,只要有车回来马上就派来。今天他们本来打算坐车直接到神户,五点半出门的话六点正好赶得上,但现在已经过了五点半了,贞之助开始坐不住了,想着在井谷来催之前必须得去主动解释一下,就给东洋饭店打了电话。对方说这边的客人都已经到齐了。没过一会儿,差五分钟就六点了,车终于来了。瓢泼大雨中,司机打着伞小跑着把他们一个一个送上车,幸子的领子上沾了点儿冰凉的雨,上了车才放下心来。同时,她又想起雪子去相亲,上一次、再上一次,都是下雨天。

"啊,迟到了三十分钟。"

贞之助看到在寄存外套处迎接的井谷,还没打招呼就先道了歉。

"今天是个吉日,结婚的人又很多,再加上突然下雨,没有车过来……"

"可不是嘛,我在来的路上看到了好几辆婚车。"井谷说着,在幸子和雪子去寄存外套时,给贞之助使了个眼色,把他叫到一边,"哎,您过来一下——"

"我现在就带着你们去见濑越那边的人……嗯,在那之前想先问您一下,莳冈家已经调查好了吗?"

"啊,实际上是这样的,我们已经调查完濑越先生本人了,没有什么可挑剔的地方,我们非常高兴,现在本家已经派人去调查他家乡那边了。……不过大体情况我们也了解了,听说基本上没有什么问题,只是我们拜托某一方面做的调查报告还没有收到,您能再给我们一周时间吗?"

"啊,这样啊……"

"您一直在其中前前后后也忙来忙去,是我们这边耽误事了,实在是不好意思。我们本家那边动作比较慢……但我一直都非常理解您的热心。这次您给雪子介绍的对象,我也非常满意。现在要是再拘泥于从前,这件事可能以后就只能一直耽搁下去了。我一直极力地劝她们,只要对方本人是个不错的人,之后再稍微调查一下,差不多就可以了。看今天晚上的情况,如果两个当事人没有什么意见的话,这次应该就能成了。"

贞之助因为已经提前和幸子统一口径了,所以说得滴水不漏,但其实后半段话讲出了他自己的心声。

时间已经很晚了,在大厅里大家互相简单介绍之后,八个人就一起乘电梯来到二楼的小宴会厅。餐桌两端分别坐着井谷和五十岚,两边一边坐着濑越、房次郎夫人、房次郎,另一边则是雪子面对着濑越,然后是幸子、贞之助。昨天幸子在美容院和井谷讨论座位顺序时,原本定的是濑越坐在一边、左右分别坐着房次郎夫妇,雪子坐在另一边、左右分别坐着贞之助夫妇。而后来在幸子的提议下改成了现在这个顺序。

"大家好,我很荣幸能来为各位作陪。"五十岚看准时机,一边舀汤一边开始他的致辞,"本来,我和濑越君是老乡,正如大家所见,在年龄上我确实比他大很多,也并没有和他在同一所学校读书。硬要说我们有缘,是因为我们俩住在同一个镇上,两家住得也很近。因此,今天能列于诸位作陪,荣幸之至,也感到非常不安。说句实话,今天我来到这里,是被村上君勉强拉过来的。这个村上啊,真的是……他姐姐井谷夫人是个比男人还要能言善辩的人,他自己的口才也毫不逊色。他跟我说,不答应参加今天这样如此有意义的宴会到底算什么呢?这种场合一定要有一位老人参加,我要是不来的话,今天这个聚会可能会哪里出现差错。所以，就看在我秃了头的份儿上，我不想来也得来。"

"啊哈哈哈哈哈，不过常务先生啊，"房次郎笑着说，"您嘴上是这么说，但您今天来出席这次宴会，心情也一定很好吧！"

"不，今天这个宴会上不要叫我'常务'。忘了生意的事，今晚咱们都好好吃一顿。"

幸子想起她还是个女孩子时，船场莳冈家的店里也有这样一个秃头掌柜。现在，大部分的大商店都改组成了股份公司，"掌柜"也升格成了"常务"，从穿和服改穿西装，从说船场方言改说东京标准语了。但他们的气质和心情，与其说是公司的重要领导人物，不如说还是到处可见的商店里的店员，就像以前那种点头哈腰、阿谀奉承的掌柜和伙计。井谷今晚让这位老先生出席，也是出于这种考虑，是为了不让宴会冷场。

濑越笑着听着五十岚和房次郎两人之间的对话。他外表看着与贞之助和幸子她们看到的照片差不多，本人比照片里还要更年轻一点儿，看着也就三十七八岁。他五官端正，但还缺一点儿魅力，给人感觉比较淳朴木讷，正像妙子当初说的那样，有一张"平凡"的脸。他的身材、身高、胖瘦、穿的西装系的领带等，无一不透露出平凡的气息，完全不像在巴黎待过的样子，但也不让人讨厌，是那种老实的公司职员。

贞之助觉得濑越给人的第一印象还是可以的。

"濑越先生在巴黎待了几年呢？"

"待了整整两年，但已经是很久以前的事了——"

"那是什么时候呢?"

"已经是十五六年前了,刚毕业不久的时候去的。"

"那您是一毕业就直接进了这家公司吗?"

"不是不是,是回国后才进的现在的公司。去法国的时候很迷茫,没有目标——实际上那时候我父亲去世了,虽然也不算有多少遗产,但至少我还能有点钱自由支配,所以就带着这些钱出国了。哎,要是硬说有什么目的,不过就是想再提高一下自己的法语水平,要是在那边找个工作就更好了,但这些想法都还很模糊。结果哪个目的都没达到,最后变成了完全的法国漫游。"

"濑越君毕竟也不是一般人。"房次郎在旁边补充了几句,"大多数人去了巴黎就不愿意回来了,但濑越君到了巴黎就对它印象幻灭了,得了严重的思乡病才回来的。"

"欸,那是因为什么呀?"

"到底因为什么我自己也说不清楚,总之就是现实和最开始的期待差距太大了吧!"

"去了巴黎,反倒是知道了日本的好,就回来了——这绝不是什么坏事啊。所以,濑越君才更喜欢纯日本式的小姐吧?"

五十岚调笑着濑越,又迅速地把目光扫向坐在餐桌这边角落里的害羞地低下了头的雪子。

"不过,回国之后就在现在这家公司工作,法语一定说得更好了吧?"贞之助问。

"法语也没怎么提高。虽然公司是法国的公司,但里面的人大部分都是日本人,只有公司高层的两三个人是法国人。"

"那也就是说,在公司里说法语的机会不多吗?"

"唉,只有在法国邮船公司的船进入港口时才有机会说一说。商业信函倒是一直由我来写。"

"雪子小姐,现在也在学习法语吗?"井谷问。

"是的……姐姐一直在学,我是陪她学的……"

"老师是哪国人呢?日本人?还是法国人?"

"是法国人……"

雪子说到一半,幸子就抢过话头说:"……是一个日本人的夫人。"

雪子平时在人面前就很少说话,这种场合更是说不出来话,连用东京标准语说敬语都不能流畅地说出来,说到最后就口齿不清了,自然显得结句暧昧不清了。就算是幸子来讲这些拗口的句末表达,也很难字正腔圆地说完,不过她能很好地利用她自己的大阪口音,让人听着不刺耳,在任何时候都能自然地说完。

"那位夫人会讲日语吗?"濑越认真地注视着雪子问道。

"嗯,最开始还不会说,后来渐渐地就能说了,现在说得很流利了……"

"这对我们反倒不好。"幸子又接着说,"我们约好了,学习的时候绝对不能说日语,但还是坚持不到最后,不知不觉就又开始说日语了……"

"我在旁边房间里也听过她们学法语,结果三个人几乎一直在说日语。"

"啊,才不是这样呢!"幸子一不留神就对着丈夫脱口而出了大阪方言，"我们也说了法语啊，只不过你没听见罢了。"

"嗯，也有这个可能。偶尔也会说说法语，只不过一直都在用像虫子一样小的声音说话，隔壁房间才听不见。你们这么下去再怎么学也肯定学不好，反正你们太太、小姐学外语在哪儿都一样吧！"

"哟！你这话说的！不过，我们也不光学法语，还学怎么做法式料理、怎么做点心还有毛线的编织方法什么的，说日语的时候就在讲这些东西。之前你吃的章鱼料理很满意，不是还说让她再教我们多做几道菜吗？"

夫妻两个来来回回，像是餐后余兴节目，大家听到都笑了起来。

"您刚才说的那道章鱼料理，是怎么做的呢？"房次郎夫人接着问。幸子就介绍了一下，章鱼和西红柿一起煮，再加一点儿大蒜调味，就成了一道法式料理了。

十一

幸子看到濑越不管别人给他倒多少酒，都能一饮而尽，想他酒量肯定了得。房次郎像是酒量不太好的人。五十岚的耳根也红了，每当服务员给他倒酒时他都说"不行了，我真的不行了"。濑越和贞之助酒量倒是不相上下，喝了那么多酒脸色依然一如既往，也没有喝醉撒酒疯。不过，听井谷说，濑越并不是每天晚上都要喝酒的那种人，但又不讨厌酒，只要有机会就会喝很多，幸子觉得这也不一定就是坏事。之所以这么说,是因为幸子姐妹母亲早逝,父亲晚年时每天都由她们陪侍着用餐,所以,以本家姐姐鹤子为首,大家多多少少都能喝一点儿。而且,女婿辰雄、贞之助也都是晚饭时要喝点儿酒的人,所以幸子觉得,完全不喝酒的人反倒没什么意思。但喝完酒撒酒疯的人除外,多少能喝一点儿酒的丈夫就好。雪子虽然没提出过这种要求,但幸子努力站在雪子的立场去推测,觉得雪子也应该和她想的一样。而且,像雪子这种有了什么念头就藏在心里不说出来的人,如果不能时常陪丈夫喝点儿酒,可能心情会更加抑郁。而丈夫如果娶了这样的妻子,要是妻子不陪他喝酒,丈夫心中的郁闷恐怕也很难消解。幸子一想到今后雪子嫁给不能喝酒的丈夫,过着这样的生活,她自己也感到非常寂寞,也可怜雪子。所以今天晚上,幸子不想让雪子过于沉默。

"雪子,稍微喝一点儿吧……"幸子小声说着,用眼神示意着自己面前斟满白葡萄酒的酒杯,并稍微喝了一小口给她看。

"喂,给旁边这位也倒点儿葡萄酒……"幸子如此吩咐侍者。

雪子偷偷看到濑越喝酒的样子,自己也被带动得想喝酒了。她趁着别人看不到时也会喝上几口。她的袜子被雨淋湿了,脚尖的部分还没有干,不太舒服,酒劲儿也开始上头,但怎么也没有醺醺然的感觉。

从刚才开始,濑越就装作没看见:"雪子小姐喜欢白葡萄酒吗?"

雪子笑着掩饰过去,低下头。

"嗯,大概能喝一两杯。"幸子回答。

"濑越先生好像很能喝的样子呢。您酒量大约有多少呢？"

"嗯……要是喝起来的话，能喝两三斤。"

"喝醉了之后能表演什么节目吗？"五十岚问。

"我一向没什么爱好，不过会比平常话多。"

"那蒔冈家的小姐呢？"

"小姐会弹钢琴。"井谷回答。

"蒔冈家的姐妹们，都很喜欢西洋音乐。"

"不，也不完全是……"幸子说，"……小的时候学过古琴，这段时间又想捡起来。说到这个，最近我最小的妹妹开始学习山村舞蹈了，有更多的机会接触到古琴和当地民歌。"

"啊，小妹在学舞蹈吗？"

"嗯，她看着洋气，但现在，小时候的那些爱好又一点儿点儿回来了。正如您知道的那样，我小妹妹一向聪明，舞跳得相当好。也许是因为从小就开始学了吧！"

"我也不太懂那些专业的东西，但山村舞蹈确实是很不错的。什么都学东京也不是好事，像那种乡土艺术才是更应该发扬光大的……"

"啊，对对，这么说来我们的常务先生——不，五十岚先生——"房次郎挠着头说，"五十岚先生特别擅长歌泽[①]，练了不知道多少年了。"

"但说到学那种东西，"贞之助说，"要是能达到五十岚先生这

[①] 江户时代后期的短小歌谣。

种水平倒还好。不过听说最开始学的时候就想唱给谁听,最后都不由自主地跑到茶楼妓院了是吗?"

"对对,确实是这样,日本音乐的缺点就在于不能在家里唱——不过我是个例外,我完全没有让女人迷恋的决心,也不是为这个才学的。这一点我可真是个铁石心肠的人。是吧,村上君?"

"是啊,我们可不就是卖铁的嘛。"

"啊哈哈哈哈……对了,我又想起来一件事,得跟在座的女士们请教一下。大家身上都带着一个叫粉盒的东西——里面装着的粉,只不过是普通的香粉吧?"

"是的,都是普通的香粉……"井谷回答,"这有什么好问的。"

"实际上呢,大约一周前的某一天,我坐阪急电车时,上风方向的邻座坐着一位盛装打扮的女士,从手包里拿出粉盒,就这样——在鼻头上'啪啪'扑粉,这时候我连着打了两三个喷嚏。这是怎么回事?"

"啊哈哈哈哈,那是因为那个时候五十岚先生的鼻子出了什么问题吧?我们也不知道到底是不是香粉的原因。"

"是啊,要是只有一次的话我也是这么想的,但之前有一次也是这样,这回是第二次了。"

"啊,那这是真的。"幸子说。

"我在电车上打开香粉盒,有两三次旁边的人都打了喷嚏。依我的经验来看,越是高级的香粉越会是这样。"

"哈哈,要是这么说的话果然就是这样。不,最近这回碰上的不是您，不过之前那回还真的说不准就是您呢。"

"真的，兴许真的是我呢。那个时候真是不好意思了。"

"我还是第一次听说这种事……"房次郎夫人说，"那下次我要带上尽可能高级的香粉去试试。"

"不是跟你开玩笑，这要是流行起来就麻烦了。我倒是希望，今后女士们坐电车的时候，要是下风向有人的话，就不要用香粉了。莳冈家夫人刚刚道过歉了就算了，上次那位女士看我接二连三地打喷嚏，竟然若无其事的样子，真是奇怪！"

"对了，我的小妹妹说，看到电车里男人西服领子里露出了黑色的马毛，就想跟人家结婚了。"

"啊哈哈哈哈哈！"

"啊哈哈哈哈哈！"

"我还记得我小时候，要是棉袄里的棉絮露出来了，是真想把它都扯出来啊。"井谷说。

"看得出来，人类就是有这种本能啊。喝醉了就能去按别人家门铃，其实车站站台上都写了'禁止按铃'，这样反倒更想去按了，所以得注意尽量别靠近，是吧？"

"啊啊，今天真是笑个不停啊。"

井谷吐出一口气，餐后的水果送上来了，她依然意犹未尽。

"莳冈家的夫人，"她对着幸子说，"说点别的。夫人您有这种感觉吗？最近年轻的太太，不对，您还是那么年轻，我是说比您小几岁，两三年前结婚的，二十多岁的太太——怎么说呢，无论是在经济上还是育儿上，都讲究科学方法，很多人也很聪明，是真的让我感受到时代不同了。"

"啊,真就是像您说的这样呢。女校的教育方法和我们那个时候差异太大了,看到现在年轻的太太们,连我都感受到时代变了。"

"我侄女小时候就离开乡下来我这里了,在我的监督下从神户的女校毕业了。她最近结婚了,房子买在了阪神香栌园,丈夫在大阪某家公司工作,月薪九十日元,其他还有点儿奖金什么的。房租每个月三十日元,都是家里补贴,把这些收入都加起来,每个月差不多一百五六十日元。我开始还有点儿担心她每个月该怎么生活呢,实际去看了之后才发现,每个月月末,她丈夫都拿着九十日元工资回家,然后她立刻就拿出来几个信封,上面分别写着'煤气费''电费''服装费''零花钱'等,把钱分别装进各个信封里,来安排下个月的生活。我看着觉得这日子过得挺紧的,但他们留我吃晚饭,想不到还能有那么好的菜。还有室内装饰,看着也不是那么寒酸,一看就知道是好好考虑过的。在钱上她真的很精明。前几天我们俩一起去大阪时,我让她去买电车票,把我的钱包给了她,她买了回数券①,剩下的钱就自己留下了。我是真的佩服啊。我竟然还去监督她、担心她,真是没必要,我自己都觉得不好意思。"

"真是,比起现在的年轻人,反倒是老一辈的母亲们更浪费钱。"幸子说。

"我家附近也有个年轻的太太,有个两岁的女儿。前段时间因为有点儿事,我去她家找她,到了门口,她就邀请我进家里。我进

---

① 全名为"回数乘车券",指交通机构发行的一种车票或代金券,可在规定期间、规定区间内多次使用,且在价格上有一定的优惠。

屋一看,她家并没有请女佣,但家里确实干干净净、整整齐齐的。然后——对了,我一直都觉得她这样的人在家里也肯定穿着西装坐在椅子上,不知道是不是这样?总之她一直穿着西装。那天屋里放着婴儿车,车里很巧妙地放着她家孩子,而且这么放着,孩子爬不出来。我逗着小孩儿,她过来说:'实在抱歉,麻烦您帮忙照顾一下我家孩子,我去给您沏茶。'她把孩子托付给我之后,就站起来去沏茶去了。没过多久,她端着红茶进来,顺便把喂孩子的面包碎泡牛奶煮沸之后一起带过来了。她先就我帮忙照看孩子一事表示感谢,然后说着'茶泡好了,请您慢用',便坐在椅子上。不一会儿她又看了一眼手表:'啊,肖邦的音乐要开始了,您也一起听听?'说着,她打开收音机,一边听音乐,一边手里也不闲着,用勺子给孩子喂食。——她这段时间始终一点时间都没浪费,招待客人、听音乐、给孩子喂食,三件事几乎同时进行、同时完成,真是个非常聪明、灵活的人啊……"

"婴儿的养育方法,现在和我们那时候也完全不一样了呢。"

"那个太太也是这么说的。她母亲有时候想来看孙子,来看望很好,但好不容易养成了不抱孩子的习惯,老人来了又会经常抱孩子。之后一段时间里,孩子又变成了不抱就大哭起来,然后她又要重新开始培养不抱孩子这个习惯,真是麻烦呢……"

"这么说起来,最近的婴儿真的不像以前的孩子那么爱哭了呢。听说带着孩子走在路上时,孩子要是摔倒了,如果孩子自己能爬起来,妈妈在一旁就绝不会过去帮忙。妈妈就当没看见一样继续往前走,孩子反倒不哭了,一个人爬起来追上妈妈……"

宴会结束后,大家下楼到客厅里。井谷对贞之助夫妇说,要是方便的话濑越希望能和小姐单独聊十五分钟或二十分钟。雪子也没有意见,之后两个人暂时先到别的地方去,其他人继续交谈。

"刚才濑越跟你说了什么?"幸子在回去的车里问。

"他问了各种各样的事……"雪子嗫嚅着回答,"……但也没问什么,一会儿这个一会儿那个的。"

"哎,不会是智力测试吧?"

"……"

外面雨小了,又像春雨一样安静地簌簌落下。雪子之前喝了白葡萄酒,现在有点儿上头,两颊像火烧了一样通红。汽车在阪神国道上飞驰,雪子带着微醺的双眼迷迷糊糊地望着被雨淋湿的柏油路,无数车灯光影交错。

十二

第二天傍晚,贞之助回家看到幸子就说:"今天井谷去事务所了。"

"她怎么又去你们事务所了?"

"她说她本来是想来我们家的,今天正好有事来大阪,然而想到比起跟你谈不如跟我谈更直截了当,突然打扰实在不好意思之类的。"

"她还说了啥？"

"大概就说了这些。哎，我们去那边吧！"贞之助说着就把幸子带到了书房。

井谷说，昨天晚上贞之助他们三个回去之后，剩下的人又聊了二三十分钟。不管怎么说，濑越对雪子是非常满意的。小姐的人格和外表都无可挑剔，就是看上去柔柔弱弱的，有点儿在意。换句话说，是担心她是不是有什么病。井谷的弟弟房次郎，前几天去了雪子上学时念的女校，看了那个时候的成绩单，好像缺席天数有点儿多，担心是不是在女校当学生时就动不动生病呢。他们有这些疑问。贞之助说雪子读书时的事情他并不了解，关于缺席天数的事，必须问过夫人和雪子本人之后才能告诉。至少在他认识雪子之后，她就没怎么生过大病。确实，雪子身子骨很瘦弱，这是事实，体质也绝不能说是强壮。但她在姐妹四个中是感冒最少次数的，在吃苦耐劳这方面，除了本家的姐姐，就数雪子第一了。然而，直到现在，还有人看到她弱不禁风的样子，就怀疑她是不是有肺病什么的，所以濑越的担心也不是说完全说不过去。他想尽快回家和夫人及本人商量一下，寻求一下本家的谅解和同意。为了让对方安心，他建议请医生来给雪子做体检，要是可以的话拍一张X光片让对方看看。贞之助这么一说，井谷赶紧说："不用不用，不用做到这个份儿上，听了您的说明就足够了。"贞之助又说，不不不，一定要把这件事搞清楚。他自己倒是可以做证，但最好还是听听医生的意见，看看有没有什么问题。正好也是个好机会，两边都能放心，本家应该也会同意他们这么做。到时候给对方那边送上拍好的X光片，胸部一点儿阴影都没有，一目了然，井谷也一定会很高兴吧!然后又说:"万一要是这事成不了,今后雪子再被人怀疑是不是有病时,咱们也能拿出证据来。所以借这次机会拍X光片并不是浪费,本家也不会有意见。明天就带着雪子去大阪大学附属医院怎么样。"

贞之助想了解下需要给井谷说明的情况。

"雪子在女校读书时怎么缺了那么多课?那个时候是生病了吗?"

"才不是。那个时候的女校不像现在管理这么严,我们父亲总让她逃课,带她去戏院,也一直都带着我。要是去查一下我的缺席天数,肯定会比雪子更多。"

"那拍X光片的事,雪子会同意吗?"

"不过不去阪大也行吧?去栂田医生那里吧!"

"啊,对了,然后还有一个问题——就是那块褐斑。"贞之助按着自己的左眼眶给幸子看,"这是个问题。井谷说她自己都没注意到,但男人们倒是看得特别仔细。昨天我们走了之后,就有人说小姐左眼眶上有褐斑。有人觉得是斑点,也有人觉得不是,只是光线问题显现的,说什么的都有。他们还问我小姐眼眶上是真的有褐斑吗。"

"昨天晚上我也看到了一点儿,我还觉得真是不巧啊,就这个成了问题吗?"

"但我感觉他们好像并不是那么介意。"

雪子左眼眶——确切来说是上眼睑眉毛以下的部位,隐隐约约能看到一个斑点。这也是最近才发现的,贞之助他们注意到这个的时候也不过是三个月到半年左右。那个时候,贞之助问幸子,雪子脸上什么时候长这个东西的？幸子也是直到那时才发现的，之前雪子眼眶上并没有这个东西。就算是最近，也不是一直都能看见这个东西，平时想仔细看清它的时候，它淡得几乎看不清，甚至还会完全消失；但过了一周左右，它的颜色又变深了。幸子最后终于注意到它颜色变深的时候，正好是雪子生理期前后那段时间。她最担心的是，雪子自己对此怎么想。因为是她自己的脸，所以肯定比谁都先发现自己的情况，担心这会不会给她带来什么心理阴影。雪子虽然到现在还没结婚，但事实上她绝没有那么悲观孤僻。之所以会这样，是因为她心里对自己的容貌很有自信。要是真的有这个意想不到的缺点，她该是什么心情啊？幸子只能自己心里担心她，又没法直接去问雪子本人，只能装作不知情观察着雪子的脸色。表面上，雪子好像并没有什么变化，似乎完全没有注意到褐斑，看着一点儿都不在意。有一天，妙子一边说着"二姐你看这个了吗"，一边把两三个月前的某本妇女杂志拿来了。幸子拿过来一看，那本旧杂志的健康咨询栏目中，一位二十九岁仍未婚的女士和雪子有同样的症状。那位女士是最近才注意到的，褐斑在一个月左右有时颜色很浅，有时几乎消失，有时颜色则很深，特别是在生理期前后，褐斑颜色变化最为显著。幸子看到里面的回答是这样的："您的这种症状，是过了适龄期还未结婚的女性身上经常出现的生理现象，无须担心，一般在结婚之后就会自己痊愈。若不结婚的话，可以持续注射少量女性荷尔蒙，这样也会治愈。"幸子看完之后总算放心了，但实际上幸子自己也有类似的经历。她结婚之后，也就是好几年前，嘴唇周围长了黑色斑点，像孩子吃豆沙馅把嘴弄脏了一样。她去看了医生，被诊断为阿司匹林中毒。医生说，放着不管，它就可以自行消失。她就按医生说的放着不管，果然，只过了一年斑点就消失了，再也没有复发。她一想起这件事，就想到了她们姐妹可能都是容易长斑的体质。幸子自己有过这样的经历，而且当时自己嘴唇周围的斑点比雪子眼睑上的褐斑的颜色深多了，尚且没过多久就痊愈了。本来就不怎么担心，看了杂志专栏后更放心了。不过，妙子把这本旧杂志拿回来的目的，就是要想办法让雪子读到这篇专栏。雪子看上去没什么变化，但也许自己在心里憋着闷闷不乐呢。她想让雪子知道，这不是什么值得担心的事，只要结了婚就能自己痊愈，要是雪子能积极治疗就好了——不过说起来，雪子倒不是那种会被容易说服的人——但她还是想找机会劝劝雪子。

关于雪子长斑的事，幸子没跟谁说过，现在跟妙子是第一次讲。她理解妙子对于雪子这件事就像对待自己的事一样，又难过又着急。她也察觉得到，妙子为雪子考虑，除了出于血浓于水的亲情之外，也是为了等雪子尽快结婚，然后她自己和奥畑也能早点结婚。那么接下来，谁去给雪子送杂志看呢？两个人商量之后，觉得还是妙子送去比较好。幸子去的话，反而会把事情闹大，雪子恐怕会想，是不是贞之助也一起讨论了这件事。要是妙子装作若无其事的样子把杂志给雪子看反而更好。之后有一天，雪子脸上的褐斑颜色又变深了，她一个人在化妆间里照镜子时，妙子装作偶然进去的样子。

"雪姐，不用在意眼睑的东西。"她试着小声说出来。

雪子只用鼻子"哼"了一声："嗯。"

妙子努力不和雪子对上视线，低着头说："这个症状在妇女杂志上写过，雪姐看过吗？要是没看过的话我拿来给你看看？"

"可能看过吧。"

"唉,看过了啊。那玩意儿结婚之后就会消失,或者打针也能治好。"

"嗯。"

"看来你知道了啊,雪姐。"

"嗯。"

妙子能感受到雪子并不想提这个话题,一直冷淡地应付着。但雪子那个"嗯"还是肯定的"嗯",只是她不想让人知道她自己看过那本杂志,就装成不知道的样子。

妙子小心翼翼地试探雪子过后,立刻松了一口气:"你都看过了,为什么不去打针呢?"雪子好像对此一点儿兴趣都没有,对于妙子的忠告,也不过是用鼻子哼哼着回答"嗯嗯"。其中一个原因就是她自己的性格使然,要是没有人硬拉着她去的话,她自己是绝对不会去一个没见过面的皮肤科医生那里的。另一个原因就是,别人都在暗地里担心她的褐斑,她本人倒是毫不在意。在妙子劝过她的某一天,悦子好像才注意到,她不可思议地盯着雪子的脸,大声问:"啊,二姨,你眼睛周围怎么了?"不巧的是,在场的除了幸子之外还有女佣们,大家一下子鸦雀无声。那个时候,雪子倒是意外的平静,只是含含糊糊说了些什么糊弄了过去,脸色一如平常。幸子她们最提心吊胆的,就是褐斑颜色很深时,她们和雪子一起逛街去百货商店。在她们看来,雪子现在正是结婚前重要的"商品",就算不是去相亲,外出的时候也一定会盛装打扮,很可能不知道什么时候在哪里就被谁看到。所以,在那前后的一周时间里,她们尽可能地让雪子待在家里,就算出去，化妆时也会努力遮盖褐斑，不让人看见。但她本人对于这一点一直毫不在意。在幸子和妙子看来，雪子的长相本来就适合化浓妆，但当褐斑出现时，如果涂了太厚的粉，当光线斜着照下来时，反倒会很清楚地看到白色肌肤下的铅色褐斑，不如这段时间就涂一层薄粉，腮红打得更多一点儿更好。不过雪子平时就不喜欢涂腮红（别人怀疑她是不是得了肺病的原因之一，就是她这种苍白的妆容。妙子和她正相反，就算不涂粉也会涂腮红），只一如既往地往脸上盖了厚厚的一层粉就出门了。不巧的是，她碰上了熟人。有一次妙子和她一起坐电车，发现她的褐斑特别显眼，就拿出腮红给她："涂点腮红吧。"

虽然别人看着很在意，但她本人似乎毫无感觉。

十三

"那你是怎么跟她说的？"

"就那么说的呗，实话实说。褐斑不是一直都有的，你什么都不用担心。杂志上也这么写了，我在别的杂志上也看到过。我想的是，反正都是要去拍X光片，不如也顺便去趟阪大，看看皮肤科医生，确认一下是不是像杂志上写的那样能治好。这已经是个问题了，我觉得必须去看看医生。那就让我去劝她吧！"

一个月中的大半时间里，雪子都住在分家，本家的姐姐、姐夫当然注意不到。贞之助觉得，现在自己已经知道了却放着不管，是自己的错。而且这是最近才出现的，之前的相亲每次都没有问题。贞之助也觉得幸子当时起褐斑时没什么事，最后也痊愈了，他才没有把雪子的褐斑重视起来。对幸子来说，褐斑在雪子脸上是周期性出现的，数数日子能推算出来褐斑出现的日子，所以只要让相亲的日期避开这段时间就好了。那天井谷催得太紧了，而且幸子之所以大意了，也是因为那几天不管怎么样，褐斑都没法完全消去，但也没到引人注目的地步，她就没怎么在意。

那天早上幸子在丈夫去事务所后，就悄悄地去问雪子昨天的感想，听到了雪子愿意把件这事交给姐姐、姐夫处理的意愿。幸子担心这件事好不容易朝好的方向发展，要是因为说话不得当而告吹了就不好了。那天晚上，她就在悦子睡下后，避开贞之助，和雪子商量去拍X光片、看皮肤科的事。意想不到的是，雪子很痛快地答应了，说要是二姐陪着的话去看医生也可以。事情定好后，雪子眼睑上的褐斑一天天变淡，逐渐消退了，所以幸子想等下次褐斑再出现时再去医院看看。这和井谷想的不谋而合。贞之助也催她一天都不要拖延了。第二天，幸子就回到了上本町的本家，报告相亲的情况，催促本家尽快对濑越开始调查。同时，她也跟大姐说了要带雪子去阪大看医生的事，并且征得了大姐的同意。然后第三天特意跟女佣们说带着雪子去三越，就把雪子带出门了。

无论是内科检查还是皮肤科检查，结果都和预想的一样。X光片在当天等待时就冲洗出来了，上面显示胸部一点儿阴影都没有。过了几天，收到了检查报告，上面写着血液沉降速度13、其他反应均为阴性。在皮肤科检查后，幸子被叫到一边，医生跟她直说，这位小姐要尽快结婚才好。幸子说听说打针也能治好，医生回答说打针确实也能治好，但她的褐斑也不太能看得出来，比起打针不如让她早点儿结婚，这是最好的治疗方法。总而言之，杂志上写的确实是对的。

"那这样的话，你把这个拿给井谷吧？"贞之助问。幸子说："拿去也可以，但井谷说跟你谈更直截了当，这件事她应该就是想找你来解决的。不是说我被她排除在商量对象之外就不高兴，实际上，我一直被她这么催着，心情实在是不舒服。""什么？没这回事儿。我们也把它作为事务性工作去做就好了。"贞之助回答。第二天，他去事务所后就先给井谷打了电话，把照片、报告书用加急挂号信给井谷寄过去了。那天的第二天下午四点左右，井谷打来电话说过一小时左右去事务所，正好五点时，井谷果然又出现在了事务所。然后井谷说了一堆打招呼的套话："昨天您马上就把文件送过来，真的太感谢了。之后我马上就把它送到濑越先生那里，他说您家送来了这么详细的报告书，还特意拍了X光片，他实在是过意不去。他现在当然已经完全放心了，对于他提出的如此失礼的要求，他一再让我代他向您郑重道歉。……"之后，井谷又说有件不知道当讲不当讲的事，说濑越先生下次想和雪子小姐单独见面，两个人慢慢聊一个小时左右，不知道莳冈家同意不同意。她还补充了一点，说濑越先生虽然已经这个年纪了，但还没结过婚，心理上和初次结婚的人没什么区别，上次都不记得自己说了什么，而雪子小姐又是个沉默寡言的人……不，沉默寡言没有关系，那个时候毕竟两个人是第一次见面，肯定都会有点儿拘束，所以希望下一次见面时，两个人都能逐渐敞开心扉地聊一聊……

说莳冈家要是同意的话，去宾馆或饭店太显眼了，他家很简陋，不如就定在位于阪急冈本的住处见面吧。他还希望如果可以的话，能在下个周日见面。

"喂，怎么办啊？雪子能答应吗？"

"别说雪子，本家同不同意还不知道。她兴许会说，还没完全定下来呢就再加深交往，会不会不太好之类的。"

"那边或许是想再看一下雪子眼睑上的褐斑到了什么程度呢？"

"真的是，肯定是这样。"

"要真是这样的话，不如就让他俩见面吧！现在根本看不出来，要是濑越看不到我们雪子平常就是这样，那岂不是亏了吗？"

"是啊。要是这么拒绝了，就好像我们不让他见似的。"

幸子夫妇讨论完之后的第二天，她怕家里来电话太麻烦，就用附近的公用电话给本家的姐姐打了电话。不出所料，姐姐问为什么要这样三番五次见面，幸子交了五次话费跟她解释。姐姐说那倒也是这么回事儿，但现在什么结果都不知道呢，就让这两个人单独见面，她也不知道该不该答应，说那天晚上跟辰雄商量之后明天再给幸子答复。幸子第二天早上趁着那边还没打来电话亭打电话，赶紧跑去公用电话，姐夫说允许他俩见面了，还确认了时间、地点、监督等各种附加条件。幸子赶紧去问雪子，雪子马上就明白了，也同意了。

到了两人见面那天，幸子带上一束花作为礼物，跟着雪子去了井谷家。最开始，四个人一边喝红茶一边闲聊了一会儿。然后濑越和雪子被带到二楼，幸子在楼下和井谷一边聊天一边等着。虽然之前定好了只聊一个小时，但超过规定时间三四十分钟后，两个人终于下来了。回去的时候，濑越要晚一点儿走，姐妹俩先行告退。今天是周日，考虑到悦子还在家，幸子就直接去了神户，到东洋饭店的酒店大堂喝茶，问雪子今天的见面怎么样。

"今天真是聊了不少呢。"

雪子说，今天意外地聊得很轻松。首先濑越问了姐妹四人的关系。为什么雪子和妙子比起本家更多的是住在分家、妙子被登在报纸上的事及其后续等，问得相当深入，雪子在能回答的范围内尽可能地回答了他，但她没说本家姐夫一句坏话。濑越还说，不要让他一直问，也请雪子问他点儿问题。雪子一直在推辞，濑越便接着讲了他自己的事。比起所谓有"现代感"的人，他自己更想要一个有"古典感"的妻子，所以到现在还没结婚，但像雪子这样的人要是嫁给自己就太可惜了，他强调了两三次两个人"身份不同"。之后，他说他过去没有和任何女性有感情纠葛，只有一件事想告诉雪子，是一件让人倍感意外的事——他在巴黎的时候，和一位百货商店的女售货员交往过。他虽然没有说出具体的交往细节，但最后，他被那个女售货员骗了。他之所以会有那么强的思乡病，之所以想找一个有纯日本感觉的女性，算是对这件事的"反抗"吧！濑越说，知道这件事的只有老朋友房次郎君，没有和其他任何人说过。他又说，他和那个女性的交往是清白的，这点请雪子一定相信他。幸子从雪子那里听到的大概就是这样。濑越对雪子讲到了这个地步，如此坦诚，不用问都能明白他的心思。

井谷那边，第二天就给贞之助打了电话，说感谢他昨天给他们这个机会，濑越先生十分满意，没有什么可挑剔的。雪子脸上的褐斑他也看到了，和他说的一样，不是什么问题。现在濑越先生一直在等待莳冈家的回复，不知道自己是否有幸能够成为雪子小姐的丈夫。同时，他又一次催促莳冈家本家，问那边的调查是不是还没结束。在井谷看来，从最开始提起这件事，到现在已经过了一个多月了，无论是前几天拜访芦屋还是几天后在东洋饭店的相亲，总是只得到"请您再等一个星期"的回复，当然有点儿不耐烦了。然而事实是，从幸子与本家商量这件事开始，到现在不过十天半个月左右。就算不这样，本家一向重视对男方的调查，也不可能很快就能给出回复。总之，是幸子被井谷逼急了，才脱口而出"再等一星期"，贞之助也没办法，只能跟着这么说了。说实话，本家到濑越原户籍地办事处请求寄过来的他的户籍誊本，直到两三天前本家才收到。信用调查所因为要到他老家去调查，也需要相当一段时间才能发送报告。最后，为了以防万一，本家还要派人到他老家实地调查。贞之助夫妇现在更困扰了，但也只能说"再等四五天""再给四五天"，让井谷等着。在那期间，井谷还去了一次芦屋、去了一次大阪的事务所来催这件事。她说，这件事还是越早定下来越好，拖得越长越容易节外生枝，要是没什么问题的话，今年就把婚礼办了吧，等等。后来，井谷等得实在不耐烦了，直接给还没见过面的本家姐姐打了电话催促。姐姐十分吃惊，马上给幸子打来电话。幸子眼前好像浮现出比自己还要慢性子、问她问题要五分钟才会回答的本家姐姐惊慌失措的样子，差点儿笑了出来。井谷对姐姐也说了"好事多磨"这样的话，好像是极力劝说了她一番。

十四

　　斗转星移，不知不觉间就到了十二月。有一天，说是本家的太太打来电话，于是幸子去接电话，本家姐姐说关于之前说的姻缘相亲的事，虽然整体调查晚了点儿，但也逐渐搞清楚了男方那边大概的情况，今天姐姐就来幸子这边。幸子刚要挂电话，姐姐又接着说不是什么好事，让她不要高兴得太早了。幸子不用听姐姐挑明，从一接电话听到她的声音开始，就察觉到这次可能又要吹了。幸子挂掉电话，回到客厅，叹了口气，一个人瘫坐在扶手椅上。到现在不知道这种事发生过多少次了，她已经习惯到了最后关头告吹了，每次也没有多灰心难过。这次和往常不同，幸子虽然想着，就算成不了也不至于特别遗憾，但心里总觉得十分灰心。之所以这么说，是因为到现在为止，前面几次自己和本家那边的意见都非常统一，不支持男方跟雪子成亲，但这次，她一直都觉得肯定没问题的。这次毕竟是井谷来介绍并推动的，幸子这边所处的地位也和之前不同。贞之助以前一直置身事外，不过是充场子的，这次却十分尽力地在两边斡旋。而且，雪子这次也和之前表现得大不相同。那么着急的相亲也答应了，两个人单独谈话的要求也答应了，说要拍X光片和皮肤科检查时也完全没有一点儿厌烦情绪，乖乖照做了。可以说，以前从来没看到雪子有过这样的态度。可能这是她开始着急结婚，心里的想法表现在行动上的结果，或是她的心境出现了变化。不但如此，雪子对于自己眼眶周围出现的褐斑，表面上毫无察觉，实际上多多少少也会受点儿影响吧！总之，有这样那样各种各样的理由，让幸子觉得这次必须让这两人成亲，也似乎一定能办成。

所以，幸子在见到姐姐听她讲理由之前，一直觉得，就算姐姐那么说，也一定还有办法挽回，不是完全没有希望的。但听了姐姐的话之后，她也不得不说这次成不了也没办法了。和幸子不同，姐姐有很多孩子，只能在大的几个孩子从中小学放学回家之前，利用下午一两个小时的时间过来——也是因为知道正好那天，雪子下午两点要出去练习茶道才过来的。两个人在客厅聊了一个半小时左右，看到悦子回家，姐姐就说，那怎么回绝男方就交给你们了，跟贞之助好好商量商量，说完就起身告辞了。按姐姐的说法，濑越的母亲十几年前丈夫去世后，就一直住在老房子里，由于生病就只能待在家里。濑越作为儿子却很少回家，照顾母亲的任务就落在了母亲娘家的妹妹身上——妹妹的丈夫也去世了。虽然他母亲的病对外宣称是中风，但问了经常出入她家里的商人之后，他们说她的症状不像中风，实际上是一种精神病，已经到了看到儿子也不认识的程度。信用调查所的报告上也隐约提起过这件事，让人放心不下，于是本家这边就特意派人去调查这件事到底是不是真的。姐姐又说："本来人家好心来提亲，结果现在给人的感觉像是每次都是我们本家在阻挠，我们也挺为难的，本不想让事情发展成这样。现在我们已经不在意什么家族财产有多少了，这次也认为这两个人一定能成亲。作为本家，我们正是因为希望他们最终能成亲，才特意派人到乡下调查的。结果这不是一般的问题，是他有精神病的血统啊！我们也没办法，只能放弃了。雪子的姻缘几乎每次都会遇到没法解决的问题，最后都要拒绝人家，我们也觉得很不可思议。果然还是雪子跟人的缘分浅薄，'未年出生'也不能完全说是迷信。"

幸子在姐姐走后不久，就看到雪子怀里抱着茶道用的茶巾走进了客厅。正好，这个时候悦子去舒尔茨家的院子里玩了。庆幸悦子不在，幸子跟雪子说："刚才姐姐来过了，才回去。"

幸子沉默了一会儿，雪子跟往常一样：说了一句："嗯。"

幸子没办法，只好接着说："那事又吹了。"

"是吗？"

"说是他母亲……对外说得了中风，实际上是精神病。"

"是吗？"

"要真是这样，这个问题就大了。"

"嗯。"

远远地就能听到悦子喊："露米小姐，快来！"幸子看着两个女孩子在草地上往自己这边跑，就压低了声音，说："唉，之后再跟你细讲怎么回事，你先有个心理准备。"

"二姨回来啦！"

悦子跑过花坛，停在客厅门口的玻璃门外面，后面跟着罗斯玛丽，两个人并排站在一起。四只穿着奶油色毛线袜子的小脚也并成一排。

"悦子，今天在屋里玩吧，外面风吹得冷——"雪子站起来，从中间打开玻璃门，"来，露米小姐也进来吧！"

她的声音一如既往。

雪子这边已经说过了，但贞之助那边就不是这么简单就能解决的了。傍晚回家后，他从妻子嘴里听到本家姐姐来告诉幸子"本家不同意"后，脸色顿时沉了下来，好像在说："这次又不行了？"贞之助这次被井谷相中，每次井谷都是来找他商量，他自己也开始对这件事渐渐上心，甚至想，要是本家又拿出门不当户不对的理由，他无论如何也要亲自出马去劝姐姐夫。而且，濑越是第一次结婚，看上去也比实际年龄年轻一点儿，和雪子站在一起也不会有什么不自然，就算以后有更好的人来说媒，这两点也是很难得的。即使听到幸子讲了这件事，贞之助仍然没有完全死心。但不管怎么想，本家都不会同意这件事。万一姐夫问，让雪子和濑越这种有精神病血统的人结婚，这件事他能负担得起责任、将来结婚生孩子能保证完全没问题吗？这对贞之助来说也未免让人忐忑不安。说到这里，去年春天，也有一个四十多岁、第一次结婚的男人遣人来说媒，跟这次情况差不多，而且对方家里相当富裕，那时大家都非常高兴，甚至定下了订婚日期。但突然从哪里听到消息说，男方有个关系相当密切的女人，跟雪子提亲只是为了在表面上掩人耳目。于是本家只能慌忙取消婚约。雪子的姻缘，几乎每次都是在最后关头出岔子，暴露出对方阴暗的部分。因此，本家姐夫对此更加谨慎对待。但毕竟是女方这边要求太高，想找个完美的对象，结果反而容易被诱惑。仔细想想，四十多岁才第一次结婚的大资本家，总是会哪里有点儿毛病的。

濑越那边，也可能是因为血统上有这样的缺点，才迟迟没有结婚。然而，很明显，他并没有欺骗女方的意思。恐怕对他来说，本家花费了这么长时间到他老家调查，肯定知道了他母亲的情况，而且是在这个前提下才来谈的。"身份地位不同""自己配不上雪子"之类表示谦虚的话，也一定是包含感激之情才会说出来的吧。这次濑越要娶个好媳妇，这样的传言早已在MB公司同事之间流传开来，濑越自己也并未否认。还有人说，那么认真的人最近好像都没心思工作了。这话也传到了女方这边，贞之助听到后也不由得开始同情濑越，觉得是不是这次一定要让这位绅士丢人现眼。总之，要是早点儿开始调查的话就能早点儿拒绝了。一开始，是在幸子这里停滞了，这件事交给本家之后，那边也没有迅速开始处理。更糟糕的是，为了拖延进程，在这期间，面对井谷的催促，一直对男方说正在调查中'，让他充满希望，觉得十有八九能成功。幸子这边也并非只是单纯找理由，而是确实希望这两个人能喜结良缘。结果倒好，让对方空欢喜一场。在这一点上，自己比起责怪幸子和本家，贞之助只能先责怪自己，是自己轻率大意了。

贞之助自己和本家姐夫一样，都是入赘女婿的身份，至今努力避免过于介入小姨子的姻缘婚事，就这一次被卷进去了。就算这次告吹不可避免，但自己也有责任，才让当事人感到不快。而且想到，之后小姨子的命运会不会更加不幸呢？他知道这话不能说出来，但还是感到非常对不起雪子。不限于这一次，相亲这种事要是男方拒绝女方还好，女方拒绝的话，不管说得多委婉，都会让男方觉得受辱。这样看来，莳冈家到现在不知道得罪了多少人。再加上本家姐姐和幸子她们一向不谙世事、磨磨蹭蹭的，总是拖着对方，拖到拖不下去了再回绝对方，这种做法更让对方不满。贞之助担心的是，当这种事情越来越多时，人们不光怨恨莳冈家，这些人的怨恨更会影响到雪子的幸福。他知道这次，幸子肯定会逃避拒绝对方的任务，他自己多少也想弥补自己的过失，就只能自认倒霉去见井谷，求得对方的谅解了。但怎么说才好呢？到了现在这个地步，濑越怎么想也只能随他去了，只是之后和井谷还会有来往，只希望她不会怨恨莳冈家。仔细想想，这次的事，井谷也花费了不少时间和精力，这段时间也跑了很多次芦屋的分家和大阪的事务所。井谷经营美容院，雇了很多学徒，美容院生意也红红火火，在忙碌的工作中还能抽出时间为了雪子的婚事奔走，确实和别人评价的一样"爱管闲事"。但这也不是说只要热心和仗义就能做到的，从小处讲，光是一日元出租车和其他交通费她就花了不少钱。贞之助认为，那天晚上在东洋饭店，名义上是井谷来招待，但实际上，应该由濑越那边和自己这边来分担这笔费用。要回去的时候他也提了这件事，但井谷说没事儿，她来招待的，费用也应该由她来出，说什么都没答应贞之助。但贞之助想了想，反正雪子成婚前肯定还要请她帮忙，以后还有感谢她的机会，这次就先放下了。现在这样，已经没有再拖延、耽搁下去的理由了。

"真的是。送钱她肯定不会收，要不就送点儿礼物吧！不过，"幸子说，"现在怎么说也没有个十全十美的办法。你看这样行不行：总之你先什么都不要带，去见她。送礼的事我之后再跟姐姐商量一下，买完之后我给她送过去。"

"好事都让你干了。"贞之助很不服气。"这样的话，那就这么办吧！"

最后，还是就这样定了。

十五

井谷从十二月开始就突然不来催了,也许她已经大概了解到这件事没成。要是这样的话,反倒是个好事。贞之助说,担心被别人听见,就不去美容院了,直接到井谷位于冈本的家里和她谈,所以现在先确认一下她什么时候在家。傍晚,贞之助比以往稍微晚了一点儿从事务所出发,去井谷在冈本的家。

房间里已经开了灯,光源是深绿色灯罩的台灯,室内空间的上半部分有些昏暗。在昏暗中,井谷坐在扶手椅上,从这边看不清她脸上是什么表情。这对于不像会计师,反而更有文艺青年纯真气质的贞之助来说,更好开口了。

"今天来打扰您,是因为有实在难以开口的事情……实话和您说,我们调查了男方故乡那边的情况,其他各个方面都没有问题,只是他母亲患的病……"

"啥?"井谷稍微歪了点儿头。

"这个……原先听说他母亲患的是中风,但我们派去的人调查之后,发现其实是精神病。"贞之助说。

"啊,这样啊。"井谷突然十分慌张,声调都变了,连说了几句"是这样啊",不断点头。

贞之助一直怀疑井谷到底知不知道男方母亲得了精神病的事。从之前急着让这边把事情定下来,到现在这个狼狈样子,不得不让他觉得井谷早就知道了这件事。

"您要是误会了我们也很困扰，跟您说这件事情，也绝不是要责怪您。本来我想，找几个无伤大雅的理由拒绝才是常识，但又想到您一直为雪子的事情没少费力，要是没有一个有说服力的原因来拒绝这门婚事，我们也非常过意不去……"

"嗯嗯，你们的心情我非常能理解。别说误会了，我这边也没提前好好调查就做了这么轻率的决定，实在是对不住啊。"

"不，不，您这么讲我们不敢当。只是对于我们来说，人们一直觉得莳冈家每次都拘泥于各种条件，多好的姻缘都拒绝了，我们听到真很难过……其实绝不是那样，这次实在是迫不得已。别人怎么说无所谓，至少请您能理解我们的心情，原谅我们，希望您不要生气。今后还要请您多多关照。当然，这件事只有您知道，无论如何，麻烦您替我们委婉谢绝濑越先生那边吧！"

"您这么客气我实在是不好意思。实际上，我也不知道您是怎么看的。精神病这件事我也是刚刚听您说了才知道，之前完全不了解还有这件事。幸亏您家里那边好好调查了一下。不，要是这样的话，您是应该直说的。对方确实在这一点上值得同情，无论如何我都会好好跟他说的，这一点请您不要担心……"

贞之助听对方讲得这么周全，就松了一口气，说完自己要说的话就准备告辞了。井谷把他送到门口，反复说着请他不要难过，是自己对不住莳冈家。她还说，她一定要弥补这次的过失，给小姐介绍个好姻缘，肯定给她找个好对象。就算莳冈家不拜托她，她也一定包下雪子小姐这件事。她还请贞之助把这话带给夫人。从平时井谷的样子来看，她说这些并非都是敷衍，贞之助觉得，她应该没有怎么伤到感情。

几天后，幸子去大阪的三越，买了和服布料带到冈本。但井谷那时候还没回家，幸子就把东西放在那里，留下几句话就回来了。第二天，井谷就给幸子寄了一封诚恳的感谢信，说什么忙都没帮上，自己做事也不够仔细，反而让幸子这样破费，实在是对不住莳冈家。在那之后，井谷还加上了一句，请务必让她今后能够弥补这次过失。从那之后，过了十几天，年底的一天傍晚，芦屋家门口照例停了一辆出租车，井谷从车上下来，说是顺便来这儿问候一下。幸子那时候不巧得了感冒，只能卧床休息。贞之助回来了，井谷看到他回来，说那就告辞了，贞之助还是把她请到家里的客厅里聊了一会儿。贞之助问在那之后濑越先生还好吗，他人真的很好，因为这种原因拒绝真是非常遗憾……真是令人同情……贞之助说了一大堆，又问濑越那边是不是默认他们早就知道了他母亲患病的事。井谷也说："这么说来最开始濑越先生一开始特别客气，感觉不是很上心的样子，后来才渐渐热情起来，最开始应该就是顾虑他母亲的事，他才那么小心谨慎。"贞之助说："要是这样的话，是莳冈家这边调查时间太长让濑越先生有了这样的错觉，是我们的错。"然后他又说了一遍希望井谷不要介意，今后还会请她帮忙之类的话。井谷突然压低声音说，"要是您这边不介意对方有很多孩子的话，现在也不是说一个合适人选都没有"，试探着贞之助的反应。然后，贞之助才反应过来，井谷应该就是因为要说媒才会过来的。仔细问了之后，知道男方是奈良县下市町某家银行的支行长，有五个孩子，最大的男孩儿现在在大阪某个学校上学，第二大的女孩儿正值妙龄准备嫁出去，所以留在家里的最多也就三个孩子。至于生活方面，对方是当地一流的大资本家，无须担心。贞之助听到五个孩子、在下市町就觉得肯定成不了，听到一半就没什么兴趣了。井谷也察觉到了这一点，就说"您家里是很不喜欢这样的吧"，就此打住。贞之助想，井谷到底是为什么要来介绍这么一个条件不好的对象？肯定是她内心不满，要来告诉他们，现在只有这样的才和莳冈家门当户对，以此来暗暗讥讽他们。

把井谷送走后，贞之助上到二楼房间。幸子躺在床上，脸上盖着浴巾吸着感冒药。"井谷又来介绍对象了？"吸完药，幸子一边用浴巾擦着鼻子、嘴巴一边问。

"嗯。你听谁说的？"

"刚刚悦子来通知我的。"

"唉，真是……"

刚才贞之助跟井谷说话的时候，悦子就悄悄进来，坐在椅子上听他俩谈话。"你到那边去，这不是小孩子该听的。"贞之助把她撵到一边。不过她一定是跑到餐厅又偷偷听了一会儿。

"果然女孩子都对这种事很好奇啊。"

"对方有五个孩子啊。"

"这都跟你说了？"

"是啊，大儿子在大阪上学，大女儿马上到出嫁的年纪了……"

"啊？"

"是奈良下市町人，好像是家银行的支行长……"

"我惊呆了，以后一点儿都不能大意。"

"真的是，今后要更加小心了，要不以后会出大事。还好今天雪子不在家。"

每年年底到正月前三天,雪子和妙子都会回到本家。雪子比妙子走得早一步,昨天就回去了。幸子他们想着,要是雪子在的话,不知道又会发生什么。他们悄悄松了口气。

幸子每年冬天都会患支气管炎,医生说要是继续恶化的话就会变成肺炎。所以一到这个时候,她就会卧床将近一个月,稍微有点儿感冒都会非常小心对待。还好今年这次只是咽喉不太舒服,发烧也渐渐好转。终于到了二十五日,幸子还准备在房间里待一两天。她坐在床上,看着新年的杂志,妙子进来跟她道别,说这就准备回本家了。

"什么呀,小妹?离过年还有一个星期呢。"幸子有点惊讶,"去年你不是除夕才回去的吗?"

"是吗?我也不记得了……"

妙子最近为了新年早点举办自己第三次人偶展览,一直忙于制作人偶。一个月前开始,每天大部分时间她都在凤川的公寓里工作。在那期间,她又放不下舞蹈练习,一周去一次大阪山村的练习室,所以幸子也觉得有段时间没见过这位妹妹了。幸子也知道,本家想把妹妹们叫回大阪去,她也不想把妙子强行留下。但妙子比雪子更讨厌去本家那边,今年却比以往哪一年都更早回去,幸子感觉哪里有点儿不可思议。但就算这样,她也没往坏处想,觉得妙子可能是跟奥畑之间有什么约定吧!只是,这么早熟的小妹,一年一年长成了真正的大人,原先最依赖她,现在也开始离开她了。幸子心里有种淡淡的惆怅。

"我好不容易做完工作了,回大阪是想每天练练舞蹈。"妙子像在解释，又没有在解释。

"现在学什么呢？"

"快过年了，老师教的是《万岁》。二姐，还能伴奏吧！"

"嗯，大概还记得。"幸子哼起了三味线的曲子，"青春万岁，代代繁荣，叮咚叮咚，敬爱永存，新年吉祥……"

妙子随着幸子的歌声站起来，开始舞蹈。

"等等，二姐。"

她又跑回自己的房间，迅速脱下西服换上和服，手里拿着舞蹈用的扇子回来了。

"……叮咚叮咚，咚，丁零，丁零，美女，美女，数京都……大鲷鱼、小鲷鱼，鲥鱼、鲍鱼和荣螺，蛤子蛤子蛤子，快来吃蛤子，卖蛤子的是美女。一家一家又一家，金线缎子看眼花，绯纱绫纱和丝绸，咚咚叮叮咚咚叮……"

这里"美女、美女"的歌词，和着咚咚丁零零、咚咚丁零零的三味线的节奏，唱着"咚咚叮叮咚咚叮"，十分有趣。从孩提时代起，幸子她们就经常嘴里哼着这首歌，到现在这么多年过去了，仍然没有忘记。她们现在重新唱起这首歌，二十年前船场家里的记忆苏醒过来，父母令人怀念的样子仿佛也浮现在了脑海中。妙子从那个时候起被送去学舞蹈，每年正月，母亲和姐姐弹起三味线，妙子就开始跳《万岁》。"正月三日，正值寅时，叮咚叮咚，手持若夷。"每当唱到这句，妙子就会伸出可爱的右手，食指直指天空。这样的景象仿佛昨天才发生，但现在在幸子面前跳舞的，还是当年那个小妹妹吗？而且，这个妹妹和那个稍大一点儿的妹妹，两个人都还没嫁出去，双亲九泉之下会怎么看她们呢？想到这里，幸子眼眶不由得泛起热泪：

"小妹，你过完年什么时候回来啊？"她任凭眼泪流下。

"初四就回来啦。"

"那正月也得跳《万岁》啊，记得练一练。我也得把三味线捡起来了。"

幸子自从在芦屋定居下来后，来拜年的客人不像在大阪的时候那样多，没来多少。而且两个妹妹也不在家，最近几年的正月，她过得都冷冷清清，打发着时间过日子。夫妻俩觉得偶尔安静一会儿还好，悦子倒是觉得非常寂寞，天天翘首盼望二姨和小姨什么时候回来。初一那天过了中午，幸子拿出三味线，用指甲弹着《万岁》，连着练了三天，最后连悦子都记住了，当弹到"绯纱绫纱和丝绸"时，悦子也跟着"咚咚叮叮咚咚叮"地唱了起来。

十六

妙子的个人展览这次借用了神户鲤川路的画廊，办了三天。也多亏了幸子在大阪与神户之间人脉广，第一天大部分作品都被订购空了。第三天傍晚时，幸子带着雪子和悦子来帮忙收拾场地。收拾完场地，走出会场时，幸子道："悦子，今天晚上小姨请客，她今天可是收了不少钱呢。"

"可不是吗？"雪子也开始怂恿起来，"去哪儿吃好呢？悦子，你想吃西餐还是中华菜？"

"别，我还没拿到钱呢。"妙子一边笑一边说，佯装糊涂，但装得一点儿都不像。

"没事没事，钱先垫上，到时候再给。"

幸子知道妙子扣掉各种杂费之后还有不少收入，无论如何都要让她请客。妙子虽然不像井谷那样精明，但也和幸子大不相同，属于现代派精打细算的人，在这种情况下也不是一怂恿就会花钱请客的。

"那就去东雅楼？那里最便宜了。"

"你可真小气。去东洋饭店吃顿烤肉吧。"

东雅楼位于南京町，店门口卖熟牛肉和猪肉，是一家广东菜餐厅。四个人进门后，一位正站在柜台处结账的年轻西方女性和她们打招呼。

"您好！"

"啊，卡特里娜小姐，竟然在这里能碰见您。我给你们介绍一下，"妙子说，"这位是我之前跟你们提过的俄罗斯人。这位是我二姐，这位是我三姐。"

"啊，是吗，我叫卡特里娜·基里连科。我今天去看展览了，妙子小姐的人偶都卖出去了啊。恭喜您！"

"那个西方女人是谁？小姨。"卡特里娜走后，悦子问。

"那位是小姨的学徒。"幸子说，"我总在电车上看见她。"

"是挺可爱的吧？"

"那位好像很喜欢中华菜啊。"

"她是在上海长大的，很了解中华菜的。她说要是吃中华菜，越是西方人不会去的那种脏兮兮的店越好吃。在神户吃的话，这里是最好吃的。"

"她是俄罗斯人吗？怎么感觉不像俄罗斯人的样子。"雪子说。

"嗯，她在上海的时候上的是英国人的学校，后来在英国人的医院里当护士，后来又和英国人结了一次婚，还生了孩子。"

"哎，她多大了啊？"

"多大啊……比我大还是小呢？"

按妙子的话说，这位俄罗斯白人基里连科一家住在夙川松藩附近一栋小型文化住宅里，楼上楼下只有四个房间。卡特里娜和母亲、哥哥三人一起住在那里，之前在街上碰到时，两个人不过是打个招呼而已。有一天，卡特里娜突然来拜访妙子工作的地方，说自己也想学做人偶，特别是日式风格的人偶，就提出想做妙子的学徒。妙子同意后，卡特里娜当场就管妙子叫"老师"。妙子实在不好意思，就让她还是叫自己"妙子小姐"。到现在已经是差不多一个月之前的事了。从那时起，两个人的关系迅速密切起来，最近妙子在公寓间往返的时候，有时还会去她家坐坐。

"前段时间，她还跟我说总是在电车里见到我的姐姐们，都眼熟了。说你们都非常漂亮，卡特里娜说很喜欢，请务必把姐姐们介绍给她。最近也总是一直求我把她介绍给你们认识。"

"那她家现在靠什么生活呢？"

"她哥哥好像是做纺织品的贸易商。看她家的样子，经济好像不是很宽裕的样子。卡特里娜说她和英国人丈夫离婚时拿了一笔钱，现在就用这笔钱生活，没让她哥哥养着。她吃穿用度什么的也挺讲究的。"

端上来的菜里有悦子喜欢的炸虾卷和鸽子蛋汤,还有幸子喜欢的蘸着酱和大葱一起用饼卷起来的烤鸭。菜都装在锡质餐具里,大家围成一圈,边吃边聊基里连科一家的事。卡特里娜的孩子,看照片是个今年四五岁的女孩子,由父亲抚养,现在已经回英国了。卡特里娜想做日式传统人偶,到底是单纯地感兴趣,还是想有一技之长维持生活,她们也不知道。但作为一个外国人,她的手很灵巧,脑子也很灵活,很快就能理解日本和服的花纹和配色。她之所以会在上海长大,是因为俄国"十月革命"时,一家被迫散到各个地方,她被祖母带着逃到了上海,哥哥则被母亲带到了日本,在日本的中学上学,多少有点儿汉字知识。因此,她自己受英国的影响很大,而哥哥和母亲非常崇拜日本。妙子去她家看过,楼下一个房间里挂着天皇和皇后两位陛下的照片,另一个房间里则挂着尼古拉二世和皇后的照片。哥哥基里连科的日语当然说得很好,卡特里娜来日本后,日语在很短时间里也学得很好了。最难听懂的是她母亲的日语,听上去十分滑稽,让妙子非常头疼。

"那老太太的日语啊,之前她本来想说'对不起您',但她发音很奇怪,说得又快,听着就变成了'您家是哪里',我只能回答说'我是大阪人'。"

妙子很擅长模仿别人的缺点,模仿谁都惟妙惟肖,都能让大家笑起来。那基里连科老太太的神态和语气,经妙子模仿后更加好笑。幸子她们还没见过,就已经在脑中想象出了那个西方老太太的样子,笑得前仰后合。

"不过,那个老太太,是俄国沙皇时期的法学学士,好像还是个了不起的老太太。她还说'我日语不好,能说法语和德语'。"

"以前是个有钱人吧!那老太太多大年纪了啊?"

"谁知道呢,已经六十几岁了吧!但她看着一点儿都不显老,可有精神了。"

过了两三天,妙子又带回来了老太太的趣闻,让姐姐们乐了一阵。妙子那天去神户元町买东西,回来时在尤海姆咖啡厅喝茶,看到老太太带着卡特里娜进来了。她说她之后要去新开的聚乐馆楼顶上的滑冰场,还总跟妙子说要是有空的话一定要去。妙子没滑过旱冰,她们又说她们可以来教妙子,马上就能学会。妙子对这种运动竞技项目很有自信,就一起跟她们去了。只练了不过一个小时,妙子就大概掌握了滑冰的技巧。"您滑得真好,我不相信您是第一次滑冰",老太太好好地夸了妙子一番。但比起夸奖,令妙子更惊讶的是,那位老太太刚站上冰场,就十分飒爽英姿地滑了起来,很有壮气凌云之势。不愧是年轻时就好好锻炼过的身体,腰挺得笔直,不仅一点儿都不用担心她有危险,她时不时还露两手高难度技术。这让在场的日本人目瞪口呆。

后来有一次,妙子说:

"今天在卡特里娜家里吃过晚饭了。"

那天直到深夜才回到家。她说,俄罗斯人十分能吃,令她震惊。最开始是前菜,然后上了几盆热菜,无论是肉还是蔬菜,分量都特别多,食物堆满了盛菜的餐具,就连面包也有各种形状、各种类型的。妙子只吃了前菜就已经饱了,一直在说"我已经饱了""不能再吃了",但基里连科一家仍然劝她吃"您怎么不吃啊?""这道菜怎么样?""这个怎么样?"一边劝着一边一直大口吃饭。吃饭的同时,他们一家又豪饮日本酒、啤酒和伏特加。哥哥基里连科这么能吃不奇怪,但卡特里娜也是这样,连老太太的胃口也不输儿子和女儿,边吃边喝。吃着喝着就到了晚上九点,妙子提出要回家,他们不让她走,又拿出了扑克牌,一起玩了一个小时。过了十点,他们又端出夜宵,妙子光看着就觉得腻了,但基里连科一家还是一边吃着夜宵一边喝酒。他们喝酒的方法是,把酒倒进喝威士忌的小杯子里,然后一口气喝光。别说日本酒,就连伏特加这种度数高的酒,他们也认为要是不一口气喝下去,就感受不到酒的美味,真是令人惊异的胃口!他们家做的菜并不是说有多好吃。有一道菜很奇怪,有点儿像中国馄饨和意大利饺子,是表面浮着面团的汤。

妙子讲完,说:"他们还跟我说,下次让我一定把家里姐姐姐夫叫去,请你们一起去吃饭。下次你们跟我一起去,怎么样?"

有段时间卡特里娜沉迷于做人偶,让妙子做她的模特,让她把头发编起来,穿上振袖和服,手持毽子板站在那里,好用来参考做人偶。妙子不去夙川那边时,卡特里娜就会自己来芦屋这边找妙子学习,一来二去自然和家里人都熟了起来。她和贞之助也不知道什么时候认识的,他还说卡特里娜长得这么漂亮,不如去好莱坞。但卡特里娜并没有美国人"混混"的感觉,反倒更有日本女人善于交往和温柔的气质。纪元节[①]那天下午,哥哥基里连科穿着灯笼裤,跟在妹妹后面

---

① 2月11日,现为日本建国纪念日。

进来，说要去高座瀑布远足，路过门口顺便来看看。他们并没有进到屋子里，而是走到院子里，坐在花坛椅子上。贞之助和他们是初次见面，双方打了招呼，叫了两三杯鸡尾酒，聊了大概半小时。

"之前就想见见那个发音奇怪的老太太了。"贞之助开玩笑说。

"我也很想见见。"幸子也十分赞成，"不过我小妹经常给我们模仿她的样子，还没见过呢，就好像已经认识她了。"

说着，她也笑了起来。

十七

话虽这么说，最开始他们也并不是真的想去卡特里娜家。但听了妙子讲的故事，他们渐渐也开始好奇起来，再加上对方再三来邀请，很难拒绝，他们终于在早春汲水仪式①期间还很寒冷的一天里，拜访了基里连科家。对方请妙子这边的家人都一起去，但这边考虑到可能会很晚才能回家，就没有让悦子去，雪子为了陪悦子也留在家里，只有贞之助夫妇和妙子三个人去了。在阪急夙川站下车，向着山的方向，穿过铁桥走了五六百米，路过全是别墅的街道，走到道路尽头的乡间小路上，能看到对面有个小山丘，山丘上是茂密的松林。基里连科家就在那小山丘山脚下几栋并排而立的文化住宅中。虽然是其中

---

① 奈良东大寺二月堂举办的活动。

最小的一栋，但白色墙壁是新粉刷过的，看上去就像童话故事里的插画一样。不一会儿，卡特里娜就出来迎接他们，带他们到一楼两间房中里面的那一间。房间很小，要是主客四人围坐在火炉旁，就挤得身子都没法动弹了。四个人各自找了个位置坐下，长椅两端各一位、唯一的扶手椅上坐一位、剩下一位坐在硬木椅子上。但只要他们稍微动一下身体，就容易碰到火炉的烟囱，动动手肘又很容易碰掉桌子上的东西，十分危险。楼上的房间大概是母亲和孩子们的卧室，能想象到楼下除了这两间房，里面一定还有做菜的地方。从这里往外看，外面那间房更像餐厅，但这两个房间大小差不多，都不是很大。贞之助他们很纳闷，那里到底是怎么坐得下六个人吃饭的？而且更奇怪的是，家里好像只有卡特里娜一个人在，哥哥基里连科和那个妙子总提起的老太太都没有露面。西方人吃晚饭要比日本人晚一些，也许贞之助他们来的时候没问清时间，来得太早了也说不定。但窗外已经是一片漆黑，家里依然安安静静的，餐厅那边也一点儿动静都没有。

"请看这个。这是我第一次做的。"卡特里娜说着，从三脚架下面的格子里拿出了一个舞伎人偶。

"哇，这真的是您做的吗？"

"是的，但还有很多地方做得不好，都是妙子小姐帮我改的。"

"姐夫，快看那个带子的花纹。"妙子说，"那个不是我教她的，是卡特里娜小姐自己想到、自己画上去的。"

在人偶上系垂带①，大概哥哥基里连科也出了主意。黑色底色的带

---

① 带子一端长长垂下的一种系法，现在仍存在于京都祇园舞伎之中。

子上,画上了将棋棋子桂马和飞车的图案。

"请看这个。"卡特里娜又拿出了在上海时拍的照片集,"这是我的前夫,这是我女儿。"

"您女儿长得真像您啊。真是个美女!"

"您也是这么觉得的吗?"

"嗯,真的跟您很像。您不想见见您女儿吗?"

"女儿现在在英国,见不到。没有办法。"

"在英国哪里您知道吗?您要是去英国的话能见到她吗?"

"我也不知道。但是我想见她。我可能会去见她。"

卡特里娜并没有怎么伤感,一如既往的平静地说着话。

贞之助和幸子从刚才开始肚子就饿了,都悄悄看手表,互相交换眼色。等对话停下来时,贞之助说:

"您哥哥怎么了?今晚不在吗?"

"我哥哥每天都回来得很晚。"

"您母亲呢?"

"妈妈去神户买东西了。"

"啊,是吗……"

那么,老太太应该就是去买今晚做饭的食材去了。时针终于走到了晚上七点,但他们还没回来,令人坐立不安。妙子知道,把姐姐、姐夫带来,自己也有责任,也开始着急,不顾礼仪,时时地就望向餐厅的方向,不知道卡特里娜有没有察觉到。因为火炉很小,煤块很容易烧完,卡特里娜需要不时地往火炉里扔小煤块。四个人沉默寡言,更感觉饥饿难耐,必须找话题聊天转移注意力,但又找不到什么能接着聊下去的话题了。四个人终于相顾无言，只能听到煤块燃烧的声音。一只德国短毛混血狗用鼻子推开门进来，在火炉烤得最暖和的地方，钻进人们双脚之间的缝隙中，脑袋枕在前腿上趴了下来。

"波利斯。"卡特里娜叫它，它也只是抬起眼看了她一眼，动也不动一下。

"波利斯。"贞之助也喊了那只狗一声，蹲下来摸摸它的后背，就这样又过了三十分钟。

"卡特里娜小姐……"贞之助突然开口，"我们，是不是搞错了什么？"

"什么？"

"哎，小妹，我们是不是听错了什么？要是真是听错了的话就给人家添大麻烦了。总之，我们今晚还是先回去吧！"

"不会听错的啊……"妙子说，"那个，卡特里娜小姐……"

"怎么了？"

"啊，那个……要不还是二姐说吧！……我也不知道怎么说才好。"

"幸子，这个时候你赶紧用法语说说。"

"卡特里娜小姐会法语吗，小妹？"

"不会，英语倒是会……"

"卡特里娜小姐，我、我恐怕……"贞之助开始磕磕巴巴地讲英语，"您，应该，没想到，我们，今晚，会过来……"

"为什么？"卡特里娜睁大眼睛，说着流畅的英语，带着责怪的语气，"今晚是我们来招待您一家，我一直在等待你们光临呢。"

到了八点钟,卡特里娜站起来,走向厨房,"叮咣"地做了什么,然后麻利地把各种东西端进餐厅,把三个人叫到另一个房间里。贞之助他们看到,桌子上放着各种前菜——不知道是什么时候准备好的——有熏三文鱼、盐腌凤尾鱼、油浸沙丁鱼、火腿、奶酪、咸饼干、肉馅饼、好几种面包,像变魔术一样一下子突然出现在他们眼前。他们终于松了一口气。卡特里娜一个人忙来忙去,来回添了好几次红茶。三个人早就饿得不行,趁主人不注意,相当迅速地把食物往嘴里塞。菜肴分量实在是丰富,一道又一道地上菜,很快他们就都吃饱了,时不时还悄悄地往桌下给波利斯丢食物。

这时,外面"咔哒"一声,波利斯跑向门口。

"应该是老太太回来了。"妙子小声跟幸子和贞之助说。

老太太走在前面,大包小包拎了五六个,走过门口就径直走向厨房。哥哥基里连科跟在后面,带着一位五十岁左右的绅士走进餐厅。

"晚上好。不好意思打扰您了。"

"您请您请。"他一边点头示意一边搓着手。基里连科在西方男人中算是个头较小也很瘦弱的,脸长得像羽左卫门那样清秀细长,双颊被早春夜晚的寒风吹得通红,用俄语跟妹妹说了几句。在日本人听来,只能听到"妈妈契卡""妈妈契卡"之类的词,应该就是俄语里面"妈妈"的爱称吧!

"我今天是在神户见到妈妈,然后一起回来的。这位——"基里连科拍拍那位绅士的肩膀,"妙子小姐应该认识他吧!他是我的朋友伍伦斯基先生。"

"啊,我认识这位。这是我的姐姐和姐夫。"

"您刚刚说这位先生姓伍伦斯基,这个姓在《安娜·卡列尼娜》中出现过。"贞之助说。

"噢,是的。您知道的真不少。您读托尔斯泰的作品吗?"

"托尔斯泰、陀思妥耶夫斯基的书,日本人都读过。"基里连科对伍伦斯基说。

"小妹,你是怎么认识伍伦斯基先生的?"幸子问。

"这个人住在这附近一个叫凤川House的公寓里,可喜欢小孩子了,谁家的小孩儿他都喜欢。别人都叫他'喜欢孩子的俄罗斯人',他在这一带可有名了。大家都不叫他'伍伦斯基先生',都叫他'可多莫斯基①先生'。"

"他夫人呢?"

"他没结婚。好像之前被谁伤过……"

伍伦斯基的确很喜欢小孩子,性格很温和,还有点儿胆小,寂寞的眼中含着微微的笑意,眼角有点儿皱纹,安静地听着别人谈论自己。他比基里连科体格更大一些,肌肉紧实,皮肤好像被晒成了茶褐色,头发浓密,颜色像胡椒盐一样,瞳孔漆黑,看着很接近日本人,不知为什么看上去有几分船员的样子。

"今晚悦子小姐不来吗?"

"是的,她学校还留了作业要做……"

"实在是有点儿遗憾呢。我跟伍伦斯基先生还说了,今天晚上有个特别可爱的小女孩儿要过来,才把他带过来的。"

---

① 与日语中"喜欢小孩"发音类似。

"哎，实在不好意思……"

这个时候，老太太进来跟大家打了招呼："我，今天晚上灰（非）常高兴。……妙子小姐的另一个姐姐，还有那个小女孩儿，为什么今晚没来呢？……"

贞之助和幸子听到那个"灰"字，一看到妙子就要憋不住笑出来，就尽量避免和妙子视线交汇。但看到妙子坐得笔直，目不斜视认真听讲的样子，他们又不由自主地笑了出来。虽说是个老太太，但她并不是常见的那种肥胖的西方老太太，她腰挺得笔直，脚踩高跟鞋，双腿纤细，走在地板上"哒哒"直响，像小鹿一样轻快——甚至可以说是粗暴——十分有气势地走来走去。看这个样子，能想象得到妙子曾经说的她在滑冰场上的飒爽英姿。她笑起来时，才看得到嘴里的牙齿已经都掉光了，从脖颈到肩膀的肌肉有点儿松弛，脸上也布满了皱纹。但她的皮肤还是十分白皙，从远处看根本看不出来有这么多的皱纹，至少要比实际年龄年轻二十岁。

老太太稍微收拾了一下桌子，又新摆上了自己买回来的生牡蛎、鲑鱼子、酸黄瓜、猪肉鸡肉肝脏等做的灌肠，还有几种面包。然后又把酒端上来，有伏特加、啤酒，还有装在啤酒杯里热好的日本酒。他们劝客人们喝了各种酒，在座的俄罗斯人中，老太太和卡特里娜是喜欢日本酒的。果然，和之前担心的一样，桌子周围一圈坐不下这么多人，卡特里娜只能靠着没生火的火炉站着。老太太在忙活给客人们上酒上菜的间隙，从客人们背后伸出手抓东西来吃喝。由于刀叉不配套，数量又不够，有时候卡特里娜只能用手抓食物，偶尔被客人看到了，脸就害羞得通红。贞之助他们则努力装作没看到的样子。

"你别吃那个牡蛎……"幸子偷偷凑到贞之助耳边说。

虽说是生牡蛎,但并不是特别挑选过的深海牡蛎,从颜色上看就是从附近市场上买来的东西。俄罗斯人竟然还能勇敢地吃下去,这一点不得不让人觉得他们比日本人野蛮得多。

"啊,肚子真的非常饱了。"贞之助他们这边一边说,一边趁着主人注意,把剩下的食物丢给桌子下的波利斯。

贞之助喝了好几种酒,有点儿醉了,"那照片上的是什么?"他指着和沙皇尼古拉二世的照片并排挂着的壮丽建筑物照片,高声问。

"啊,那是皇村的宫殿,是彼得堡(这些人绝不会说"列宁格勒")附近的沙皇宫殿。"基里连科回答。

"啊啊,那就是有名的皇村啊……"

"我们家,以前酒(就)住在皇村附近。沙皇坐马车从宫殿里出来,我们每天都能看见。沙皇说话的声音,我们也能听见。"

"妈妈契卡……"基里连科用俄语叫他母亲,然后又用日语解释,"实际上并不是真的就能听见沙皇坐在马车里说话的声音,只是马车走过去的时候,离我们特别近,近到仿佛能听见的程度。总之,我们家以前住的地方离那里真的非常近,就在宫殿旁边,只是我那时候太小了,只有一点儿模模糊糊的印象。"

"卡特里娜小姐呢?"

"我那时候还没上小学,什么都不记得了。"

"那边房间里挂着日本天皇、皇后两位陛下的照片,您是出于什么心情才挂上去的呢?"

"噢,那系(是)当然的。我们,白俄人的生活,多亏有天皇陛下。"老太太的表情一下子严肃了起来。

"白俄人都这么想，能和共产主义斗争到底的就是日本。"基里连科说完，又接着说，"你们，觉得中国会变成什么样？那边马上就要变成共产主义了吧？"

"唉，我们也不怎么了解政治。不管怎么说，要是日本跟中国的关系不好，那就麻烦了。"

"你们，怎么看蒋介石？"从刚才开始，一直一边默默听着、一边在手心里把弄着空杯子的基里连科发话了，"去年十二月西安发生的那件事，你们怎么看？就是张学良把蒋介石抓起来的那件事。但他又留了蒋介石性命。那是怎么回事？"

"唉……我觉得不像报纸上报道的那么简单……"

贞之助对于政治问题中的国际问题特别感兴趣，本来也知道报纸杂志上登载的那些新闻，但无论何时，他都保持着旁观者的态度，绝不超出一步。这个时期，稍有不慎说出来什么，就容易被牵连。贞之助非常了解这一点，警戒心很强，在互相对对方都不了解的外国人面前，更不可能发表任何意见。不过，对于这些被驱逐出祖国、在外漂泊的外国人来说，这种问题一天也不能置之不理，这是事关他们生死存亡的大问题。之后，几个俄罗斯人又讨论了一会儿，伍伦斯基在这方面消息最灵通，好像还主张着什么，其他人就只能听他讲话。他们为了让贞之助他们也能听懂，努力用日语讨论，但伍伦斯基开始稍微深入讨论时，就又变成了俄语，基里连科便时不时地给贞之助他们翻译到底讲了什么。老太太也是个相当出色的评论家，不光是在一旁认真地听着男人们的讨论，还积极参与进来，说到热血沸腾时她的日语更加支离破碎，日本人和俄罗斯人都听不懂。

"妈妈契卡，说俄语吧！"基里连科提醒她。

贞之助他们也不知道到底是因为什么，大家的讨论最后变成了老太太和卡特里娜母女俩之间的争吵。好像是老太太开始攻击英国的政策和国民性，卡特里娜奋起反驳。让卡特里娜来说，她虽然是在俄罗斯出生的，但被祖国驱逐，来到上海，是接受了英国人的恩惠才得以长大成人的，是英国人办的学校教给了她学问却分文不收。毕业后，她成了一名护士，每个月都能从医院拿到工资，这些都是英国带给她的，英国有什么不好的地方呢？但老太太认为，卡特里娜还年轻，还不知道真相是什么。母女俩越吵越凶，脸色苍白，还好在哥哥和伍伦斯基的调节下不至于彻底闹掰。

"妈妈契卡和卡特里娜总是因为英国吵起来。我真的好难做啊。"安静下来后，基里连科这么说。

贞之助他们后来又去了另一间房里，聊了会儿天，又玩了一会儿扑克，然后又被请到了餐厅。但他们无论如何都已经吃不下了，最后变成了给波利斯喂食，把它喂得很饱。尽管如此，在喝酒上贞之助一直坚持，跟基里连科和伍伦斯基喝到了最后。

"小心点儿，你走路都走不稳了……"幸子叮嘱着贞之助。

过了十一点，夜色漆黑，贞之助他们走在回家的乡间小路上。

"啊，吹着冷风真舒服！"

"真的，之前我还想到底能怎么样呢。只有卡特里娜在，过了那么长时间，都不知道什么时候才能吃上喝上，肚子也越来越饿了……"

"然后就端上来了各种各样的吃的，我们全都变成了吃货。俄罗斯人怎么那么能吃啊？喝酒倒是不会输给他们，但吃饭饭量真的比不了啊。"

"就算这样，他们邀请我们，我们都去了，老太太肯定很开心的。俄罗斯人住的地方那么小，还喜欢叫客人来做客。"

"那些人啊，果然生活很寂寞，所以才想和日本人多交往。"

"姐夫，那个伍伦斯基啊，"妙子走在他们两三步后面，说，"那个人有过一段挺难过的经历。听说他年轻的时候有过一个恋人，因为闹革命，最后两个人失去了联系。在那之后过了好多年，他才知道恋人去了澳洲，他甚至也跑去澳洲找她了。好不容易找到了对方住的地方，也见到面了，但没过多久对方就生病去世了。从此他就决定，为了她一生保持单身。"

"原来是这样啊。你这么一说，确实能感觉到他是这样的人。"

"他在澳洲时也过了一段苦日子，甚至干过矿工。后来做了生意，赚了一点儿钱，现在好像至少有五十多万。卡特里娜的哥哥，也好像请他出了点儿资金。"

"哎呀，闻到不知道哪里传来的丁香花香味了——"幸子走到全是别墅篱笆的小路上，说，"啊啊，还有一个月樱花才开啊，都等不及了。"

"窝（我）也等不及了。"贞之助学着老太太的腔调说。

十八

> 原籍　兵库县姬路市竖町二○号
>
> 现居　神户市滩区青谷四丁目五五九号
>
> 　　　野村巳之吉
>
> 　　　明治二十六年（1893）九月生
>
> 学历　大正五年（1916）东京帝国大学农科毕业
>
> 职位　兵库县农林科勤务水产技师
>
> 家庭及近亲关系　大正十一年（1922）娶田中家次女德子为妻，生下一男一女。长女三岁时死亡。妻子德子于昭和十年（1935）因患流感死亡。此后，昭和十一年（1936）长子于十三岁时死亡。双亲早逝，有一个妹妹，嫁入太田家，现居东京。

这张背面衬纸上由本人用钢笔写下上述事项的照片，是三月下旬幸子读女校时的同学阵场夫人寄来的。幸子收到后，到刚才为止差点儿忘了这件事。去年，濑越那件事陷入了停滞状态后，十一月底的某一天，幸子在大阪樱桥的十字路口偶然碰到了阵场夫人，两个人聊了二三十分钟。当时谈到了雪子的事，阵场夫人问幸子"这么说来妹妹还没结婚吗"，幸子就回答说要是有合适的请一定帮忙介绍过来，然后两个人就分别了。但那个时候，濑越那件事还不是说完全不行，所以话只说了一半，都应付过去了。不过，阵场夫人那边好像上了心，写了一封信，信上问了幸子她妹妹后来怎么样。实际上那天碰面的时候她忘了说，她丈夫的恩人，关西电车社长浜田丈吉的表弟前几年妻子去世了，现在想再找一个，浜田就热心地拜托她丈夫给他表弟找个好对象，还把照片也放到她丈夫这里了。然后她就想起了幸子妹妹的事，虽然她丈夫对这个男人不太了解，但因为浜田跟他打包票说一定没问题，总之，就先寄来照片给幸子看看了。要是真的有意，就请幸子家里这边对照片背面写的这些事项进行详细调查，如果合适的话就写信通知她，她随时愿意牵线搭桥。这种事本来应该她过来幸子家这边当面详谈的，但她又觉得现在就见面商谈会不会给人强迫之感，就先写信来问问了。第二天，幸子就收到了另外寄来的照片。

幸子收到后，马上给她写了回信表示感谢。因为吸取了去年被井谷责备的教训，所以这次，幸子就先不轻易答应下来，在信上诚实地写下"感谢您的热心帮忙，但可能一两个月后才能给您回复。由于上次的相亲说媒谈崩了，考虑到妹妹的心理状态，就决定先搁置一段时间再定夺。而且我们也希望这次尽可能慎重一些，进行充分调查之后，如果可以的话再请您帮忙。您也知道，我妹妹一直没嫁出去，安排了很多次相亲都没有结果，作为姐姐也觉得她十分可怜"之类的话。幸子跟贞之助商量时也说，这次先不要着急，自己这边慢慢调查，要是觉得可以再跟本家商量，最后再和雪子说。但说实话，幸子这次并不是那么有兴趣。当然，不调查的话也没法说什么。照片上也没写对方到底有没有财产，看完背面写的那些事项，只觉得这个人的条件比濑越要差得多。首先，这个人年龄比贞之助还要大两岁；其次，他不是第一次结婚。虽然他前妻和两个孩子都去世了，没有那么多顾虑，但在幸子看来，雪子不会看得上他的。光看照片，就感觉这个人很显老，脸上也脏兮兮的。虽说看到真人可能和照片上会有不同，但既然是为了找对象才发来的照片，恐怕本人看上去比照片上还要显老而不会更年轻吧！外表没那么好看没关系，实际年龄比贞之助大也没关系，但要是婚礼上，雪子和他站在一起举杯时，新郎看着却像个老爷爷，就更显得雪子可怜了。而且自己这边作为一直为雪子操心的亲人，面对其他亲戚朋友，自己脸上也挂不住。固然不能强求新郎多么年轻帅气，但不管怎样，还是希望能是个精神抖擞、容光焕发、充满活力的人。思来想去，幸子怎么都喜欢不上照片上的人，就没急着开始调查，而是把照片放在一边搁置了一个星期。

不过，幸子突然又想到，前几天收到"内有照片"的邮件时，雪子看了一眼，但不知道她到底知不知道这件事。要是知道了，自己什么都不说，反倒像是故意瞒着她，反而更显得奇怪。在幸子看来，雪子表面上没有任何变化，但前段时间受到濑越那件事的影响，她精神上多少受了点儿创伤，还是不要那么快就着急找下一个为好。但幸子又想到，雪子要是看到了不知道从哪里寄来的照片，会不会想自己为什么不跟她说这到底是什么，要是雪子觉得自己在故意隐瞒她就更糟了。不过，幸子转念一想，要是这样的话，不如一开始就给她看照片，看看当事人怎么说、是什么反应，也许是个行得通的办法。

有一天，幸子准备去神户买东西，在二楼化妆室换衣服时，看到雪子进来，幸子说："雪子，又来了一张照片。"

她没有等雪子回答，接着说："就是这个。"

她从衣柜小抽屉里拿出照片给雪子看。

"你看看背面写的东西。"

雪子没说话,接过照片,看了一眼,又看看背面:"谁寄来的?"

"你知道阵场夫人吧?就是读女校时姓今井的那位——"

"嗯。"

"忘了是哪天了,在路上碰见她,提到了你的事,就拜托了她一下。之后她好像还挺上心的,就寄过来了这个。"

"……"

"没事,你不用现在就着急回复她。实际上,这回我想先好好调查过后再跟你讲的,但又觉得像是我特意瞒着你似的不好,还是决定先给你看看——"

雪子把手里的照片放在架子上,走到走廊栏杆旁边,望着庭院发呆,幸子对着她的背影接着说:"现在你什么都不用想。要是看不上就当没听过这回事儿。但人家都特意寄信来了,我还是先调查看看。"

"二姐,"雪子好像想到了什么,静静地转过身来,勉强挤出一丝微笑,说,"相亲找对象的事,我也想能有人给我介绍介绍。我啊,比起一个来说媒的都没有,不如偶尔谁过来说说,让我也有点儿生活的动力。"

"是吗?"

"就是相亲这件事,还是希望你们调查好了之后再进行。别的事不用考虑那么多。"

"是吗?你要是这么说,我再累也值得。"

幸子收拾好了自己,说要出去一下,晚饭之前再回来,然后就一个人出去了。雪子捡起姐姐换下来的衣服，挂在衣架上，把带子和带扣缠到一起收拾好，就出去靠在栏杆上望着院子里的景象。

芦屋附近大部分都是山林和田地，是大正末期才开始开发的。她们家的院子虽然没那么大，但保留了两三棵大松树，能看到一点儿过去的影子。在西北方向，透过邻居家的树林往外看，能看到六甲一带的小山和丘陵。雪子偶尔回上本町的本家住四五天，回来后看着外面总觉得恍若隔世。她现在站在这里，向南远眺，那里有草地和花坛，再远一些是座小假山，有开着小白花的绣线菊挺立于岩石间形成的峭壁中，下面就是已经干涸的水池。右侧水边，樱花和紫丁香在绽放。但幸子喜欢的是樱花，就算只有一棵，也希望能在自家院子里种下，让自己在家里也能赏花。所以这些樱花树是两三年前种在这里的，樱花绽放时，就在樱花树下摆上折凳、铺上地毯来赏花。但不知道为什么，每年樱花开得都很稀疏，不怎么好，而紫丁香像白雪一样在枝头满开，散发着芬芳的花香。在那棵紫丁香的西面，还有仍未发芽的樫树和梧桐树。再往南看，是法语中一种叫"塞连噶"的灌木。雪子她们的语言老师塚本夫人是法国人，告诉她们法国有很多这种"塞连噶"花，到了日本却从未见过，看到这个院子里竟然有这种花，十分稀奇，让她非常思念她的家乡。雪子她们听她讲完也开始留意这棵树，试着查了《日法词典》，知道了这种花在日语里叫作"萨摩水晶花"，属于水晶花的一种。它开花总是在绣线菊和紫丁香凋谢之后，跟种在别屋篱笆那里的八重棣棠花差不多时期开花。所以现在，两棵树都还没开花，仅有一点点萌芽随风飘动。在那"萨摩水晶花"的对面，隔着铁丝网，就是舒尔茨家的院子，在沿着铁丝网种下的青桐树下,午后的阳光暖暖地洒在草坪上,悦子从刚才开始就和罗斯玛丽蹲在那里玩过家家。从二楼的栏杆往下看,玩具床、西服衣柜、椅子、桌子、西洋人偶等,各种各样的东西散落在地上,一览无余,还能听到两个女孩子清脆高昂的说话声。她们并没有察觉到雪子在上面看着她们,依然沉迷于游戏中。

罗斯玛丽说:"这是爸爸。"左手拿着男人偶,"这是妈妈。"右手拿着女人偶,把两边人偶的脸碰到一起,嘴里"啾"的一声。最开始还不知道她在做什么,看了一会儿,才明白好像在模仿两个人偶接吻,用自己"啾"的一声来模仿接吻时的声音。

罗斯玛丽又说:"宝宝来啦。"

她从扮演妈妈的人偶的裙子下面拿出了婴儿人偶,之后一直重复着:"宝宝来啦,宝宝来啦!"

雪子终于明白"宝宝来啦"中的"来啦"指的是"生出来了"。听说西方人都告诉孩子,小婴儿都是鹳鸟叼来放到树枝上的,但罗斯玛丽却知道孩子是从妈妈肚子里生出来的。雪子忍住笑意,一直默默地看着两个女孩子在做游戏。

十九

幸子以前和贞之助新婚旅行时,住在箱根的旅馆里,谈论过对食物的好恶。贞之助问幸子最喜欢吃什么鱼,幸子回答说"鲷鱼",

被贞之助笑话了。他笑话幸子,是因为他觉得鲷鱼太平常不过了。但在幸子看来,无论是外表、形态还是味道,鲷鱼都是最具日本特色的鱼,不喜欢鲷鱼的日本人根本就不像日本人。在她心里,只有自己出生长大的大阪、京都地区,才是全日本鲷鱼最美味的地方——因此,她一直有种自豪感,就是她住在全日本最有日本特色的地方。同样,要问她最喜欢什么花,她一定也是毫不犹豫地回答"樱花"。

从《古今集》以来,出现了几百几千首与樱花有关的和歌——很多古人焦急地盼望着樱花盛开,又怜惜着樱花花瓣散落,年复一年吟唱着同一个主题,写下了无数首和歌。少女时代的幸子读这些和歌时,觉得这些写得都太平淡无味了,匆匆读完就完事儿了。随着年龄的增长,她逐渐明白了前人等待花开、怜花惜花的感情,明白这绝不只是语言上的附庸风雅、故弄玄虚。因此,每年春天来临,幸子都会邀请丈夫、女儿和妹妹,一起去京都赏花,连续几年从未间断过。不知不觉间,这成了她们家里的一个传统活动。每年赏花时,有时贞之助因为工作的事、悦子因为上学不去,但幸子、雪子、妙子三姐妹从未缺席。对幸子来说,每次感叹樱花飘落的同时,又惋惜妹妹们的青春一点点流逝。所以每年来赏花时,幸子嘴里不说,但总会想着,今年是不是就是最后一次和雪子一起赏花了?雪子和妙子似乎也同样感受到了幸子这样的心情,但大概没有幸子那样关心花开花落。她们每年都十分高兴地来赏花,去之前很早就开始——从汲水仪式结束后,就开始盼望樱花什么时候开花,甚至开始想,自己那个时候要穿什么衣服、系什么腰带,连里面穿什么衬衫都想好了。那种迫不及待的心情,旁人都能看得出来。

终于，到了樱花盛开的季节，就算知道哪天樱花开得最好，但为了贞之助和悦子，时间上也只能选在周六周日，而能不能正好碰上樱花盛开、会不会赶上刮风下雨，她们也和古人一样时时担心。芦屋家里附近也有樱花，从阪急电车看向车窗外面也能眺望樱花盛开的美景，并不是一定要去京都。但幸子一向认为，鲷鱼要不是明石鲷就不好吃，樱花也一样，若不是京都的花就没有去看的必要。去年春天，贞之助提出反对意见，说偶尔也换个地方吧，就去了锦带桥那边。但回来之后，幸子总感觉缺了点儿什么，觉得就"今年"春天过得不像春天，春天就这么过去了，就又强迫贞之助一起去京都，总算赶上了御室满开的樱花。此后，按照惯例，周六下午出门，在南禅寺的瓢亭提前吃了晚饭，看了每年都要看的都踊①，在回来的路上观赏祇园的夜樱，晚上就留宿在麸屋町的旅馆中。第二天，从嵯峨出发去岚山，在中之岛的临时茶屋附近打开带来的便当，吃过之后，下午回到京都市内，去平安神宫的神苑中赏花。然后，根据当时的情况，有时会让悦子和两个妹妹先回去，幸子和贞之助再住一晚，但这个"传统活动"在这天就算结束了。他们之所以每次都会把去平安神宫的行程放在最后一天，是因为这个时候神苑的樱花是全京都最美、最值得去观赏的。圆山公园的垂樱已然年老，年年姿色渐退，现在，也只有这里才能看到最能代表京都春色的樱花了。每年赏花行程中的第二天下午，她们都会从嵯峨回来，那正是春天日暮，她们选择了最令人留恋惋惜的黄昏时分，拖着走了半天的双脚，徘徊于神苑樱花树下。她们走过

---

① 京都艺伎在祇园花见小路上举办的舞蹈演出，每年四月一日至五月中旬举行。

水池边、桥头、路转角、回廊前，处处留下了她们的身影。她们站在一棵又一棵樱花树前，感叹、吟咏、抒发无限深情。从回到芦屋家中，直到第二年春天到来为止，一整年时间里，一闭上眼睛，眼前就会浮现各色盛放的樱花和树枝的姿态，仿佛一幅画卷。

今年，幸子她们也在四月中旬某个周末出发去赏花了。悦子穿着一年也不会穿几次的长袖印花和服。去年赏花时穿的衣服今年就已经小了，再加上她一直不习惯穿和服，穿上去看着更紧巴巴的。悦子为了今天，特别画了个淡妆，脸色明显有了变化。每走一步，她都要特别注意，不要让脚下的漆皮木屐滑落下来。坐在瓢亭狭窄的茶室地板上时，悦子没注意规避自己平时穿西装的习惯动作，导致穿和服时不小心敞开前襟露出了膝盖。

"哟，悦子，真像辩天小僧①。"

大人们跟她开了个玩笑。悦子还不怎么会拿筷子，是小孩子才有的奇怪拿法。也不知道是不是这身衣服袖子缠上了手腕，和以前穿西服时感觉不一样，吃东西的时候也不方便，她想去夹餐盘里盛着的慈姑却没夹住。慈姑从筷子中间滑落掉到地上，顺着滚到院子里，骨碌碌地滑到了青苔上。悦子和大人们都大声笑了起来。这是今年赏花时发生的第一件滑稽的事。

第二天早上，她们先去了广泽池，一棵樱花树的树枝快要碰到水面了。在那棵树下，贞之助用徕卡相机，分别为幸子、悦子、雪子、妙子以遍照寺山为背景照了相。这棵樱花树下还有他们的一段回

---

① 歌舞伎《青砥稿花红彩画》中的盗贼，辩天小僧菊之助。

忆。那是某一年春天，她们到广泽池边时，一个没见过的绅士手里拿着相机，恳切地希望她们能让他拍照。他拍了两三张之后，非常诚恳地对她们道了谢，说要是拍的效果不错的话，就把照片寄给她们，记下了她们的地址之后就离开了。十天之后，这位绅士按照约定，寄来了拍下的照片中最好的一张。那是幸子和悦子伫立于樱花树下，面向池水，绅士以波光粼粼的水面为背景，拍下了母女二人凝视着水面出神的背影。照片中，连花瓣飘散、落在悦子和服花纹上的风情，以及咏叹春日即逝的心情都表现出来了。从那时起，每当樱花开放时，她们都会来到广泽池，站在这棵樱花树下，不忘凝视水面，再拍同样姿势的照片。幸子还记得，沿着湖边的道旁围墙里，山茶花每年这个时候也会肆意绽放，火红的花开满枝头，所以她也一定会去那片围墙下看看。

她们也去大泽池堤上看了一会儿。走过大觉寺、清凉寺、天龙寺门前，今年也再次来到了渡月桥头。正是京都春花盛放之时，人头攒动，许多穿着深色的单色朝鲜服饰的妇女成群地涌入人流，为今年的赏花更添一丝异域风情。今年，走过渡月桥，水边树荫下，三三两两的朝鲜妇女正蹲着吃饭，其中甚至有人喝醉了。幸子她们去年是在大悲阁、前年则是在桥头的三轩家吃的饭，所以今年吃饭就选在了法轮寺山上。这座山是供奉因十三朝拜而有名的虚空藏菩萨的。吃过饭，她们再次走过渡月桥，穿过天龙寺北边的竹林小径。

"悦子，这是麻雀住的地方哦！"大人们说着，朝着野宫方向走去。到了下午，开始起风了，忽然有些寒冷，等到了厌离庵的庵室时，入口处的樱花纷纷扬扬地撒在了姐妹们的衣服上。然后她们再次走过清凉寺门前，在释迦堂前车站坐爱宕电车回到岚山，第三次来到渡月桥北面，休息一会儿，打了辆出租车去了平安神宫。

进入神宫大门，正面就是太极殿。从西边回廊踏进神苑的第一步，就能看到几棵红垂樱——在海外都有人赞叹它的美丽，这名扬四海的樱花，今年会是什么样呢？会不会来晚了看不到了呢？她们担心着，每年踏入回廊大门前，胸中都会怦怦直跳。今年也一样，她们怀着同样的心情踏入大门，忽然抬头仰望傍晚铺满火烧云的天空，大家一同感叹："啊——"

就在这一瞬间，赏花的心情到达了两天中的顶点。这一瞬间的喜悦，正是从去年春天尾声以来，翘首盼望了一年的事。她们想：啊，这样就好了，今年也看到了樱花开得最繁盛的样子。松了一口气的同时，又祈愿明年也能看到如此盛放的花朵。但只有幸子一个人想着，明年当自己再次立于这棵树下时，恐怕雪子已经嫁出去了吧！就算花开得再美，雪子纯洁的少女时代也似乎只剩今年最后一年了。她自己会很寂寞的，但为了雪子，无论如何也希望雪子早日结束单身。说实话，她在去年春天、前年春天站在这棵树下时，也是沉浸在如此感叹中，每次都觉得，这是和这个妹妹最后一次一起来赏花。但今年也和往年一样，能和雪子一起站在树下赏花，幸子感觉十分不可思议，又觉得这是不是会伤了雪子的心，不忍心再去看雪子。

樱花树林的尽头，还有刚发出嫩芽的枫树、檞树，以及被修剪成圆形的马醉木。贞之助让姐妹三人和女儿走在前面，自己拿着徕卡相机追在后面。走到白虎池长满菖蒲的水边时，走到苍龙池卧龙桥的石板上、水面倒映出影子时，走到栖凤池西边小松山、到大路上四个人并排站在葳蕤繁花下时,等,只要能拍照的地方就一定要拍,给她们留下了在各处的身影。在这里,她们一行人每年都会被很多素不相识的人邀请拍照片,有礼貌的人会特意过来问她们是否允许自己给她们拍照,没有礼貌的人就直接看准空隙按下快门。她们还清楚地记得,去年这个时候在哪里做了什么。即使是最微不足道的小事,只要来到当时来过的地方,就会想起那时发生过什么,然后再按原样做一次。比如,在栖凤池东边的茶屋里喝茶,趴在楼阁桥上栏杆的扔下麸饼喂桥下水中的红鲤鱼,等等。

"啊,妈妈,是新娘啊!"突然,悦子叫出了声。

一看,是一对举行完日式婚礼的新人从斋馆里出来,新娘准备坐上汽车,旁边都是看热闹的人群。这边只能看到新娘盖着白色盖头、穿着华丽和式罩衫的背影,在玻璃窗下闪了一下。实际上,今年她们并不是第一次碰到结婚的新人了。每到这个时候,幸子路过他们时,都觉得心里有点受到了刺激,但雪子和妙子倒是意外的平静,有时还站在看热闹的人群中,等着看新娘出来,看看新娘长什么样、穿着什么样的衣服,然后再跟幸子讲讲。

那天晚上,只有贞之助和幸子留在京都再住一晚。第二天,夫妇俩拜访了幸子父亲在家族全盛时期于高尾的寺庙内建立的一座尼姑庵"不动院",和院长老尼姑聊聊对父亲的回忆,度过了安静闲适的半天。这里也是有名的赏红叶地点,现在叶子还只是新绿,只有庭院前水管旁边的花梨树绽放了一朵花蕾。他们眺望着尼姑庵的美景,喝了不少山间清泉,趁着天还没黑,走了两千米多的山路下山。回去时,路过御室仁和寺前,知道这里的樱花离铺满枝头还有段时间,但幸子还是催着贞之助进去，到樱花树下休息一下，吃了点花椒酱烤豆腐串。根据以往的经验，磨磨蹭蹭地要是过了天黑，就会想再在外面住一宿，所以，在嵯峨、八濑大原、清水时，他们都没怎么停留，等意犹未尽地赶到七条站时，已经是下午五点多了。

在那之后两三天，某天早晨，幸子在贞之助去事务所后，和往常一样去整理书房。忽然，她看到丈夫的桌子上放着一张写坏了的书笺，在空白处有铅笔写下的如下诗句：

  佳人着美衣

  美人美景相辉映

  嵯峨花盛开

    四月某日于嵯峨

读女校时，幸子自己有时候也会作些和歌。最近又受到丈夫的影响，有时也在笔记本上记下随时想到的诗句，自得其乐。看到丈夫写下的和歌，她忽然也来了兴致，回想起前几天在平安神宫咏出的诗句，就稍微思考整理了一下：

  惜春光消逝

  风吹落花如残雪

  春色袖中藏

    平安神宫观落花

她在丈夫那首和歌旁边的空白处，用铅笔写下自己所作，然后原封不动地放好。贞之助晚上回来后，什么都没说，也不知道有没有看到，幸子后来也忘记了。第二天早上，她又去收拾书房，书桌上仍然放着昨天那张纸，在她写下的和歌后面，贞之助好像做了修改，又写下了如下和歌：

纵是看花开

也将落花藏袖中

如此更惜春

二十

"你差不多就得了，再这么勉强下去，身子都累坏了。"

"但开始干了就停不下来了。"

今天是周日，贞之助想再次邀请幸子一起去京都。虽然上个月刚去赏过花，但这次他想去看新绿。幸子从今天早上开始就不太舒服，身体一直乏力，贞之助就只能放弃出门，下午一直在院子里努力除草。

这个院子里的草坪，在买下这块宅地时还没有。当时卖主曾经给过忠告，说这里种了草也长不出草坪，但贞之助不顾这些，硬是铺了这么一块草地。他一直悉心地培育这块草地，好不容易长成了现在这个样子,但和其他地方的比起来,发育生长得还是不好,长出绿色也要晚一些。不过,贞之助认为自己是草坪的第一责任人,因此比别人多花了一倍的精力照顾它。但草坪长势不好的原因之一,便是早春刚出芽的时候,麻雀就飞过来把芽摘走了。发现这点之后,每年早春时节,贞之助都拼命地防止麻雀飞过来,发现了就向它们扔石子,驱散它们,这已经成了他的工作内容之一。他还让家里人和他一起赶麻雀。小姨子们也总开他的玩笑,说:"哎呀,又到了姐夫扔石子的时候了。"到了春暖花开时,就经常像今天这样,戴着遮阳帽,穿着束脚裤,除掉草坪里长的茅草和车前草,用除草机"咔咔"修剪草坪。

"你看,蜜蜂,蜜蜂,大蜜蜂!"

"在哪儿?"

"那里,你那边。"

阳台上和往年一样,搭起了遮阳棚。幸子就在阴凉下,坐在带树皮的白桦圆木做成的椅子上。蜜蜂从她肩膀上擦过,绕着中国瓷墩子上摆着的芍药花盆飞了两三圈,"嗡嗡嗡"地叫着,又飞向开着红花和白花的平户百合那里了。丈夫认真地除着草,一点点走向沿着铁丝网长得枝繁叶茂的大明竹和橿树林里了。从幸子这边看,越过一片平户百合花,只能看得到丈夫戴着的大遮阳帽的帽檐。

"别说蜜蜂,被蚊子咬了更严重,都叮进手套里了。"

"那就别干了吧!"

"不说这个,你不是身体不舒服吗?还出来干啥?"

"越躺着越累,起来坐着还能稍微舒服点儿。"

"是怎么个累法?"

"觉得头可沉了……还想吐……四肢无力……感觉像是要得什么大病了。"

"说什么呢，反应过敏了吧！"突然，贞之助说，"啊，不干了！"像松了一口气一样，贞之助大声喊了出来。

他站起来，把竹叶碰得"哗啦啦"作响，扔掉手里用来挖车前草根的铲子，脱掉手套，用被蚊子叮了的手背擦擦汗，用力伸直腰板往后仰。然后，打开花坛旁边的水龙头洗手，问："有没有花露水？"

他挠着手腕上的蚊子包走上阳台。

"阿春，把花露水拿来。"幸子朝屋里大喊。贞之助又走下院子里，这次是去摘枯萎了的平户百合花。这里的平户百合花四五天前开得最盛，现在有六成枯萎了，看着也不好看，还很脏，特别是白花，像脏了的黄色纸屑。贞之助一个个检查然后摘掉，再掐掉雄蕊上残留的像毛发一样的东西，做得十分用心。

"喂！花露水拿来了。"

"嗯。"贞之助说着，又接着干了一会儿，"这里找人清扫一下吧。"

贞之助终于回到了幸子这边，接过花露水，突然又喊了一声："啊呀！"他看向幸子眼中。

"怎么了？"

"你过来这边亮堂点儿的地方，我看看。"

在这之前，太阳就已经开始落山了，遮阳棚下的光线又昏暗了一分。贞之助拉着幸子走向阳台一头，让她站在傍晚的日光下。

"嗯，你的眼睛怎么变黄了？"

"黄？"

"对，眼白变黄了。"

"那是怎么回事？黄疸吗？"

"可能是吧！最近吃什么油腻的东西了吗？"

"昨天不是吃了牛排嘛。"

"啊对，是牛排。"

"嗯，嗯，那我就明白了。最近总想吐，肯定就是黄疸了。"

幸子刚才听丈夫"啊呀"喊了一声时，着实被吓了一跳。要是黄疸的话，倒也不用这么担心。她忽然松了口气。说起来很奇怪，她反倒有了高兴的眼神。

"过来我看看。"贞之助把自己的额头贴在妻子额头上试试体温，"不太热。哎，要是耽误了就不好了，你快躺下。总之，把栉田医生叫过来给你检查检查吧！"

说完，把幸子送上二楼，自己直接给医生打了电话。

栉田是个医生，在芦屋川车站附近开了个人诊所，医术高明，技术卓越。他在这一带十分有名，每天晚上直到过了十一点都还吃不了晚饭，还在外面巡回出诊，想抓他过来看病可不是件容易的事。所以，直到迫不得已一定要把他请过来时，贞之助就给一个叫内桥的老护士打电话，拜托她帮忙请栉田医生过来。但要不是重病，栉田肯定不会按照患者家里希望的时间过来，甚至还可能爽约，所以在电话里描述患者病情时，一定要讲得比实际情况更严重一些才可以。这天，也等到过了十点："栉田医生今天可能过不来了。"

话刚说完，快到十一点时，听到了外面汽车停下来的声音。

"黄疸啊，这就是黄疸。肯定没错。"

"昨天吃了一大块牛排。"

"那就是这个原因了。好吃的吃太多了啊。每天最好喝点儿蚬子汤。"

他说得干净利索。也许是因为太忙，所以每次都是匆忙地简单检查一下，检查完又像风一样赶忙离开了。

幸子第二天开始就在卧室里躺着，偶尔才起床，过得像在病房里一样。但也并没有多难受，虽然也没怎么好转。一个原因是天气闷热，进入梅雨季节前，又不下雨又不放晴，令人十分郁闷。另一个原因则是这种天气下，就算身体再好也没有地方能去。幸子两三天都没去洗澡了，换下有汗臭味儿的睡衣，让阿春进来，在浸湿的热毛巾上滴几滴酒精，然后给她擦身子。这时候，悦子上来了，"妈妈，壁龛里插着的是什么花？"

"是罂粟花。"

"悦子觉得这花好可怕啊。"

"为什么？"

"悦子一看到它，就觉得要被它吸进去了。"

"真的是。"

果然如此，孩子说的是挺好的。说到这里，前段时间，幸子在卧室里总觉得脑袋像被什么压着似的，很难受。她觉得原因应该就在眼前，但怎么都找不到。现在听悦子这么一说，她也明白了——看来应该就是壁龛上的罂粟花造成的。罂粟花在田野里开花时，看着很漂亮，但只有这一株插在花瓶里放在壁龛上，看着就觉得有点儿害怕，说"觉得要被吸进去"也不为过。

"真的是。我也这么觉得,大人反倒说不出来这样的感觉。"

雪子也十分佩服,把罂粟花从壁龛上拿下来,换上了放着燕子花和山丹花的水盘。但幸子看到更觉得难受,最后觉得不如什么都不放,就让丈夫挂上了一幅清爽的和歌挂轴。季节上稍微早了点,但还是选了香川景树的《岭阵雨》——阵雨下爱宕,山岭之下清泷川,雨后水当浑——写在怀纸上,挂在壁龛中。

可能是挂轴有了点儿效果,第二天,幸子就觉得心情轻松了一些。过了下午三点,听到门口门铃响,好像是有客人来,阿春上来报告说:"丹生夫人来了。"

"还有一位叫下妻的,和一位叫相良的客人也一起来了。"

幸子很长时间都没见到丹生夫人了。丹生夫人来过两次,每次幸子都不在家。要是她一个人过来,让她上卧室来也可以。但幸子和下妻夫人关系没那么熟,特别是还有一位没听过的叫相良的人,幸子有点儿不知道该怎么办才好。这时候要是雪子能代为接待就好了。但雪子这个人,绝对不愿意去见根本就不认识的人。但是,要是说自己生病推掉不见的话,实在是对不住每次都白跑一趟的丹生夫人,而且现在,幸子自己也苦于百无聊赖。所以,幸子先让阿春告诉客人自己现在身体不适,正卧床中,目前自己这个样子不太适合见人。她叫阿春先把客人带到楼下客厅,她自己赶忙起床,坐在梳妆台前,在多日未清洁的素颜上拍了一层粉,换上一件单衣,等下楼时已经过去三十分钟了。

"给您介绍一下,这位是相良先生的夫人,"丹生夫人指着一看就是刚从国外回来、穿着纯美式衣服的夫人说,"她是我读女校时的朋友。她先生在邮船公司工作,之前夫妇俩一直住在洛杉矶。"

"初次见面。"

幸子说着,内心马上就后悔出来见这些客人了。在自己病得如此憔悴时,她不由自主地想,现在到底适不适合去见初次见面的客人。但她从来没有想到,眼前这位客人,竟然如此时髦。

"您生病了吗?是哪里不舒服吗?"

"得了黄疸。您看,眼白都是黄色的。"

"真的。黄得很厉害呢。"

"您身体很不舒服吧?"下妻夫人问。

"嗯。但今天已经好很多了。"

"真是对不起,这个时候来打扰您。丹生夫人,您也不会选个好时间,偏偏这个时候来。我们明明在门口说两句就告辞好了。"

"唉,也不能都怪我啊!不,莳冈夫人,实际上是相良夫人昨天突然来了,她不太了解关西地区,所以我就专门给她当导游。我问她都想看什么,她就说想见见可以代表大阪神户的夫人。"

"啊,你说代表,怎么才算代表啊?"

"我也不清楚,反正就是各种意义上的代表。然后我考虑了一下,觉得还得是您啊。"

"别开玩笑了。"

"不过我确实觉得,您是我见过的最够得上称为代表的。就算您生病了,您也一定会坚持一下和我们聊天的。啊,还有——"

丹生夫人说着,就去打开进门时放在钢琴凳上的包袱,拿出两盒又大又漂亮的西红柿，说："这是相良夫人送来的。"

"哎呀，怎么说呢，真漂亮！哪里的西红柿能长得这么好呢？"

"是相良夫人家里种出来的呢。在哪儿都买不到。"

"可不是嘛。不好意思，相良夫人，您住在哪里？"

"住在北镰仓那边。但我去年回来之后，就在家里住了两三个月鹅（而）已。"

这个"鹅"跟那个俄罗斯老太太的口音一样，说得都很奇怪，幸子自己也模仿不来。她想，要是让妙子这种擅长模仿的人听到就好了，想着想着，她一个没忍住笑了出来。

"说到这里，您是到哪里去旅行了吗？"

"不是，是住了一段时间的院。"

"您得的是什么病？"

"严重的神经衰弱。"

"相良夫人连得病都得的这么奢侈。"下妻夫人插嘴打趣说。

"不过，要是住圣路加医院的话，住到什么时候都没关系吧？"

"医院就在海边，很凉快，特别是现在，住在那儿可好了。但它离中央市场很近，有时候吹过来的风都有腥臭味，而且本愿寺的钟声也很刺耳。"

"本愿寺都成那样了，现在还敲钟吗？"

"呵，可不是嘛。"

"总觉得还会鸣汽笛之类的。"

"而且教会也敲钟呢。"

"啊，"下妻夫人突然叹了口气，"我，可能要去圣路加医院当护士。喂，你们觉得怎么样？"

"也许不错呢。"

丹生夫人随意回了一句。幸子听说下妻夫人家里有点儿不太好的事，现在听她说这话，总觉得意味深长。

"要治黄疸，听说在腋下夹饭团能治好。"

"啊？"相良夫人正用打火机点烟，突然诧异地抬起头看着丹生夫人，"您知道的怪事可真不少呢。"

"在两边胳肢窝下夹饭团，那饭团不也变黄了吗？"

"而且想想，那饭团也很脏吧！"

说出这话的是下妻夫人。"莳冈夫人，您夹饭团吗？"

"不，我也是第一次听说。只知道喝蚬子汤能治好。"

"反正都是不怎么花钱的病。"相良夫人说。

幸子看到这三个人拿来了这么多东西，察觉到她们大概是想让自己留她们吃晚饭。但现在离吃晚饭还有两个小时，这跟自己最开始的预想相反，顿时觉得这段时间太难熬了。看相良夫人这种人，从类型、气质、态度、言谈、姿态上看，果然是纯正的东京派头，她觉得很难对付。幸子在大阪神户这些太太们中间，怎么都算是能说一口流利的东京口音的那种人，但在这位夫人面前，总感觉放不开——与其说这样，不如说觉得自己讲东京话，显得实在是太浅薄了，于是就故意不讲东京话，而是多讲家乡方言。而且，丹生夫人明明从前一直跟幸子讲的都是大阪话，今天为了陪客人，讲的都是东京话，跟往常判若两人，和其他人聊天也没那么融洽了。虽说丹生夫人是大阪人，但是在东京读的女校，跟东京人的交往更多，东京话说得好也不奇怪。

即使如此,她这次讲得这么好,幸子跟她认识这么长时间,也突然觉得,她这个人还有自己至今都不了解的地方。今天的丹生夫人不像平时那么沉稳,使眼色的方式、嘴唇弯曲的样子、抽烟时用食指和中指夹着——可能讲东京话首先就要从表情和小动作开始吧,但总给人感觉连人品都忽然变得恶劣了一样。

要是平时,幸子就算身体稍有不舒服,也能忍一忍,陪陪客人。不过今天,光是听着三个人聊天,她就觉得十分疲惫,心里厌烦,身体也跟着开始难受,最后终于脸色也变了。

"喂,丹生夫人,差不多了吧——咱们该走了。"下妻夫人察觉到了幸子的变化,说着站了起来。幸子也并没有硬留她们。

二十一

幸子的黄疸没那么严重,但一直都没完全康复,进入梅雨季节后才开始逐渐好转。有一天,她接到来自本家姐姐的电话,听到了意外消息。姐姐说,这次姐夫荣升东京丸之内的分行长,最近本家准备离开上本町,全家搬到东京去住。

"嗯,那什么时候走?"

"你姐夫说下个月开始上班。所以先让他过去,找找哪里能住,然后我们几个再过去。孩子们也得转学,不管怎么样八月底也得走了……"

电话里都能听到,姐姐说着说着,声音开始呜咽起来。

"这件事之前就有消息了吗?"

"不是,是突然通知的。你姐夫也说,从来没听说过这种事。"

"下个月也太急了吧?大阪家里这边怎么办?"

"怎么办,还一点儿都没考虑呢。去东京什么的,我做梦都没想过。"

姐姐往常一打电话就会聊很长时间,要挂的时候又开始讲,反反复复好几次,絮絮叨叨讲了三十分钟"自己从出生起就一次都没离开过大阪,现在三十七岁了却不得不离开,心里难受"之类的话。

照姐姐的说法,亲戚和丈夫的同事无论谁都在说丈夫荣升值得庆贺,一个能理解自己心情的人都没有。要是稍微说几句,人家就说,现在怎么还抱着以前的旧观念,只会一笑了之,不会认真倾听她的想法。是啊,那些人说得对,这不是说去遥远的外国,也不是要去交通不便的乡下,去的是东京市中心的丸之内啊,是去寸土寸金、天子脚下的地方啊,有什么值得难过的呢?她自己也这么想,在心里默默地安慰自己,但一想到要离开生养自己的大阪,就又开始悲伤起来,甚至开始流泪,连小孩子们都觉得她很可笑。听姐姐这么说,幸子也觉得姐这样很可笑,倒不是说理解不了姐姐的心情。很早以前,姐姐就代替母亲,照顾父亲和妹妹们。父亲去世后,妹妹们终于长大成人时,她已经结了婚,又生了孩子,和丈夫一起尽全力挽回日渐衰落的家运。姐妹四人中,她是最辛苦的。从某种意义上说,她也是受旧时代教育最多的,至今仍有旧时大家闺秀的纯粹气质。现在,说到大阪的中产阶级夫人,要是谁三十七岁了还没去过东京,听着就很不可思议，但姐姐确实没去过东京。尤其是在大阪，家里女孩子不像东京女孩子那样经常出去旅游。幸子和妹妹们也很少去京都往东的地方，但也借着学校修学旅行或者其他机会，去过一两次东京。然而，姐姐很早就开始主持家务，没时间去旅行。另一个原因是，她认为没有比大阪更好的地方了。看戏就看雁治郎、吃饭就去播半和鹤屋，这些足以让她心满意足，也不想再去其他陌生的地方。所以，就算有机会，她也都让给妹妹们，自己乐意留在家里。

  姐姐现在住的上本町的家，是纯大阪式建筑。穿过高墙下的大门，就能看到外面是网格样式的房间。从门口的土间到后门为止是个通透的庭院，院子里栽了几棵花草树木，阳光稀少，室内白天也很昏暗。屋子里，擦得锃亮的铁杉柱子闪闪发光，整栋建筑充满古风。幸子她们也不知道它是什么时候在这里建起来的。可能是一两代以前的先祖建造的，用作别宅和隐居地，也借给分家或别家家人使用。父亲晚年时，原先一直住在船场店里的她们，看当时流行把住宅和店铺分开，就把家搬到了这里。因此，她们自己住在这里的时间也没那么长。但幼年时，有些亲戚还住在这里，她们也来过几次。再加上父亲最后是在这里咽气的，更让她们对这里有着特殊的回忆。所以，幸子察觉到，姐姐对大阪有如此深厚的乡土感情，其中大部分应该都是对这个家的执念。即使幸子觉得姐姐纠着旧时回忆不放很可笑，但在电话里突然听到这个消息时，她自己心里也受到了点儿刺激，甚至想到以后再也不能去那个家了。以往，幸子总和雪子、妙子她们吐槽，没有比这里更不干净、光线更差的地方了，不懂住在这种房子里的姐姐，他们到底是怎么想的，她们在那儿住三天就能头疼，等等。但要说大阪这个家就这么消失了,对幸子来说就等于失去了生养自己的故乡之根,这也是她现在有种难以描述的寂寞心情的原因。不管怎么说,从本家姐夫放弃代代相传的家业去当银行职员后,作为职员,被调到各个地方的分行工作也是常事,姐姐说不上什么时候就会跟着离开现在这个家。但她们不谙世事的一点,就表现在无论是姐姐,还是幸子和妹妹们,都从未想过这种可能性。以前,大概八九年前的样子,有一次要把姐夫调到福冈分行去。那时辰雄跟上司说,由于家里原因没法轻易离开大阪,就算不涨工资,也希望能留在现在这里这个位置上。银行那边也考虑到辰雄作为旧家族入赘女婿的身份,默认只有他可以不被调往外地。虽然那边没有明说,但家里都以为这样就可以永远留在大阪。因此,现在这个消息对她们来说无异于晴天霹雳。会出现这样的调动,一个原因是银行高层出现人事变动和方针的变化,另一个原因则是辰雄自己也希望可以晋升,就算离开大阪也没关系。在辰雄看来,当年一起进来的同期都晋升加薪了,只有自己还是吴下阿蒙,心里憋屈。之后孩子也多了,现在的生活费越来越紧张,再加上经济界的变动和其他原因,岳父留下来的遗产也靠不住了。

  幸子理解姐姐被迫离开故乡的难过和不舍,自己也十分留恋那个家,想着早点儿去看望姐姐,但由于各种事情又拖了两三天。姐姐又打来电话说,不知道什么时候才能再回大阪,已经定好了之后把这里便宜租给音爷爷一家。也就是说,马上就到八月了,必须收拾行李,她每天几乎都是在仓库里忙活。父亲去世后这里积攒着各种家具和物品,不知道从哪儿开始收拾才好。看着到处散落的东西,她整个人十分茫然,想着这些东西里肯定有自己用不上但幸子想要的东西,所以希望幸子过去一趟。音爷爷是个叫金井音吉的老头子,是父亲以前住在浜寺别墅时的用人。现在,他儿子娶了个媳妇,在南海的高岛屋工作,他自己也没什么负担了,但两边一直都还有联系,所以姐姐就把自家房子拜托他们帮忙保管。

第二个电话打来的第二天下午,幸子去本家了,看到中庭树林对面的仓库门开着。"姐姐。"幸子在拉门那里叫了一声,然后走进去,姐姐在二楼。

这个时候刚刚进入梅雨季节,到处湿漉漉的,仓库里散发着潮湿的霉味。姐姐就蹲在那里,头上盖条头巾,拼命在那里收拾。围绕在姐姐前后左右的,是写着"二十个春庆核桃木食案""汤碗二十个"等的五六个旧箱子,旁边一个开了盖的长方体箱子,里面装满了小盒子。姐姐小心地解开绑着箱子的绳结,把里面装的志田烧点心盘、九谷的酒壶之类的东西一个一个检查好,然后物归原位,按照带走的东西、留下的东西和处理掉的东西分好类。

"姐姐,这些是不要的?"幸子问。

"嗯,嗯。"姐姐手上没停,草草回答两声。

幸子忽然看到,姐姐拿出来的箱子里有个端溪砚,想起了父亲当时被忽悠买下它的情景。父亲一向对书画古董之类的东西没有鉴别力,总觉得不管什么东西,只要是贵的就是真的,经常被人骗着花大价钱买下不值钱的东西。这个端溪砚也一样,是一个经常来往的古董商拿来的,说要几百日元,父亲想都没想就花了几百日元买下了它。幸子在场,看到了当时的样子。那时她还是个孩子,心里想砚台要这么多钱吗?父亲既不是书法家也不是画家,买这个东西干什么?

而且，更荒谬的是，和这块砚台一起，父亲还买了两块用来刻印的鸡血石。父亲有一次想把它送给一个医学博士朋友，作为六十大寿的赠礼，还准备在石头上刻些祝贺的话，但篆刻家却把石头退回来了，说实在抱歉，这块石头有杂质，没法刻字。可是这毕竟是花大价钱买来的，也不可能就这么扔掉，就长时间放在一个地方，之后幸子也见过几次。

"姐姐，那个，好像有两块鸡血石吧！"

"嗯……"

"那个，它还在吗？"

"……"

"喂，姐姐。"

"……"

姐姐把一个写着高台寺泥金画卷文库的箱子放在膝盖上，手指拼命地插进快封死的盖子的缝隙中，一心要把箱子打开，好像根本没听见幸子说了什么。

幸子很少看见姐姐这样——沉迷于某件事，甚至听不到别人说什么，一心一意扑在一件事上的姐姐。要是不了解姐姐的人看见，肯定会说她一定是个勤勤恳恳的家庭主妇。但实际上，姐姐并非那么认真能干。每次发生了什么事，她一开始肯定茫然不知所措，整个人进入了放空状态，过了一段时间，她就会像这次一样，像被神附体了一样拼命干活。所以，在旁观者看来，这一定是个不惜一切代价干活的能干妻子。但事实上，她只是进入了兴奋状态，自己也不知道自己在做什么，只是一个劲儿地在做一件事。

"姐姐可真有意思,昨天在电话里都快哭了,说什么'自己说得要哭了也没人听,幸子一定要过来'之类的,结果我今天过去了,进仓库里一看,人家沉迷于收拾东西,我叫她'姐姐'她都不搭理我呢。"

幸子回家后,跟妹妹们讲了今天的事。

"姐姐她就那样。"雪子也这么说,"你们等着看吧!等她缓过来,肯定又要哭了。"

那之后隔了一天,雪子也接到了姐姐让她过去的电话。雪子想"这次我来看看姐姐是个什么样子",就过去了,住了一个星期才回来。

"行李收拾得差不多了,她又像被神附体了一样。"雪子笑着说。

据雪子说,姐姐叫她过去,是因为姐姐姐夫要回辰雄老家名古屋,跟那边的人告别,就拜托她过去看家。雪子去的第二天是周六,夫妇俩下午就出发了,周日晚上很晚才回来。但那之后的五六天里,要说姐姐干了什么,那就是她竟然每天坐在桌子前练字。问她为什么要练字,她说在名古屋时,拜访了一圈辰雄老家的亲戚,在每一家都受到了热情款待,因此要给每家人都写一封感谢信,这对她来说是个重大任务。特别是辰雄的嫂子——也就是辰雄老家哥哥的妻子,书法写得特别好,姐姐不想输给她,就要更加努力地练字了。平时给名古屋的这位嫂子写信时,桌子左右两边都放着字典和书信尺牍文范,连草书也要查明白了再写。写的过程中,用心遣词造句,先打几遍草稿再正式写。写一封信几乎就要花掉一整天时间,况且这次要写五六封信,光是打草稿就没那么容易写好,所以她每天就在写信上下功夫。然后,她还总是问"雪子这么写行吗""有没有漏写什么",拿着草稿跟她讨论。直到今天雪子要回来了,姐姐才终于写好了一封信。

"姐姐每次去银行高层家拜访时,提前两三天就开始在嘴里念叨要说的话,甚至开始自言自语了。"

"要我说,去东京这件事挺突然的,所以她前段时间才会好难过好难过,控制不住自己就要掉眼泪了。想来现在她已经做好思想准备了吧?她没事,既然这样,能早去一天就早去一天,让亲戚朋友们都大吃一惊吧!"

"真的是,她总把这种事当成活着的价值。"

姐妹三个聊了一会儿,好好笑话了一阵她们的大姐。

二十二

辰雄从七月一日开始就要到丸之内支行上班,因此,六月末他就先行一步,先寄宿在东京麻布亲戚家,自己开始着手找合适的住处,也请了人帮忙寻找。在大森找到一栋房子并基本定下来就是这里之后,他就给家里写了封信。信里还交代,家人忙完八月的地藏盆节[①]后,就坐二十九号周日晚上的车去东京,他会提前一天也就是那个周

[①] 接近盂兰盆节的一个节日,参拜地藏菩萨。

六回大阪，出发那天晚上在车站再次告别去送行的亲戚朋友。

姐姐鹤子在进入八月后，每天拜访一两家亲戚或丈夫在银行的同事和上司，该拜访的地方都去了一遍，最后来到芦屋的分家——幸子这里，住了两三天。这不是空有形式的饯别。前段时间为了搬家能有个万全的准备，她像被神附体一样忙了好一阵儿，该好好休息了。也顺便再让姐妹四人亲密地聚一聚，互相很久都没见面了，好好珍惜所剩无多的相聚时光，慢慢讲述对关西的不舍。然后，鹤子说这段时间想把所有东西都忘掉，就拜托了音爷爷的夫人帮忙看家，她自己一身轻松地来这里，只让保姆把三岁的小女儿背来了。说真的，姐妹四人上一次像这样聚在同一屋檐下，没有时间限制，慢悠悠地聊天打发时间，已经不知道是多少年以前的事了。想想也是，至今鹤子来芦屋幸子家的次数屈指可数，就算来了也不过是趁着家务的间隙，待一两个小时就走。幸子这边即使是去上本町那边，也因为孩子太多，大人被缠得根本没有能够好好聊天的时间。至少可以说，这姐妹两个结了婚之后，基本上就再也没有亲密聊天的机会了。所以这一次，无论是姐姐还是妹妹，对今天的到来都期盼已久。这件事想聊聊，那件事想问问，从少女时代到现在已经过了十多年，想想，这十多年间攒下了多少话题啊！然而，到了这一天，姐姐过来留宿时，看到姐姐这段时间如此疲惫——不如说，让十几年来积攒的疲惫都显现出来了——先叫了按摩，白天一直待在二楼卧室里随意趴着。幸子本来想着姐姐对神户不熟悉，想带她去东洋饭店和南京町的中华餐厅，但姐姐却说比起去那些地方，不如就在这里，谁都不用顾虑，悠闲地伸伸四肢，就算不吃什么美味佳肴，只要有茶泡饭就足够了。还可能是天气炎热的原因，三天时间里，她们都没怎么聊，无所事事地就这么过去了。

鹤子回去之后过了几天，离出发只有两三天了，这时，去世父亲的妹妹、一位叫富永姑母的老太太突然前来拜访。幸子到现在一次都没有见过这位姑母。这个时候，这么热的天气特意从大阪过来，幸子察觉到她一定是有什么事。这件事她大概也能猜到，一听，果然就是为了雪子和妙子姻缘的事来的。她说："至今为止本家一直在大阪，两个妹妹本家、分家两边换着住没问题。但现在不得不离开大阪，两位本身就是本家的人，现在应该跟着本家一起搬到东京去。雪子没什么要准备的东西，明天就回上本町，跟家人一起走。妙子那边还有工作，处理工作上的事还需要点儿时间，一两个月之后再搬过去。不是说不让她工作，到东京后也不会耽误她做人偶的。不是说在东京工作更方便吗？你姐夫也说，这类工作已经得到了世人的承认，只要她这个人工作态度认真，也可以让她在东京租个工作室。"实际上，这个问题，本来前几天鹤子来的时候就应该跟幸子她们谈的，但她过来是想好好休息的，不想谈这么沉重的话题，就什么都没说。鹤子还说辛苦姑母跑一趟，所以她就替鹤子过来跟幸子她们讲这些事。

姑母说的这些事，从听说本家要搬到东京去的那天开始，幸子就有预感，这些事情肯定有一天是要提出来的。两个当事人虽然嘴上没说，但心里都多少有点儿郁闷。本来，这段时间鹤子一个人忙着准备搬家的事情忙到不可开交，雪子和妙子不用说也应该知道，应该去本家帮帮姐姐，但两个人都尽量避免回本家——即使如此，雪子还是被叫过去住了一个星期。妙子突然说做人偶很忙，回不去，就待在工作室里，连芦屋的家也几乎不回，只有前几天姐姐回来时待了一个晚上，然后就回去了，更不要说大阪了，根本就没回去过。原因是她们两个都想先得到主动权，来表示她们希望继续留在关西的意愿。但姑母后来又说："这件事只能在这里讲，为什么雪子和小妹不愿意回本家，我听说是因为跟辰雄关系不好。辰雄绝对不是雪子她们想的那种人，对她们俩也没有任何恶意。只是，他是名古屋人，出生在旧家族里，想法也十分古板。所以像这次这件事，要是两位妹妹不跟着本家一起走，而是留在大阪的话，给人句印象也不好。说得不好听的话，那就是关系到他的面子问题。要是她们两人不听从的话，鹤子夹在中间也不好做人。所以这次来拜托幸子，也是因为她俩都听你的话，你只要好好说说就行。你别误会，虽然让你去说，但她俩不回去也完全不是你的责任。都是成年人了，甚至到了该嫁出去当夫人的年纪了，她们自己要是不想走的话，别人再怎么说，也不能像哄小孩子那样把她们俩带走。但一定要找个人去说服她们俩的话，我们商量之后，觉得幸子是最好的选择，你去说最有效，请你一定答应下来。"姑母说完，又问，"今天雪子和小妹都不在家吗？"她说的是过去的船场方言。

"妙子最近一直忙着做人偶，基本上不回来。"幸子也被影响，开始讲方言，"……雪子倒是在，要不把她叫来？"

雪子从在门口听见姑母声音开始就不见了，大概是逃到二楼房间里去了吧！幸子走上二楼，透过帘子，果然在六张榻榻米大小的房间里，看见了雪子正坐在悦子的床上低着头思考。

"姑母还是过来了。"

"……"

"怎么办，雪子？"

从日历上看，已经入秋了，但这两三天依然十分炎热，不亚于盛夏时期。在通风不良的室内，雪子难得穿上了乔其纱连衣裙。她知道自己身材过于纤瘦，不太适合穿西式服装，因此在天气没那么热的时候总是穿和服、认真系好带子，直到夏天有那么十几天实在热得受不了时，才会换上现在这身衣服。而且就算穿，也只在中午到傍晚这段时间、只在家里人面前穿穿，她甚至不想让贞之助看见自己穿这身衣服的样子。但贞之助偶尔也能看到雪子穿上这身衣服，就知道那天实在是热得不行了。藏青色乔其纱连衣裙之下，是瘦得令人心疼的肩胛骨。清瘦的肩膀、胳膊，甚至能感受到雪肌散发着丝丝寒气，好像看到就能消汗一样。她自己丝毫没有意识到这一点，但旁人看来，只是看着她，就好似喝了一种清凉剂。

"她说让你明天回去，跟大家一起走。"

雪子低着头沉默不语，如裸体的日本人偶一样，两只胳膊垂在身侧，光着双脚踩着床下悦子用来踢的大玩具橡胶球，有时脚心热了，就滚着球踩别的地方。

"小妹呢？"

"她说小妹有工作要处理，不能现在马上走，但也要在之后搬过去。听说这是姐夫的意见。"

"……"

"姑母没那么直说，但他们觉得是我硬要把你留下来的，就过来说服我。我也觉得挺不好受的，你多少也考虑一下我的立场吧。"

幸子觉得雪子挺可怜的，但另一方面，别人总认为自己是把雪子当作自己家的家庭教师了。她对别人这些批判十分不满。本家姐姐一个人养大了这么多孩子，分家的妹妹只有一个女儿，还要借人手帮忙照顾，要是大家都这么看的话——要是连雪子自己都这么想，多多少少觉得自己在施恩的话——幸子内心觉得自己作为母亲的自尊心也被伤到了。确实，现在是雪子帮忙照看孩子。不过要是雪子走了，幸子也不是说就照顾不好悦子了。雪子早晚都要嫁出去，也不能一直靠着人家。悦子可能会觉得，要是雪子不在了会很寂寞，但毕竟不是听不懂话的孩子，当时感到寂寞，过一段时间肯定就能好了，不会像雪子担心的那样又哭又闹。幸子自己也只是想安慰一下到年龄了还没嫁出去的妹妹，也不想得罪姐夫，并没有要强留雪子的意思。既然本家都来说要带她回去了，那就按照他们的命令去说服雪子本人。而且，就先让她回去一次，让雪子和其他人都好好看看，没有雪子，幸子照样能把悦子培养成人。

"这回，看在富永姑母的面子上，你回去吧！"

雪子一言不发地听着。幸子的意思已经表达得这么清楚了，就只能听从她的意思了。但一看雪子萎靡不振的样子，就能知道她的心情了。

"你去了东京，又不是说不回来了……而且，之前阵场夫人说的那件事，现在还没有进展呢，要是去相亲，我肯定还得让你回来。就算不去相亲，也肯定还有别的好机会呢。"

"嗯。"

"那我就跟他们说你明天就回去。"

"嗯。"

"既然都定下来了,好好收拾一下,然后去见姑母吧!"

雪子要化妆、脱下连衣裙换上和服,幸子就先下楼去客厅了。

"雪子马上就下来。我跟她好好说过了,她也答应这件事了,姑母您就什么都不用再说了。"

"是吗?那这回我也算没白跑了。"

姑母的心情好了很多。这时贞之助也快回来了,幸子就劝她在这边慢慢吃个晚饭再走。但姑母说不行,得早点儿让鹤子放心。这次没见到小妹太可惜了,就拜托幸子跟小妹也好好讲讲。傍晚稍微凉快点儿时,姑母就回去了。第二天下午,雪子跟幸子和悦子简单地打了个招呼,说出去一下,就出了门。至于行李,外面的衣服的话,在芦屋,姐妹三个必要时都会换着穿,而自己的换洗衣物就只有两三件单衣和内衣内裤,再加上一本还没读完的小说,都放在了一个绉绸的包袱里,让阿春拿着送到了车站。这些行李甚至比出去旅游两三天还要轻便。悦子昨天在富永姑母过来时,就去找舒尔茨家孩子玩了,直到晚上才听幸子说了这件事,说雪子暂时去帮忙,马上就会回来。正如幸子所料,悦子并没有要去找雪子的样子。

出发那天,辰雄夫妇、最大的才十四岁的六个孩子、雪子,一共九名家庭成员,再加上一个女佣和一个保姆,总共十一人,去大阪站坐晚上八点半出发的列车。幸子本应去送行的,但她怕姐姐看到她又哭起来,就特意没去,让贞之助一个人去了。候车室里早就安排了接待的人,将近百人前来送行。其中,有受到先代祖辈恩顾的艺人、新町和北新地的老板娘与老妓女等。虽然没有往日的排场和气派,但作为一个旧时曾经辉煌过的家族,举家迁离故土能有如此规模的送别也足够了。妙子在到处躲,最后一天也没去本家露面,直到本家要出发了,她才跑到站台上,在人群混杂中和姐姐姐夫简单地打了个招呼。她正要回去,在从站台跑到检票口的途中,后面有人叫住她:"实在不好意思,您是莳冈家的女儿吗?"

她回头一看,是个叫阿荣的老妓女,在新町一带因为舞跳得好很出名。

"是的,我是妙子。"

"您是妙子小姐啊,是排行第几的孩子呢?"

"我是最小的妹妹。"

"啊,是小妹啊,都长这么大了啊。已经从女校毕业了吗?"

"啊……"

妙子笑笑岔开话题。每次别人都以为她是个刚毕业还没到二十岁的小姑娘,她已经习惯怎么糊弄过去了。而且,在父亲家业的全盛时期,这个老妓女——那个时候就已经很老了,经常来船场的家里打招呼,家里人都亲切地叫她"阿荣姐、阿荣姐"。妙子那时十岁左右,现在来说已经是十六七年前的事了。从那个时候开始算,应该能猜得到现在自己没那么年轻了。妙子心里觉得很好笑,也知道今天晚上自己特意穿戴了小姑娘风格的衣服和帽子,阿荣才会看错自己年龄的。

"小妹多大了?"

"已经没那么年轻了。"

"您还记得我吗?"

"嗯,记得,您是阿荣阿姨吧!您跟以前一样,可是一点儿都没变呢。"

"怎么可能呢，都老成老太婆了。小妹为什么没一起去东京呢？"

"还得暂时再在芦屋二姐家住一段时间。"

"是吗？本家的姐姐姐夫都走了，肯定很寂寞吧！"

妙子走出检票口，跟阿荣道别，刚走两三步，又一位绅士叫住了她：

"是妙子小姐吗？您好，好久不见，我是关原。这次蒔冈君荣升——"

关原是辰雄大学时代的同学，在高丽桥附近某家三菱系公司工作。辰雄刚到蒔冈家时，关原还是单身，经常来家里玩，跟鹤子的妹妹们都很熟。他结婚之后，被派到伦敦分公司，在英国待了五六年，两三个月前才被调回大阪总公司。妙子听说了他最近要回国的消息，但已经有八九年没见过面了。

"我刚刚就注意到小妹了——"关原直接不叫"妙子小姐"了，改叫往常的称呼"小妹"，"真是很久都没见了。上次见面是几年前来着？"

"恭喜您这次平安无事回国。"

"啊，谢谢。实际上刚才我往站台上看了一眼，觉得那一定是小妹，但又觉得看着也太年轻了……"

"嗯，嘻嘻。"妙子和刚才一样笑着敷衍过去。

"那么，刚才和蒔冈君一起坐车的，是雪子小姐吗？"

"是啊。"

"我刚才错过了，没打招呼，你们真年轻啊。说这话可能有点儿失礼。我在英国的时候,一直回想着船场时期的事呢。这次回来,我以为雪子肯定结婚了,小妹应该也差不多结婚了吧,两个妹妹肯定能是个好太太。但听蒔冈君说你们两个都还没结婚,怎么说呢,我觉得自己这五六年离开日本,好像做了个长长的梦……我知道这么说可能不太好,但真的觉得挺不可思议的。今天晚上看到你们,不管是雪子还是小妹,还都那么年轻,我真的很惊讶,甚至怀疑自己的眼睛。"

"嗯,嘻嘻。"

"哎呀,我说的都是实话,没跟你客气。说的也是,你们看着都这么年轻,还没结婚也不奇怪。"关原从上到下打量了一遍妙子,"不过,幸子今晚没来?"

"二姐说分别的时候姐妹几个哭哭啼啼的,让人看着太可笑了,就没来——"

"啊,是这样啊。刚才我跟你姐姐打招呼时,她眼睛里全是泪水。这一点真是没变啊。"

"去东京都能哭鼻子,这说出去会让人笑话的。"

"哎呀,不会的。我很长时间没看到日本女性这种真情流露了,真是很怀念呢。小妹现在还留在关西吗?"

"啊,我只是……在这边还有点儿事……"

"哦,也是。我听说小妹现在都成艺术家了,真了不起!"

"得了吧,你是在英国学的这些花言巧语吧?"

妙子想起关原喜欢喝威士忌,发现他那天晚上多少也喝了点儿。之后关原说要不要到附近喝杯茶……妙子赶紧想办法推掉,向阪急电车站跑去。

二十三

敬启者：

　　上次和您分别后，每天一直都很忙，没来得及给您写信。时隔这么久没有问候，实在抱歉。

　　出发那天晚上，列车离开后，姐姐终于忍不住流泪，只好躲在卧铺帘子后面。没过一会儿，秀雄突然发高烧、肚子疼，一晚上跑了好几次厕所，折腾得姐姐和我几乎都没怎么睡。比起这个，更难办的是，本来定好要租大森的房子，房东突然又解约了。因为这件事就是在出发前一天，东京那边才通知的，我们现在也没办法，只能先过来再说了。不管怎么样，目前只能先住在麻布种田先生家里。家里突然多了十一个人，可想而知种田先生一家一定非常困扰吧！还好尽快让秀雄看了医生，好像是急性肠炎，不过昨天差不多就开始好转了。我们也拜托了很多人帮忙，想尽快找到住的地方，最后终于在涉谷道玄坂找到了一栋。这个房子是新建的，专门用来出租的，二楼有三个房间，一楼有四个房间，没有庭院，月租就要五十五日元。虽然还没实地去看，但也能想象得到空间有多狭小。在那种房子里估计住不下这么多的人，但不能再给种田家添麻烦了，宁可没多久再搬家也得先搬出去，就先定下租这个房子。这个周日就搬。房子在涉谷区大和田町，下个月就能接上电话线。房子地理位置很好，离姐夫去的丸之内大厦和辉雄上的中学都很近，听说这里对健康也有好处。

总之先汇报到这里。

请代我向贞之助姐夫、悦子和小妹问好。

雪子
九月八日

附：

今早凉风习习，东京已经入秋。不知家里如何？务必保重身体。

幸子收到这封信的这天早上，关西也好似一夜入秋，秋高气爽。悦子去上学后，幸子和贞之助面对面坐在餐厅椅子上，读着日军航空母舰空袭中国汕头、潮州的新闻。这时厨房里咖啡煮沸，香味飘进餐厅。"秋天来了！"她从报纸中抬起头，对贞之助说，"你不觉得今天早上的咖啡香味特别浓吗？"

"嗯……"贞之助应了一声，目光仍然停留在报纸上。然后，阿春把咖啡端过来，放咖啡杯的托盘上也放了一封雪子寄来的信。

本家走后已经过去了十多天，幸子本来还在想着怎么还没有消息，就收到了雪子的来信。她急忙把信封剪开，看到潦草的字迹，知道肯定是抽空匆忙写的，从字迹中就能看出来，姐姐和雪子有多么忙。她知道住在麻布的种田先生，是姐夫的哥哥、商工省的官吏。但幸子她们也只是在十几年前大姐的婚礼上见过他一次，连他长什么样都不太记得了，姐姐恐怕也没怎么见过他吧！因为姐夫上个月去他家寄宿，所以没租到房子前就只能先住在他家。姐夫是他的亲弟弟，住在他家没关系。但姐姐和雪子去了陌生的地方，还是住在男方名古屋的亲戚家里，对方还比自己家这边年纪更大，去给人添这么大麻烦，该有多拘束啊。而且刚到人家家里，孩子又生病了，还得叫医生过来看病。

"那封信是雪子寄来的？"贞之助终于从报纸中抬起头来，端起咖啡杯，问。

"我刚想着她怎么连信也不写一封，现在可麻烦了。"

"到底怎么回事？"

"唉，你看看这个。"幸子把三张信纸递给丈夫。

过了五六天，才收到印刷的住所地址变更通知，里面还有前几天送行的感谢和职务调动的致辞等内容。从那之后，雪子再没有寄信回来。只有音爷爷的儿子庄吉，帮着搬家和照看，周六晚上去东京，周一早上回来，然后去芦屋报告东京家里的情况。他说昨天周日都已经搬完了，东京租的那个房子比大阪的粗糙多了，特别是门窗不好，隔扇看着很廉价，质量也不好。而说到房子的面积，楼下四间房分别是两张榻榻米、四张半榻榻米、六张榻榻米大，二楼三间房分别是八张榻榻米、四张半榻榻米、三张榻榻米大。因为是"江户间[1]"，所以那边房子的八张榻榻米就相当于"京间[2]"的六张榻榻米，"江户间"的六张榻榻米就相当于"京间"四张半榻榻米大小。因此，看着非常狭小简陋。但因为是新建住宅，给人感觉很明亮，方向朝南，阳光充

---

[1] 东京旧称江户，江户间是江户测量面积大小的单位。
[2] 关西常用测量面积大小的单位。

足,看着比上本町的家里干净。自己家里虽然没有庭院,但家旁边就有很多气派的宅邸和庭院,安静闲适,格调很高。走到道玄坂,就是繁华的商业街,有好几家电影院,孩子们看什么都觉得稀奇,去东京后他们反倒是最高兴的。秀雄的病也全好了。这周开始就去附近的小学上学了。

"雪子现在怎么样?"

"她挺好的。秀雄少爷肚子不舒服时,雪子比护士照顾得还要周到,太太说她看着雪子,真的是太感动了。"

"悦子生病时,她也总过来帮忙照顾,能想到对姐姐的孩子肯定也照顾得很好。"

"唯一让人同情的,就是这个家实在是太小了,雪子小姐连自己的房间都没有。现在二楼四张榻榻米大的房间是孩子们的书房,也是小姐的卧室。老爷也说,要早点儿搬到大一点儿的地方去,雪子连一个单独住的房间都没有,实在太可怜了。"

庄吉已经说了很多,然后又压低声音接着说:"老爷看雪子小姐回来,可高兴了。我都能看出来,他这次不想再让雪子小姐跑了。哎,对小姐真的是,小心翼翼地不得罪她,还一个劲儿地想讨好她。"

听他讲了这些,幸子已经大概能想到东京那边现在是什么情况了,但雪子还是一点儿消息都没有。而且,雪子不像姐姐那样会经常写信过来,平时也很少动笔写字,再加上没有自己的房间,能理解她没法安安静静坐地下来好好写封信。

幸子想了想,说:"悦子,你给二姨写封信吧!"

就让悦子拿出印着妙子做的人偶的明信片,写几句简单的句子就寄出去了。但雪子仍杳无音信。

过了二十日,中秋节那天晚上,贞之助提议:"今天晚上一起给雪子写封信怎么样?"

大家都赞成。

吃过晚饭,在楼下和式房间旁边的走廊里,放好了赏月的供品,贞之助、幸子、悦子、妙子四个人坐在一起,让阿春磨好墨,展开卷纸。贞之助写下了一首和歌,幸子和悦子写了类似俳句的东西,妙子并不擅长文字创作,就画了一幅松间满月高挂的水墨写生画。

云卷云舒过,拨云重现圆月时,庭中松满枝。贞之助
花满月圆时,对酒当歌少一人,残影寄相思。幸子
我的二姨啊,东京今晚看得到,圆圆月亮吗。悦子

然后就是妙子的水墨画。幸子作的那首,最开始写的是"月下少一人",悦子写的那首最初写的是"东京能看月夜吗",贞之助看过后都做了修改。最后说:"阿春,你也写一首吧!"

阿春马上拿起笔,洋洋洒洒写下一首:

明亮的满月,浮云中若隐若现,终得以一见。阿春

阿春字写得很小,也不太好看。然后,幸子拔下一根供奉月亮的狗尾巴草,剪掉上端花的部分,夹进卷轴中。

上 卷 | 145

二十四

这封卷轴书信寄出去没多久,就来了一封给幸子的回信。信里说,雪子反反复复读了他们作的诗和画,满心欢喜,八月十五晚上自己也在二楼一个人赏了月。读了他们的信,眼前仿佛再次浮现出了去年在芦屋家里大家一同赏月的情景,仿佛就发生在昨天。整封信都泛着淡淡的感伤。但在那之后,雪子又杳无音信了。

雪子离开家以后,幸子决定让阿春在悦子床下打地铺陪悦子睡觉,但只过了半个月,悦子就厌烦阿春了,幸子就把阿春换成了阿花。又过了半个月,悦子又讨厌阿花了,幸子就让干杂活的阿秋顶上去了。前面讲过,悦子不像一般的小孩儿,她经常睡不着,睡前总要兴奋二三十分钟讲个不停。但这些女佣谁都挺不过这二三十分钟,都比悦子早睡着,也许这就是悦子没过多久就厌烦她们的原因。她越烦就越睡不着,甚至半夜跑到一个人都没有的走廊上,一下子拉开父母卧室的拉门。

"妈妈,悦子一点儿都睡不着!"悦子哭着喊,"阿春真烦!睡觉还打呼噜!讨厌!太讨厌了!悦子要杀了阿春!"

"悦子,你现在这么兴奋,反倒更不容易睡着。不要勉强自己睡,睡不着也没关系,去试试吧!"

"但现在睡不着,明天早上就起不来啊。……而且上学肯定要迟到。"

"吵吵什么!声音这么大!安静点儿!"

幸子开始训斥悦子,带着她一起回床上,想哄她赶紧睡觉。但悦子怎么都睡不着,又哭着说"睡不着、睡不着",幸子被烦得更生气了,忍不住又训斥了她一顿。悦子闹得更大声了。就算动静这么大,女佣依然睡得很香。不过,最近幸子总觉得自己有点儿心慌,知道自己该打针了,但又懒得弄。今年也到了"缺B"的季节,家里人都一定程度上得了脚气,也许悦子也得了这种病吧!幸子想着,把手放到悦子胸口,给她把把脉,感觉她有点儿心跳太快。第二天,幸子知道悦子怕疼,但还是抓着她打了补充维生素B的针。之后每隔一天打一次针,连续打了四五次后,悦子心跳过快的症状就减轻了,双腿也轻快了,全身乏力的症状也多少好了一点儿,但失眠却越来越严重了。幸子觉得还没到要去看医生的程度,就给栉田医生打个电话问问怎么回事儿,栉田医生就说让悦子睡觉前吃一片阿达琳①试试。幸子给悦子吃了一片,但没什么效果,要是给她增加剂量,又怕药效过强早上起不来。早上起来,幸子看悦子睡得很香,就让她接着睡了。但悦子起来,一看枕边的闹钟,就"哇"的一声哭了出来。喊着"今天也要迟到了""迟到这么长时间不好意思去学校了"之类的。看着她这样,要是为了让她不迟到就叫醒她,她又会愤怒地把被子拉过头顶,说着"悦子昨天晚上根本没睡着"就又睡过去了,等醒过来后一看迟到了又要哭出来。悦子对女佣们的态度变得非常恶劣,要是讨厌了什么话都敢说,"杀了你""把你杀死"之类的话常挂在嘴边。而且,她现在正处于发育期,本来之前食欲就不怎么旺盛,现在更严重了,每次吃饭就只吃一点儿,还只喜欢盐渍海带、冻豆腐之类的老人才喜欢吃

---

① 一种镇静剂。

的菜,要么就强迫自己吞下茶泡饭。她十分喜欢一只叫小铃的母猫,吃饭时经常往脚下扔吃的给它,要是有点儿油腻的东西,她能把大半部分都喂给小铃,自己只吃一点儿。她洁癖也异常严重,吃饭时,总说自己的筷子被"猫碰到了""上面停过苍蝇""被用人的袖子碰了"之类的,要把筷子放进热水里烫两三次才行。用人了解了她这个脾气,吃饭前就准备了一大壶开水放在餐桌上。她特别害怕苍蝇。别说苍蝇停在食物上了,光是苍蝇在她旁边飞来飞去,她就说苍蝇好像飞到了食物上,说什么都不吃了,或者一直缠着周围人一个劲儿地问食物没有被苍蝇沾上。而且,筷子没夹住掉下来的食物,即使是掉在刚洗完的桌布上,她都觉得脏了,不吃。有一次,幸子带悦子到水道路散步,悦子在路边看到爬满了虫子的老鼠尸体,都走过了几百米远,她像听到什么恐怖故事一样挨着幸子,小声地说:

"妈妈……悦子没踩到那死老鼠吧?衣服上没蹭上虫子吧?"

幸子大吃一惊,转头盯着悦子的眼睛。要说原因,是两个人为了避开老鼠尸体,一直走在离它四五米远的地方,怎么想都不可能踩得到。

她还是个小学二年级的小姑娘,竟然就会如此神经衰弱吗?——幸子之前一直没怎么担心,总是嘴上骂她。但栉田医生说,小孩子患神经衰弱的并不少见,恐怕悦子也得了神经衰弱。虽然栉田医生觉得没什么,但他还是给了建议,说是介绍个专业医生来给悦子看看,自己只能治疗脚气,治疗神经衰弱这种病还是西宫的辻博士比较在行,今天之前就把他叫来给悦子看看。傍晚辻博士来了,检查过后问了悦子几个问题,确诊是神经衰弱。并且,必须先把脚气治好。学校那边看自己心情，悦子迟到早退都没关系，但不能完全放弃学业到别的地方疗养。因为，这样就可以让悦子集中在某一件事上，没有在精神上胡思乱想的工夫。而且，不能让她太兴奋，即使说了什么不该说的，也不要劈头盖脸地骂她，而是要循循善诱。他还说了其他的一些注意事项，然后就走了。

雪子走后，没想到会造成悦子这个样子。幸子虽然觉得不能就这样武断地归因于此，但又很难不这么想。今后如何对待悦子也很棘手，不知道该怎么办才好，想到这里幸子甚至很想哭。幸子多次想过，要是雪子还在，肯定会十分耐心地说服悦子让她听话。幸子觉得，这不是什么别的事，是悦子生了病，跟本家说把雪子借回这边应该没问题。就算他们不同意，要是给雪子写信讲讲悦子现在的状态，雪子肯定等不到姐夫同意，立刻就能赶回来。但他们走了还不到两个月，就跟他们投降要雪子回来，就算幸子不是那么特别要强的人，也觉得很难堪。于是，她只能惴惴不安地想着，要不再观察一段时间吧……唉，只要自己还有办法坚持下去……就这样又过了一段时间。然而，贞之助却非常反对让雪子来家里。究其原因，悦子吃饭时要把筷子放热水里消毒好几次、落在桌布上的东西不能吃，这些习惯都是幸子和雪子教给她的，是因为她们之前自己就一直这么做才导致悦子这样的。贞之助也多次提醒过幸子，你们这么做不行，容易把悦子弄成神经兮兮、过于敏感的孩子。要想改掉悦子的习惯，首先大人就要做出表率，哪怕冒点儿险也去吃可能被苍蝇沾过的食物给她看，以事实告诉她吃了也不会得病。他说，幸子她们一直在说消毒消毒什么的，问题不在于消毒，在于她们生活不规律。现在最重要的是，要让悦子养成良好的生活规律，但贞之助的主张在家里一直都行不通。在幸子看来，像丈夫这种身体健康、抵抗力强的人是不会理解自己这种身子骨弱、容易生病的人的心情的。但贞之助觉得，筷子上即使沾上了细菌，吃了用这样的筷子夹的东西能让人得病的概率也不过千分之一，要是连这个都怕，反倒会让人的抵抗力越来越弱。这边认为比起生活规律，女孩子注重优雅的姿态更重要，而另一边觉得这个观念太古板了，在家里也要有规律地吃饭、游戏、生活，比起这些，优雅姿态什么的应该先放一边。这边又说，你这是不注意卫生的野蛮人！那边就反驳，你们消毒的方法本来就做得不对，就把筷子这么放进热水、茶水里涮涮，病菌也死不了，而且食物被送到你们面前之前，不知道接触过多脏的东西呢？你们根本误会了欧美的卫生理念，之前那几个俄罗斯人还不是若无其事地在那儿吃生蚝吗？两边几乎要吵起来了。

本来，贞之助就属于放任主义，特别是对女孩子的教育，他一直都觉得全交给母亲就行。最近，随着"卢沟桥事变"的发展，可能之后就会让妇女在战后方服务。想到这里，他就开始忧虑起来，要是不把女孩子培养得刚毅、健康一点儿，将来就不能派得上用场。有一次，贞之助在悦子和阿花玩过家家游戏时，偶然看到悦子拿来打针的器具，往麦秆做的西式人偶胳膊上打针。他想，这是多不好、多不健康的游戏啊，肯定是受了幸子她们的卫生教育的影响。之后，他更加认为有必要把悦子的习惯纠正过来。但关键就是，悦子最听雪子的话，妻子也支持雪子的做法，要是硬要干涉就很可能造成家庭风波，现在只能等待机会了。贞之助觉得，雪子离开了这个家，在这一点上也是好事。之前，贞之助一直很同情雪子的境遇，教育女儿虽然也很重要，但考虑到雪子在精神上遭受的打击，也不能让她觉得自己别扭、"碍事"了，所以让悦子离雪子远一点儿并非易事。但雪子现在不在，这个问题自然就能解决了。他还想，只要她不在，那妻子这边就容易对付了。所以他说，他和幸子一样非常同情雪子，要是雪子自己想回来他也不会拒绝，但只是为了悦子就把她叫回来，实在是不敢苟同。确实，她很适合来照顾悦子，她要是真的回来也帮了他们忙，但要让他说，悦子现在变成神经衰弱的样子，原因就在于幸子和雪子的教育方式不对。所以，就算要忍一时的困难，也是借此机会消除雪子对悦子的影响比较好。然后，再一点点地顺其自然，改变教育她的方式。总之，现在先不要让雪子回来比较好。就这样，贞之助成功地制止了幸子。

到了十一月，贞之助因为工作去了东京两三天。第一次拜访涉谷的本家，看到孩子们已经完全习惯了东京的生活，也能说一口流利的东京话，能区分在家里和在学校说话时遣词造句的不同。辰雄夫妇、雪子也很高兴。家里虽然狭小简陋，但大家还是执意留他住下。不过，这里实在是太狭小了，贞之助还是选择住在筑地，在家里只是象征性地住了一晚。第二天早上，辰雄和孩子们都出门了，雪子到二楼收拾房间，贞之助就跟鹤子说："雪子看着情绪也稳定了，看来情况不错。"

"这个，确实看着没什么事……"鹤子说。

据鹤子讲，刚搬到这里时，雪子很高兴地帮家里做家务，也帮着照看孩子。但现在绝不是说她态度变了，只是时不时地就待在二楼那个四张榻榻米大小的房间里不出来,也不下楼,看不到她的人。鹤子他们上去时,就看见她坐在辉雄的桌子前,手托着下巴思考着什么,偶尔还抽泣起来。最开始,大概十天出现一次这种情况,最近越来越频繁了。要是赶上了,她就算下楼了也半天都不说一句话,甚至当着别人的面,也忍不住流眼泪,动不动眼泪就往下掉。辰雄和鹤子对待雪子都特别小心翼翼,也想不出到底还有什么别的理由能让她这样。结果,只能想到她实在是想家,想在关西的生活,犯了思乡病。"我们想让她转移一下注意力,就跟她说让她在这边继续学学茶道和书道,但她一直都不理。"鹤子又说,"富永姑母会说话,雪子痛快地过来了,我们也非常高兴,但没想到这对雪子来说这么痛苦、这么难受。(要是只因为不喜欢这里、住在这里就难受得要哭,我们好歹还有办法,但要是讨厌我们而哭的话,我们因为什么能让她这么讨厌呢?)"说到这里,鹤子自己也哭了起来,"我们虽然有点儿怨恨她,但看她现在想不开的样子,我们又觉得她太可怜了,可心疼了。我们也想过,要是在关西能让她心情好起来,就让她回去也行。就算辰雄不会让她在芦屋待很长时间,但现在家里这么挤,让她回去,一直住到我们搬到更宽敞点儿的房子也行。要是实在不行的话,至少让她去一周、十天的,让她回家缓缓心情,兴许就能好一点儿呢。哎,话是这么说,但没有一个合适的理由也很难办,总之,雪子现在这个样子,我看着心里也难受,甚至比她自己还难受。"

听鹤子说了这么多,贞之助只说了"给姐姐姐夫添麻烦了,幸子也有责任,实在对不住"之类的话,就没说悦子生病的事。回家后,贞之助跟幸子讲完在东京的这些事,幸子问最近雪子怎么样,他只能实话实说,把鹤子跟他讲的都跟幸子说了。

"我听完也没想到,雪子会这么讨厌东京。"

"应该是讨厌跟姐夫住在一起吧!"

"也许是呢。"

"那,她是想见悦子了吗?"

"反正是有各种各样的原因。本来雪子这个人就不太适合去东京。"

幸子回想起来,雪子从小时候开始忍耐力就很强,无论发生多难受的事都不会往外说,只会一个人在那儿哭。现在,她眼前也仿佛浮现出妹妹靠在桌子旁抽抽搭搭哭泣的样子。

二十五

为了治悦子的神经衰弱,有时候会让她吃点儿作为镇静剂的溴化钾,还用了食疗法。幸子发现,只要是中国菜,就算是油腻的食物悦子也喜欢吃,幸子就让她多吃这些吸收营养。到了冬天,悦子就不犯脚气了。学校那边老师也跟幸子说,不用担心学校学业的问题,最重要的还是孩子的身体健康。试过了各种各样的方法,倒不是说立刻见效,但悦子的病也渐渐好转了。所以,现在自然就没有必要再叫外援了。但幸子听贞之助讲完东京的事后,无论如何都想见见雪子。

现在想想,富永姑母来的那天,自己对雪子的态度未免太冷淡了，当时不应该像给她下命令似的逼她走。既然给了妙子两三个月的时间考虑，那自己多少也应该有点儿人情味，给雪子一点儿时间，结果连一点儿跟故乡告别的时间都没给雪子。当时她就执着于雪子不在，自己也能照顾好悦子，产生了强烈的好胜心，所以，不经意间就用那样的态度对待雪子了。即使这样，雪子也没说一句抱怨的话，表现得理解且顺从。现在再想想，不由得觉得雪子真是令人怜爱。然后，幸子到现在才发现，雪子当时看着特别开心，带着那点儿行李像出去旅游似的就走了，就是因为听到幸子随口说的过不了多久就会找借口把她叫回来。雪子正是因为幸子说了这句话，就完完全全信任幸子，跟着本家去了东京。然而，那之后，幸子这边却完全没有叫她回来的意思……而且，跟着去东京的只有雪子自己，妙子却没有同样的烦恼，还能继续留在关西……雪子肯定会觉得只有自己像个傻瓜一样，被骗了过去。

幸子想，要是姐姐这么想，本家那边应该没什么麻烦了。但还不知道让雪子回来，丈夫会说什么，可能会说过段时间再让她回来，或者说，已经过去四个月了，悦子的病也治好了，让雪子回来住个十天半个月的也行。唉，还是开春了再跟丈夫商量商量吧，幸子想。正好，正月初十左右，上次见面后就没再联系的阵场夫人就寄来了信。信里说，去年寄照片过来的那个人的事考虑得怎么样了？当时您说需要等一段时间不能马上回复，我也一直等您的回信。您妹妹是不满意吗？要是没有缘分的话，就麻烦您把照片寄回来，或者要是她觉得多少可以的话，现在也不迟。不知道后来您家有没有调查男方那边，但大概情况就是和照片背面写的一样，没有什么其他要注意的。但有一件事漏了，是他自己没有什么财产，全靠工资生活，希望您能理解。所以，对您妹妹来说可能不会太满意。但那边已经调查了您家的情况，他好像在哪里见过您妹妹，他说他一直等下去也没关系。浜田先生非常热情，跟我说希望务必能成全他表弟和您家妹妹的姻缘。无论如何，希望能安排他俩见上一面，至少让她在浜田先生面前留点儿面子……对幸子来说，这封信可以说是让她做顺水人情。然后，她给本家寄了封信。信上附了野村巳之吉这个人的照片和阵场夫人寄来的信，问现在有这么段姻缘家里觉得怎么样，阵场夫人着急让他们先见一面，雪子之前有过教训，要是不事先调查好她可能不愿意去见面。要是家里认为可以的话她这边马上开始着手调查，但首先还是要听姐姐姐夫的意见。过了五六天，姐姐难得寄回一封长信。

拜复

给你们拜个晚年，恭喜你们合家团圆迎接新年。我们第一次来这边，人生地不熟，没感受到多少年味，慌慌忙忙地过完了年。东京这个地方，之前就听说过，冬天特别难熬，大风特别出名，现在真是每天都在刮风，空气很干燥。彻底入冬后，寒冷更是深入骨髓，人生头一次经历这么冷的冬天。今天早上也是，晾在外面的手巾都冻得像棍子一样"咔咔"直响，以前在大阪从来没有过这种情况。东京老城区可能要好一点儿，但我们住的这边地势高，离郊区也近，比市内更冷了。就因为这种寒冷的天气，家里人陆陆续续都得了感冒，连女佣们都病倒了，只有我和雪子还好，只是鼻子不太舒服。但这边空气要比大阪灰尘更少、更干净,之所以这么说,是出门回来后和服的领子也不会脏。在这边十天穿着同一件衣服都没问题,也不会变得多脏。你姐夫在大阪衬衫穿三天就会脏,在这边穿四天都没问题。

　　关于雪子姻缘的事,一直都是你们在操心,我们真的感激不尽。我收到你的信后,马上就把信和照片给你姐夫看了,也跟他商量了一下。你姐夫最近心境有了变化,没再像以前那样说东说西,说是交给你们就好。不过,这个人只是个农学学士,四十多岁了还只是个水产技师,估计以后不会再涨工资了,也不可能再怎么出人头地。而且他没有财产,以后生活也不会多宽裕。要是雪子本人同意,那你姐夫也不会反对。相亲也是,只要雪子本人有进一步发展的意愿,那什么时候安排合适的时机见面都可以。本来应该要遵循先调查再相亲的顺序,但如果对方希望的话,先相亲见面,然后再详细调查也行。你看怎么样?估计你也听贞之助说过了,对我来说,雪子的事也挺难办的,正想找个机会,让她回你那边待一段时间。昨天我也尝试着跟雪子说了,她也只顾着自己眼前的事。但我一跟她说可以回关西,她马上就答应去相亲了。然后今天早上开始,她心情就变好了,对谁都笑眯眯的。我都吃惊了,这还是前几天那个雪子吗?

　　只要你们那边大概把日期都定下来,我们随时会让她回去。我跟她也说过了,相完亲过四五天就要回来,也可以再延长几天,我会提前跟你姐夫说的。

来东京之后一直没给你写信，写着写着就这么长了。现在我也觉得冷得像后背浸入水中一样，拿着笔的手也冻得发抖。芦屋应该很暖和，但也要注意别感冒了。

请替我向贞之助问好。

鹤子

正月十八日

幸子收

幸子不太了解东京，听到涉谷或者道玄坂附近之类的地点也没有什么实感，只能自己天马行空地想象和大阪完全不同的环境。回想以前去东京时，从山手线电车车窗外看到的郊外乡镇——山谷、丘陵、众多杂木林之间断断续续的住家房子，在那之后展现的是，光是看着就能感受到寒意的蓝天，等等。读着"像后背浸入水中一样""拿着笔的手也冻得发抖"这类句子，幸子想起来，事事墨守成规的本家在大阪时，冬天也几乎不用火炉。在上本町的家里，客厅里会用电热，装了电炉，但实际上只有偶尔来客人时才会用上，而且只限于在非常寒冷的日子里使用，平常就只用火盆。正月初幸子去拜年时，和姐姐对坐，总会有"像后背浸入水中一样"的感觉，得了感冒才回来。按姐姐的说法，直到大正末期，大阪的家里才渐渐普及暖气。万事奢侈的父亲，也只是在去世前一年，才在房间里装上煤气炉。而且，就算装上了，也是用来给别人看的，实际上几乎不用。鹤子说，她们小的时候不管天气多冷，都只用火盆就熬过来了。确实，幸子也是在跟贞之助结婚几年之后，搬到现在芦屋的家里之后才开始用火炉的。用上了，感受到了它的好处，就觉得冬天没有它根本熬不过去。甚至想小时候一个火盆就熬过来了，当时到底是怎么做到的，简直太不可思议了。然而，姐姐去了东京，还在墨守成规，幸子觉得雪子身体好才能熬过去，像自己这样的肯定会得肺炎什么的。

为了定下相亲日期，浜田先生一直在阵场夫人和野村先生之间两头跑，光是在中间联系就费了不少事。这个月二十九日，对方明确希望尽量在节分之前见面，幸子就马上让本家把雪子送过来。幸子又想起来，之前的姻缘因为一个电话就告吹了，就让丈夫赶紧在书房桌子上装个电话。三十日下午，姐姐寄来一张明信片，说两个最小的孩子都得了流感，四岁的女儿梅子好像得了肺炎，全家都乱了。本来要雇个护士，但家里又太小了，没有让护士住的地方。因为从秀雄得病那时，就知道雪子比护士还值得信赖，就没请护士，拜托幸子请阵场夫人那边再宽限几天。然后，姐姐又加了一句，梅子最终还是得了肺炎。幸子觉得这事一周、十天结束不了，就只能跟阵场夫人说明原因，申请延期一段时间。阵场夫人说，因为对方说等到什么时候都可以，所以不用担心。但幸子想到雪子现在被当作护士，到处忙活，又忙又累，不禁觉得她实在是可怜。

不过，在相亲延期期间，提前安排好的调查已经开始，信用调查所把调查报告寄过来了。报告中说，野村现在是高等官三等，年收入三千六百日元左右，其他还有一些奖金，平均每个月三百五十日元左右。他父亲那代似乎是在故乡姬路开旅馆，但现在那里已经没有他家的房子了。至于亲戚，他妹妹嫁给了东京某个姓太田的药剂师，在姬路有两个叔叔，一个是古董商人、也是茶道老师，另一个是登记所的司法代书人。此外,关西电车公司社长浜田丈吉是他的表哥,这可能是他唯一一个能拿得出手的亲戚,也是他的所谓背景。(另外,这个人又是阵场夫人所谓"恩人",阵场夫人的丈夫曾经是浜田家门口的保安,浜田先生曾经有恩于他,允许他一边工作一边上学。)报告上写的大体就是这些。调查结果也显示,昭和十年(1935)去世的妻子所得的病确实是他本人所写的流感,两个孩子的死亡原因也绝不是因为遗传病,等等。接着是关于他本人性格、人品的调查。贞之助打听了几个跟他有过交往的人,发现野村没什么别的缺点,只有一个怪毛病。听兵库县和他一起工作的同事说,野村时不时地会非常突然地开始自言自语,说的东西也完全没有意义、没有人能听得懂。他自己可能觉得旁边没有人听着,他才会自言自语,也不想被别人听见,但事实是确实有好几次被其他人听到了。现在同事中没有哪一个不知道他有这个毛病的,连他去世的妻子和孩子们也都清楚,总是笑话他,说他是说话奇奇怪怪的爸爸。举个例子,有一次,有个同事正在单位正厕所,听见旁边隔间里进来了一个人,那个人问了两次"喂喂,您是野村先生吗?"同事差点儿就要回答说"不是,我是某某"了。过了一会儿,同事反应过来,问话的那个人的声音听着就是野村本人,意识到他又开始自言自语了。同时,那位同事觉得,野村一定是认为旁边隔间里没有人。那个同事有点儿同情他,轻轻地叹了口气。然而,过了好长时间,野村好像还在,这位同事在隔间腿都已经蹲麻了,就先出去了,还好两人没碰上面。恐怕野村也听到了旁边有人出去了,想着"完蛋了",但他也不知道旁边隔间出去的到底是谁,就当作什么都没发生一样继续工作了。他的怪毛病就是这样,会突然自言自语，说的都是不值一提的琐碎的东西，但听着的人会觉得他又唐突又可笑。而且，他看着像是无意识地就开始了自言自语，但也并不是说自己完完全全一点儿都意识不到。很明显，知道有其他人在的时候，他绝对不会这样。在不担心被别人听到的时候，他就会突然大声地喊出来。要是正巧那时候谁在偷偷听着，肯定会被吓一大跳，觉得这个人是不是疯了。

因此，哎，虽然不是会给人添麻烦会让人不高兴的毛病，也不是说到了多严重的程度，但最好还是不要选这样的人做丈夫吧。而且，最重要的是，在照片上看着他比四十六岁老太多了，看着就是五十多岁的老头了。这在幸子看来是最大的难题，基本上可以确定雪子肯定看不上这个人，两个人第一次见面之后一定会告吹。但要是把这件事作为叫雪子回来的借口，那么肯定是要让他们见一面的——这就是幸子夫妇现在的真实心情。而且，反正这两个人也成不了，就没有必要告诉雪子这么烦的事。幸子他们商量之后决定，先不告诉雪子男方有这个怪毛病。

二十六

"今天坐海鸥号回来。雪子"

悦子从学校回来，就让妈妈和阿春帮忙组装放人偶的架子，准备在客厅里摆上女儿节人偶。就在这个时候，期待已久的这封电报送来了。

一般来讲，关西地区的女儿节要比关东晚一个月，离现在还有一个月时间。但四五天前雪子来信说最近几天要回家，正好妙子给悦子做了个菊五郎演的道成寺的人偶，幸子突然想到，对悦子说："悦子，这个人偶也跟女儿节的摆在一起吧！"她接着说，"人偶肯定也想欢迎二姨回来的。"

"为什么，妈妈？不是下个月摆人偶吗？"

"桃花还没开呢。"妙子也接话说，"据说，要是没在应该摆人偶的季节摆上人偶，女孩子就不容易有桃花。"

"也是，小时候妈妈总这么说，这个节过去了赶紧就把人偶收起来。但早点儿摆上没事儿，过了节后还没撤下去就不好了。"

"哦，是吗？我都不知道。"

"好好记住，这可不像事事精通的你。"

蒔冈家的女儿节人偶，是以前悦子第一次过节时在京都的丸平请人做的。搬到芦屋之后，每年都放在家人团圆的楼下客厅里。虽然那是个西式房间，但目前来看是最适合摆人偶的，就一直在那里摆了。雪子半年才回来这么一次，幸子为了让她高兴，就打算把节日准备提前一个月，从阳历节日开始一直摆到阴历节日为止，整整摆上一个月。兴许雪子也会在这边家里待这么长时间。这个提议家庭其他成员也同意了，今天正是阳历的三月三日，全家就开始装饰人偶了。

"哎呀，悦子，妈妈说对了吧？"

"真的，二姨果然是今天过来。"

"二姨也在过节时过来，和人偶一起来的呢。"

"是个好兆头啊。"阿春说。

"这次该嫁出去了吧？"

"悦子，不能在二姨面前说这些。"

"嗯，嗯，我知道，不能说。"

"那就行。阿春，你也得注意点儿，别像上次那样。"

"是，我知道了。"

"反正大家都知道嘛，背后说说倒是没关系，不过……"

"是……"

"可以给小姨打个电话吗？"悦子兴奋地问。

"我来帮小姐打电话吧！"阿春说。

"悦子，你自己打。"

"嗯。"说完，悦子便跑到电话机旁，拨通松藩公寓的电话。

"……嗯，是的，果然就是今天来。……小姨也快点儿回来……好像不是'燕子号'，是'海鸥号'。……阿春会到大阪去接。……"

幸子给皇后人偶头上戴挂着璎珞的金冠，听到悦子高声打电话。

"悦子！"她冲着电话那边大吼一声，"你跟小姨说，有空的话让她过去接二姨。"

"啊，对了，我妈妈说，如果小姨有空的话就让小姨去接二姨。……嗯，嗯……九点钟到大阪。……小姨去吗？……那阿春就不用去了？……"

妙子应该非常明白幸子让她去大阪站接雪子的意思。去年，富永姑母过来叫雪子回去时，也说了两三个月之后把妙子也叫到东京去。

但本家搬到东京后,一直忙得团团转,基本顾不上妙子,就放任情况变成这样。因此,妙子反倒因此过了一段更自由自在的生活。所以,妙子觉得是不是自己让雪子变成这样的。雪子去了东京而自己巧妙地避开了,有点儿对不起雪子,于情于理自己也都必须去接她。

"也给爸爸打个电话吗?"

"不用给你爸爸打了,他马上就回来了。"

贞之助傍晚回到了家。现在离雪子去东京已经过了半年,他也十分想念雪子——虽然其中有一段时间他并不想让雪子回来。现在回想一下,他也觉得自己很对不起雪子。所以,他马上就吩咐下人准备好洗澡水,让雪子到了之后就能洗澡。他还细致入微地想到了很多,如,雪子晚饭是不是在火车餐车上吃过了、睡觉之前让她再吃点儿什么好呢。还让人拿出了两三瓶雪子喜欢的白葡萄酒,他亲手擦掉酒瓶上的灰尘,检查一下是哪年生产的。大家都劝悦子,明天有的是时间见二姨,但她一直不听,一定要等雪子回来。直到晚上九点半,才让阿春带着回到二楼房间里。没过一会儿,外面大门的门铃就响了,悦子听到家里养的狗跑向大门的声音。

"啊,二姨!"说着,悦子跑下楼。

"你回来啦。"

"您回来啦。"

"我回来了。"

约翰高兴地扑向站在门口的雪子,雪子赶紧吼了一声制止了它。妙子拿着雪子装着衣裳的包随后进来。跟最近精神饱满、肤色健康的妙子相比,很明显能看到雪子由于舟车劳顿而显出的疲态。

上 卷 | 163

"我的礼物呢?"

悦子抢过雪子的包打开,开始看里面装的东西,然后就发现了一沓手工彩纸和一盒手绢。

"听说悦子最近在收集手绢啊。"

"嗯,谢谢!"

"还有一个呢,你看看下面。"

"看到了,看到了,是这个吧?"悦子说着,拿出了包装纸是银座阿波屋的盒子,打开一看,里面是一双红色漆皮木屐。

"哎,真好看。穿的东西还得是东京的啊。"幸子把鞋拿过来,仔细看着,"这个得好好保管着,下个月去赏花就穿它吧?"

"嗯。太感谢了,二姨!"

"怎么了,悦子等礼物等得这么着急啊?"

"行了行了,赶紧都拿上二楼吧!"

"今晚我要和二姨一起睡。"

"知道了,知道了。"幸子说,"二姨现在要去洗澡,你先上去跟阿春睡。"

"快点儿来,二姨。"

雪子洗完澡,已经快到十二点了。然后,时隔很久,姐妹三个和贞之助再次一起在客厅烤暖炉,听着柴火"啪啪"燃烧的声音,围坐在小桌子前,吃着奶酪配着白葡萄酒,一起聊天。

"这儿真暖和啊。刚从芦屋站下车,就觉得果然跟东京很不一样啊。"

"关西这边已经开始汲水仪式了。"

"这么不一样吗？"

"可不一样了。首先，空气触感就不同，这边更温柔一点儿，东京的大风可是出了名的干，吹着可难受了——两三天前，我去高岛屋买东西，回来走在外濠线的路上，突然刮了一阵风，把我拿的包都吹跑了。我想去追，结果包一直在滚，我都抓不住它。然后我穿的和服下摆又要被吹起来了，只能一只手压着下摆另一只手去抓，真不愧是东京的干风啊。"

"不过我去年去涉谷的时候，还在想为什么小孩儿就能这么快地学会当地方言，那时候已经是十一月了。到东京才两三个月，本家的孩子们就能说一口流利的东京话，而且孩子越小，讲得越好。"

"不过，要是像姐姐那个年龄就不行了吧？"幸子说。

"确实不行。首先姐姐就没想过去学。前段时间，她在公交车上讲大阪话，别的乘客听到了都看着她，我都觉得尴尬，但姐姐心理承受能力真强，被别人那样看着还照说不误。还有人听她说完之后说'大阪话也不难听嘛'。"

雪子模仿那个人用东京口音说"大阪话也不难听嘛"学得很像。

"上了年纪的女人心理承受能力都强。我认识一个北边的艺人，现在已经四十多岁了，她去东京坐电车时，就会故意大声用大阪话喊'我要下车'，她说司机听到后肯定就会停下来。"

"辉雄还说，听妈妈讲大阪话，就不想跟她一起走。"

"孩子可能都那样。"

"姐姐还觉得是出门旅游吗？"妙子问。

"嗯。跟在大阪的时候不一样，在东京，她干什么都不会有人指指点点，似乎挺轻松的。而且，她还说，东京这个地方，女性都很重视个性，不盲目赶潮流，穿衣服只要自己觉得合适就行，这一点可比大阪强。"

不知道是不是喝完葡萄酒酒劲儿上来了，雪子也一反平日，高兴地讲了很多。看她那个样子，虽然嘴上不说，但还是能充分感受到她时隔半年回到关西，是多么开心。——在芦屋家里的客厅，和幸子、妙子他们这样彻夜聊天，这种喜悦是藏也藏不住的。

贞之助说：

"差不多该睡了吧？"

话虽这么说，但聊得还是很起劲儿，他又站起来去添了几根柴火。

"我还想过段时间我也去东京呢，但听说涉谷的家里太挤了，你们什么时候换个大点儿的地方呢？"

"唉，现在他们也不像在找房子的样子。"

"那就是说，不准备搬了？"

"兴许不搬了吧！去年就总说这么挤实在不行，要换房子，结果今年也不怎么提这件事了。可能是姐姐姐夫想法变了吧！"

雪子说着，又说了一件令人意外的事。她说这是她自己的观察，姐姐姐夫没有明说。本来，他们一点儿都不想离开大阪，之所以会下定决心搬到东京，是姐夫特别想往上升。至于为什么这么想往上升，是因为靠父亲留下来的遗产养活家里八个人已经混不下去了，往大了说，已经开始感受到生活的难处了。所以刚到东京时，一直抱怨家里太小，但后来又渐渐住习惯了，可能也觉得家里不是住不下去。而且，最重要的是，月租才五十五日元，他们应该也是受到了如此便宜的租金的诱惑。不管是姐夫还是姐姐，也不是说要跟谁解释，他们总是说这房子虽然这样，但租金也太便宜了。说着说着，就陷入了这种便宜中，也就继续住下去了。他们在大阪时，还有理由要去维护家族的名誉和排场，但到了东京，谁都没听说过"莳冈家"，就不用再在维持排场上下功夫，反倒是财产能多一点儿是一点儿最好。他们的观念转向实利主义也并不奇怪。证据就是，姐夫现在当上了支行长，每个月工资涨了，经济上也宽裕了，但要是跟在大阪的时候相比，他反倒更小气了。姐姐也理解他的做法，生活节约到了令人吃惊的程度，连每天买的食物也肉眼可见地节省了不少——因为要养六个孩子，就算只买一种菜，不动脑子的话，做出来的东西也会有很大的差别。说得不好听点，吃饭的菜单和在大阪的时候也不一样了。不管是炖菜、咖喱饭还是萨摩汤，都尽可能只做一种，用很少的食材喂饱一大家子人。所以，只有在偶尔吃寿喜锅时才会吃到一点儿牛肉，而且汤上只漂浮着一两片肉。偶尔孩子们先吃完，然后大人们再做点别的菜，雪子才能陪姐夫慢慢吃饭。虽然东京的鲷鱼不好吃，但还有红色鱼肉的生鱼片，不过也只有这个时候才能吃到。说是为了姐夫做的，但实际上是姐姐姐夫照顾雪子，觉得雪子一直光陪孩子了，挺可怜的。

"看姐姐他们这样，我觉得他们家里也就那样了。……唉，再看看吧，看他们家能不能搬走。"

"嗯，这样啊。自从去了东京，姐姐他们的人生观都变了啊。"

"哎，也许雪子观察的就是事实呢。"贞之助也说。

"趁着搬到东京的这个机会，抛弃以前的虚荣心，然后大力推行勤俭储蓄主义。姐夫这么考虑也不是完全没有道理，谁听了都会觉得是对的。他们家啊，说很挤的确是挺挤的，但也能将就着住下去。"

"但要是这么说的话，他们直接说明白不就行了？结果现在他们看到别人还说'雪子连自己的房间都没有真不像话'，太可笑了吧！"

"哎，人这种动物啊，不是一下子就能改变的，多多少少都要装一装。"

"那我，还要去住那么小的地方吗？"妙子问了跟自己关系最密切的问题。

"唉……你要是过去，连睡觉的地方都没有……"

"那现在还留在这里，没关系吧？"

"总之，现在他们像是忘了还有你的事。"

"喂，睡觉吧！"暖炉架子上的时钟敲响了两点半，贞之助像被吓到一样站了起来。"雪子今天也挺累了吧？"

"还得再跟你商量一下相亲的事。算了，明天再说吧。"

雪子像没听见幸子说话一样，就先上二楼去了。她进到卧室，看到悦子枕边的桌子上放着自己给她买的各种礼物——连阿波屋的鞋盒也放上去了。悦子睡得很香，在台灯的光影下，雪子看着悦子安静的睡颜，她又一次感受到了回到这个家的喜悦。在悦子的床和她的被褥之间，阿春睡在地板上，睡得正沉。

"阿春，阿春。"

雪子摇了两三下阿春，摇醒后就让她下楼，自己睡下。

二十七

虽说相亲地点和时间另行通知,但八日是个吉日,阵场夫人就说"要不就定在八日吧",幸子才把雪子叫回来的。但五日晚上发生了想不到的事,就只能请对方延期了。这天早上,幸子去有马温泉探望正在疗养的一位太太,还带了两三个之前约好的朋友,本来坐电车就行,但最后还是坐汽车越过六甲山来到有马温泉。但回去的时候,坐的是神有电车。晚上,幸子上床后,突然发现自己流了血,非常痛苦,贞之助把栉田医生叫来看过后,令人意外的是幸子好像是流产,贞之助赶紧再请来妇产科医生。第二次检查的结果和栉田医生说的一样,幸子第二天早上就流产了。

贞之助在晚上幸子说难受的时候,就收拾了自己的床铺,然后一直在幸子枕边照顾幸子。第二天,他也只是在幸子流产之后做处理时离开了一会儿。即使幸子已经没有之前那么痛苦了,他依然陪在病房中,没去事务所上班。他双臂撑着圆形火盆,双手相叠放在火筷子上,低着头坐在那里,一天到晚什么都不干,时不时地看见妻子眼中充满泪水,抬头看向自己,而自己却别过头。

"唉,没事……"他安慰幸子说,"……流产了也没办法啊。"

"你能原谅我吗?"

"原谅什么?"

"因为我太不注意了。"

"没那回事儿。我倒是觉得以后更有希望了。"

他说完,就看到妻子眼中的泪水夺眶而出,流淌过脸庞。

"但是真的太可惜了。"

"别说了，以后肯定还会有的。"

一天当中，夫妻俩不知重复了多少次这样的对话。贞之助看着妻子失血后苍白的脸色，自己也没法抑制住沮丧的神色。

老实说，幸子这段时间已经连着两个月没来生理期了，所以并非一点儿预感都没有。但现在离生下悦子已经过去了快十年，也被医生说过，要是不手术的话以后可能就没法生孩子了，不知不觉就疏忽了这件事。但是，她知道丈夫还想要孩子，她自己也是，就算不像姐姐那样儿女绕膝，也觉得只有一个女儿有点儿太寂寞了，就想，要是再能怀上一个孩子就好了。她还准备等到三个月时，慎重起见去医院检查检查。所以，昨天，一起去的朋友们说要爬过六甲山时，她不是没想过要小心一点儿。但又觉得是自己胡思乱想，就打消了这个念头。而且大家都愿意爬山过去，自己也没有反对的必要。因此，她就算疏忽也是有理由的，不应该一味地责备她，但她还是被栉田医生说流产了实在太可惜了。她自己也十分后悔：为什么那个时候要约人去有马温泉，为什么随随便便就去坐公交车了呢？她后悔莫及，忍不住流泪。丈夫说，本来也因为幸子身体不好，可能没法再生孩子，就放弃了再要孩子的想法，但想不到现在证明了她还能怀孕，所以他自己不但不悲观，反倒是觉得将来更有希望，十分开心。幸子想，虽然丈夫一直安慰着自己，但他心里肯定也对自己非常失望。丈夫越对她温柔、越照顾她，她越觉得心里难受。不管怎么说，都是自己的错——而且还不是无伤大雅的小错误，这是不可否认的。

第二天，丈夫心情恢复，畅快起来，和往常一样去事务所上班。

幸子一个人躺在二楼房间里，知道后悔也没有用了，但还是时时想着这件事，不由得心情再次低落下去。这个时候，雪子好不容易有了好事，幸子这个样子就更不能让雪子、女儿和女佣们看见了。可是一个人待着，眼泪又会不知不觉地流下来。……要是自己当初多注意点儿，十一月就能生下孩子了，来年这个时候，逗一逗孩子都会笑了……而且这次一定会是个男孩儿。要是真的，丈夫和悦子不知道会有多高兴……自己要是一点儿都没注意到还好，那个时候都有一点儿预兆了，为什么自己还要坐公交车呢？虽然一下子想不到借口，但随便找个理由，自己一个人去，随后跟上她们就行了。想找借口的话要多少有多少，为什么当时就没这么做呢？她反反复复后悔，觉得没有比这更后悔的了。要是真像丈夫说的，之后还能怀孕就好了。要是没怀上，恐怕自己这辈子，一直都会想着"要是孩子生下来现在该有这么大了"，永远没法放下。这件事大概会让她后悔终生，一辈子将她缠在其中无法脱身吧！……幸子又一次责怪自己，在心里向丈夫和未出生便流产的孩子，为自己犯下了如此不可弥补的错而谢罪。然后，她又一次流下泪来。

阵场夫人那边，她已经延期了一次又一次。本来应该让人去那边道个歉的，但贞之助完全不认识她，而且那边一直都是阵场夫人在交涉，她丈夫阵场仙太郎还没露面。总之先在六日晚上，贞之助作为幸子的代笔，给阵场夫人写了再次延期的道歉信。信上说："再次延期实在抱歉，但实在是不巧，我家爱人突然感冒发烧，请原谅我擅自做主将八日的相亲再次延期。原因仅有上述一条，没有其他理由，希望您不要误会。我家爱人的感冒也并不严重，大约一星期后就会好转。"贞之助写完，就加急寄出去了。不知道对方看到信后是怎么想的，七日下午，阵场夫人突然来拜访，说是来看望生病的幸子，如果可以的话希望能见一面。幸子听到女佣传话过来，就让阵场夫人到卧室里来了。幸子觉得，让阵场夫人进来亲眼看看自己现在真的是这个样子，阵场夫人也能放心，会谅解自己一次又一次延期。但当幸子见到自己的知心旧友，越聊越亲近，不知不觉就想和她讲自己的病实际上到底是怎么回事儿了。她说，因为雪子同意回来相亲，所以在信里是那么写的，并不是要对夫人隐瞒。然后，她简单讲了一下五日晚上发生的事，表达了一下自己心里多少有点儿难过的心情，因为这件事只是对夫人才说的，还希望夫人能和男方那边多说说好话。整个过程就是这样，无论如何希望对方不要不高兴。而且，医生也说，自己恢复得很好，再等一个星期应该就能出去了，所以，希望能重新考虑一下相亲日期。阵场夫人听幸子讲完，说："真是太可惜了，您丈夫该有多难过啊。"话还没说完，她就看到幸子眼中充满泪水，快要哭出来的样子。阵场夫人慌忙转移话题，说如果一个星期就能恢复过来的话，那定在十五日怎么样。定在这天是因为今天早上收到了贞之助的来信，在来幸子家之前她就已经跟男方那边商量好了。因为这个月十八日到二十四日不太吉利，得避开才行，而八日之后就只有十五日合适了。要是十五日还不行的话，就只能定在下个月了。而且十五日离现在正好是一个星期，还是希望尽可能定在十五日。实际上她自己也是受浜田先生委托才来的。幸子听完，觉得自己没法再任性了，而且医生都那么说了，到时候要是不舒服，忍着点儿也不是不可以。没跟贞之助商量，她们俩就定下来了时间，然后阵场夫人就回去了。

不过，虽然那之后幸子恢复得很顺利，但十四日时又出现了少量出血，只能躺着休息时不时起来一下。贞之助一开始就说："你定在那天没问题吗？"

他十分担心幸子。而且到了那天，宴席上是绝对不能出错的。还好只有阵场夫妇知道到底是怎么回事儿，贞之助就想，跟阵场那边好好解释一下，不要让幸子出席，他一个人陪着雪子过去。但其中不太合适的是，幸子要是不在，就没有介绍双方的人了。雪子也很担心，说幸子不用为了她勉强自己，要不就再延期一次，要是谈崩了就放弃吧！这个时候出这种事，也许本来两个人之间就没有缘呢。幸子被雪子这么一说，对妹妹的同情心突然高涨起来，明明之前还因为自己沉浸在悲伤之中完全忘记了她。雪子至今相亲这么多次，其中大部分都会中间出岔子而导致整件事都不太顺利。虽然这次估计还要出岔子——听起来很可笑——但幸子一直希望别再发生什么乱七八糟的事。这个时候，先是本家侄女生了病，等侄女病好了，自己又流产了。接连发生这些不太好的事，幸子甚至觉得自家这些人会不会因为跟妹妹有血缘关系，而把妹妹也卷入不好的运势中。想到这里，她不由得有点儿害怕起来。但当事人意外地好像什么都没感觉到，让人看着更加可怜。之后，十四日早上，贞之助去事务所上班前，还倾向于不让幸子去参加宴席，但幸子自己无论如何也要去，双方争执不下。下午三点左右，阵场夫人打来电话，问幸子这几天身体怎么样，幸子脱口而出说自己已经恢复得差不多了。阵场夫人又问，那定在明天可以的吧？明天下午五点，地点在东洋饭店大堂。等野村那边来了之后再决定去哪里，先在酒店集合，简单喝点茶，然后再去吃晚饭，但到底去哪里吃饭还没定好。说是相亲，但没那么正式，不过是几个人见个面，等明天在酒店见面后再商量商量到底去哪里。野村那边只有他一个人过来，阵场夫妇作为浜田先生的代表作陪，幸子这边是三个人的话，总共就是六个人。幸子一边听着，一边已经在心里决定出席宴会了。那边最后又问了一次："明天这么定可以吧？"幸子赶紧不让那边挂电话，拜托对方说，自己虽然几乎全好了，但明天是第一次出门，还没有完全停止出血，虽然觉得这么说不太好，但还是希望对方能理解自己，尽量不要让自己走动。短距离出行时也一定要坐出租车，只有这一点需要对方注意，就没有其他不可以的事了。

幸子接电话时，雪子正在井谷的美容院，为了明天的宴会做头发。雪子回家后，听幸子这么一讲，别的事她都没有意见，只有在听到将集合地点定在东洋饭店时，她脸上浮现出了难色。她说，上次和濑越见面时就是在东洋饭店，现在又定在这里，寓意不好倒不是什么大问题，要是服务生们都还记得上次的事，肯定会觉得"啊，怎么又是那个小姐来相亲了"。被这种眼光看着，她会觉得非常不舒服。幸子之前在电话里听阵场夫人说的时候，就觉得雪子可能不会同意，也清楚雪子要是提了意见，如果不换地方的话她绝对会不高兴。于是，她就去丈夫的书房给阵场夫人打了电话讲了缘由，希望对方能重新考虑一下，不要在东洋饭店见面。过了两个小时，对方就回了电话，说和野村先生商量了一下，要是东洋饭店不行的话，现在也想不到还有哪里比较合适，那就直接在吃饭的地方见吧！至于到底去哪里吃饭，怕自己这边定下来后万一再有什么差错，所以还是要听听幸子这边的意见，看去哪里比较好。"说实话，去东洋饭店只不过是先见一面，还是希望雪子小姐能屈尊将就一下,要是能在东洋饭店就最好了,不知道这样能不能行得通……虽然我觉得不用介意到如此程度……"正好这时候贞之助下班回家,幸子和他商量之后,觉得还是要尊重雪子的意见,就跟阵场夫人说实在抱歉,这边还是决定按雪子的意思来……就这样要求对方让步。对方说,那她再考虑一下,明天早上再商量。十五日早上,对方又来了电话,问在东亚饭店怎么样,终于把这件事完全定了下来。

二十八

十五日当天,虽然已经过了汲水仪式,但依然有点儿寒冷。外面没有刮风,但天色十分阴沉,像要下雪一样。贞之助早上起床后,第一件事就关心幸子出血是不是还没完全止住。下午,他也很早就回家了,再次问幸子是不是还在出血,说如果现在还不舒服的话还能拒绝掉,他一个人去也没关系。幸子每次听他这么说,都说自己多少恢复一点点了,出血出得也越来越少了。但实际上,从昨天下午开始,可能是因为自己去书房站着、走动,还打了好几次电话,今天出血的量反而增多了。而且,她好长时间没有洗澡了,就简单地洗了洗脸和脖子,坐在梳妆台前看着镜子里的自己,果然发现自己脸色不好,一副贫血的样子,自己都觉得自己看着太憔悴了。但又想到以前井谷曾经提醒过她,陪妹妹去相亲时尽量往朴素土气里打扮,幸子觉得,现在这个气血衰弱的样子不是正好吗,省得再特意打扮了。

阵场夫人等在饭店门口,看到雪子夹在幸子夫妇中间进来,马上迎了上去:"幸子夫人,这位是我丈夫。"接着说,"老公。"她招呼着谨小慎微地站在自己后面两三步远的丈夫阵场仙太郎。

"初次见面,我是阵场。爱人一直给你们添麻烦……"

"哎呀,是我们总添麻烦。……这次也是,您夫人一直亲力亲为,操心我们家雪子的事,实在是感激不尽。特别是今天,我们提了各种无理要求,实在是对不住……"

"啊,幸子夫人……"阵场夫人小声地对幸子说,"……野村先生已经在等着了,现在就给您介绍。但我们也只是在社长那里见过他一两次,不是很熟,所以不太自然。……他本人的情况我们什么都不知道,你们想问什么直接问他本人就行。"

阵场先生默默地听着夫人跟幸子讲话,等她们讲完。

"请到这边。"他稍微弯下腰来,伸出一只手示意。

幸子夫妇在别人介绍之前,就认出了照片上的野村,就是一个人坐在大堂椅子上的那位绅士。他慌忙把正要抽的烟往烟灰缸里摁了两三次,把烟灭掉,然后站了起来。他的体格比预想中的更强壮一些,看着很结实。但和幸子想的一样,他本人比照片看着更老,老气横秋的。首先,从照片上并没有看出来,他虽然还没完全秃头,但一半以上都是白发,且头发很薄,稀稀拉拉、乱蓬蓬、脏兮兮的,脸上小皱纹也很多。第一眼怎么看都是五十四五岁那样。虽说他实际上只比贞之助大两岁,但看着却像大了十岁。再加上雪子本来看着就比实际年龄小七八岁,顶多不过二十四五岁。这两个人站在一起就像父女俩。

在这一点上,光是把妹妹拉到这里,幸子就觉得非常对不起雪子了。

双方互相介绍完后,就围着喝茶的茶桌交谈。但双方谈得并不愉快,经常冷场。野村这个人,给人的感觉就是有点儿不好接触,而作为媒人的阵场夫妇对他又非常殷勤,显得谈话更加让人放不开。从阵场夫妇的立场来说,野村是恩人浜田的表弟,所以自然会对他有这样的态度,但看上去未免过于卑躬屈膝了。以往这种时候,贞之助夫妇会尽量想办法避免冷场,但今天幸子状态不佳,贞之助多少也受到妻子的影响,心情有些不快。

"野村先生在县厅的工作,主要是做什么呢?"

听到这个问题,野村才慢吞吞地开始回答,他的主要工作就是,指导视察兵库县鲇鱼的生产情况。还讲了兵库县哪里的鲇鱼最美味、龙野和泷野的鲇鱼等。

阵场夫人在野村讲话时,"喂……"把幸子拉到一边,两个人站着谈了什么,回到野村身边后又对他耳语几句,跑到打电话的房间里,再次叫幸子过去,两个人说了什么,一直在到处走动,最后才回到座位上。然后,这次是幸子把贞之助叫出去了。

"怎么了?"

"那个,就是去哪里吃饭的事。你知道山手的中华餐厅北京楼吗?"

"不,不知道。"

"野村总去那里,他说他希望在那儿吃。不过我觉得,虽然吃中华菜没什么,但我今天坐椅子不舒服,希望能去有日式房间的地方。不过,听说那里虽然是中国人开的,但也有一两个日式房间,刚才阵场夫人已经打电话预约了，去那里行吗？"

"你觉得可以就行，我去哪儿都可以。你别这么来回走，稍微安静地坐一会儿。"

"不是，是总有人叫我。"

幸子之后去了洗手间，待了二十分钟左右才回来，但脸色更苍白了。

这时，阵场夫人又来叫她，贞之助忍不住了，说："不，我去吧！"

他站起来跟着阵场夫人出去了。

"啊，幸子她身体还不太舒服……您有什么事，直接跟我讲就好。"

"啊，这样啊。实际上是这样，来了两辆车，我想野村先生、雪子小姐和我坐一辆车，您夫妻俩和我丈夫坐另一辆，您看怎么样？"

"啊……是野村先生要这么坐吗？"

"不，不是。只是我不知道这样可以吗？"

"啊……"

贞之助心里不太高兴，不过还是努力忍住不表现出来。贞之助最感到不满的是，今天幸子这样忍着身体不舒服，冒了点儿风险来出席宴会，昨天就已经明确告知阵场夫人了，刚才也一直暗示她，阵场夫妇也听到了，结果连一句同情的问候和安慰都没有。也许是今天要谈婚论嫁，不能讲这种不吉利的事，但私下表达一下对幸子的安慰也没关系吧，这也太没有眼力见儿了。不过，这些都是贞之助自己的想法。要是站在阵场夫妇的立场上看，人家可能觉得幸子这边延期了这么多次，她人既然都来了，就应该做出点儿牺牲。而且又不是为了别人，是为了幸子的亲妹妹，阵场夫妇只是帮着操心一下。姐姐为了妹妹的姻缘，忍一忍身体不适又怎么了，自己这边又要操心还要感恩戴德，这算什么事啊。贞之助又觉得，这可能只是自己瞎想，人家夫妇俩可能跟井谷想的一样——是他们在操心自家嫁不出去的姑娘。想到这里，贞之助觉得一定是这样，他们才会认为他们有权让自己这边感谢他们。他听幸子说，阵场这个男人，在浜田丈吉当社长的关西电车公司当电力科长。他是为了表达自己对社长的忠诚，才一个劲儿地迎合野村，连别的任何事都不管了。也许这个解释才是真相。而且，现在说让野村和雪子坐同一辆车，不知道是阵场夫人表示忠诚的一种做法，还是野村授意她这么做的。不管怎么说，现在这样都是不太符合常理的，贞之助感觉自己好像被耍了。

"怎么样？要是雪子小姐没有意见……"

"啊，雪子那样的人，有意见也不会说出来的。但要是双方谈得顺利，之后肯定还有很多这种机会的……"

"是，是。"阵场夫人回应着，渐渐看出来了贞之助的脸色，只能皱着眉头苦笑。

"……而且，要是一会儿这样安排，雪子肯定更害羞、更说不出话，我觉得可能结果更不会好……"

"啊，这样啊。……不，我只是突然想到了，然后来问问您的意见。那……"

但让贞之助生气的，不只是这些。北京楼这家餐厅，位于铁路省线元町站旁边的山坡上。贞之助想着幸子的身体，一直问汽车到底能不能开上去,而他们一直回答"没问题,不用担心"。但到了地方时,车确实是开到了大门口,停在从元町到神户站高架线北侧的大道上。要是到餐厅门口,还要爬相当陡的石阶,进门后还要上楼梯到二楼。幸子在贞之助的搀扶下,慢慢地爬上二楼。而这时野村站在走廊里,面向大海,好像对幸子视而不见:"怎么样,莳冈先生?这里景色非常不错吧?"

听得出来,野村的心情非常不错。然后,并排站在一起的阵场就附和说:"真的,您找的地方真不错啊!"

"从这里俯瞰港町,好像到了长崎,很有异国情调啊。"

"是啊是啊,的确是有在长崎的感觉。"

"我总去南京町的中华菜餐厅,根本不知道神户还有这么个地方。"

"这里离县厅很近,我们总来,菜也很好吃。"

"啊,这样啊。……说到异国情调,这个建筑有点中国港口建筑的感觉,可漂亮了。中国人开的餐厅,多少有点煞儿风景,但这里的栏杆和栏杆之间有雕刻的花纹,还有房间里的装饰,都很有特色呢。"

"港口像是停了艘军舰啊——"幸子也有气无力地附和,

"啊,那是哪国的军舰?"

正说着话,去楼下柜台交涉的阵场夫人一脸为难地上来了。"幸子夫人,实在是抱歉,他们说日式房间已经满了,只能请您去中式房间将就一下了。……刚才打电话时,他们说他们听明白了,肯定会保留日式房间。但这里的服务生都是中国人,我跟他们说了好几次,可能他们还是没听懂我说的话……"

贞之助上到二楼时,就看到楼下对面的中式房间已经准备好了,就觉得有点儿奇怪。要是服务生听错了,也不能强行责怪阵场夫人。但接电话的既然是那么不靠谱的中国服务生,怎么也得更注意一点儿吧!这只能让贞之助觉得,他们并没有考虑幸子的状况就做出这样的决定。不仅这样,阵场先生也是、野村也是,餐馆违约了却什么都不说,还一个劲儿地夸这里眺望出去的景色多好。

"那就在这里将就一下吧?"阵场夫人丝毫不容幸子反对,两手抓着幸子的手,像小孩儿讨要东西一样缠着她不放。

"哈哈,这个房间真好啊。真的,真是让我们知道了一个好地方啊。"

幸子察觉到丈夫比自己还要不高兴。"老公——"她转向丈夫,"下次带悦子和小妹来吧!"

"嗯,能看到港口的船,小孩子肯定开心。"贞之助没有好脸色地回答。

野村和幸子面对面,大家围着圆桌坐下,首先上来了日本酒、绍兴黄酒和前菜。阵场开始说最近的新闻,比较热门的就是纳粹德国和奥地利第一共和国合并一事,之后,他又提到了奥地利总理许士尼格辞职和攻进维也纳等。莳冈家这边偶尔也接两句话,但总体上还是只有野村和阵场两个人在聊。幸子尽量装作自己毫不在意,但她在东亚饭店时看了一下,到这里后入座前又看了一下,发现自己现在明显比下午刚出门时出血增多了。肯定是因为身体突然开始活动造成的。而且,和她之前想的一样,坐在椅背很高、座位很硬的餐厅椅子上很不舒服。她只能忍着心里的不快,又要担心自己表现出什么差错,非常难受,但又没什么办法。贞之助越想越来气,他清楚地知道妻子是多么拼命地在忍着,要是自己表现得太明显,就又给她增添了不必要的负担。结果,他也借着酒劲儿,不得不努力不让聊天冷场。

"对了对了,幸子夫人能喝点儿吧?"阵场夫人给在场男士们倒过酒后,将酒壶端到幸子面前。

"我今天真的不能喝酒。雪子,你稍微喝点儿吧!"

"那就请雪子小姐喝点儿了。"

"要我喝,我就喝这个——"雪子说着,抿了口放了冰糖的绍兴黄酒。

雪子看到姐姐他们兴致并不高,而野村一直在对面色眯眯地盯着自己,她更觉得不好意思,一直低着头,缩着原本就不宽的双肩,像纸人一样。野村好像酒劲儿上了头,话多了起来,而且雪子就在他眼前,也许这是他兴奋起来的原因。看样子,他十分自豪于自己是浜田丈吉亲戚的身份,提了不知多少次浜田的名字。阵场也一直说着"社长、社长",一个劲儿地讲浜田的事,不断地暗示背地里浜田是如何庇护着表弟野村的。比起这些,更让贞之助惊讶的是,野村不知什么时候,不光详细调查了雪子自己的情况,还把雪子姐妹、去世父亲、本家姐夫姐姐的情况、妙子登报的事等,和莳冈家有关的事查得清清楚楚。而且,当听到有任何疑问都可以提出来时,野村问了很多非常细小的问题。从他问的问题中,就知道他多方面打听了雪子的情况。恐怕他是在浜田的帮助下才做了如此详细的调查。从他的话中可以听出来,井谷开的美容院、栉田医生的诊所、塚本夫人那里、以前教过雪子的钢琴老师那里，他都派人去调查过，连到底因是为什么跟濑越告吹的、雪子去阪大拍X光片的事他都知道，只能想到肯定是从井谷那里听来的。（说到这里，突然想到井谷曾经跟幸子说过，某方面有人来跟她打听过雪子小姐的情况，但她说的都是无伤大雅的事。听井谷说过之后，幸子想起以前雪子脸上出现过的褐斑，这次回来之后就完全消失了，现在她已经完全放心了。虽然她觉得井谷不至于连这种事都说出去，但这时幸子还是觉得有点儿不安。）贞之助特意把野村拉到这边一起聊，聊着聊着就发现，野村这个人实在是神经质，要是真有自言自语的怪毛病也不奇怪。而且，从他之前的样子来看，他好像完全不知道贞之助这边心里是怎么想的，觉得这门亲事肯定会成功，所以才问了这么多细节上的问题。现在的他兴致越来越高，仿佛刚才在东亚饭店见面时那个拘谨的他是另一个人一样。

说实话，贞之助他们是真的想找个机会快点儿让这次相亲结束，结束后赶紧回家。但要回去的时候，又突然节外生枝。本来应该是回大阪的阵场夫妇开车把贞之助他们送到芦屋，然后他们自己再去坐阪急电车回去。听到车来了，他们出去一看，发现只来了一辆车。然后，阵场他们说，野村先生住在青谷，和大家都是同一个方向，虽然稍微有点儿绕远路但还是请野村先生也一起上车吧！贞之助想，沿着新国道走直线和绕道青谷再回去，距离差得可不是一点儿半点儿。而且他知道，青谷那边的路也不好走，斜坡不少，颠簸得很厉害。因此，他越想越觉得对方太不体贴人了，越这样就觉得越生气。每次车颠起来或突然转弯时，他都非常担心妻子颠得有多难受。但三个男人坐在前排，那种场合下也没办法一直回头关心妻子。车开到青谷附近时，野村突然说："大家稍停一下，要不要上楼喝一杯咖啡？"他劝大家留下的样子看着倒是非常热情，贞之助他们再三推辞还是拗不过他。他还说，虽是寒舍，但窗外能眺望到的景色要比北京楼好得多，坐在地板上眺望港口，那景色是最让他自豪的。他说了很多次，一定要大家上去，看看他平时生活的样子。阵场夫妇也在旁边附和说，来都来了，野村先生这么热情邀请大家，请大家一定进去坐坐。而且，听说野村先生家里只有一个老太太和一个用人小姑娘，不用顾虑还有没有别人在。借着这个机会，看看野村先生住得怎么样，也能作为一个参考。贞之助觉得再怎么说，这也是一段缘分，还没听到雪子的想法，也不好就这样拒绝。而且这件事最终结果如何也还未知，之后也还可能有请阵场夫妇帮忙的事，不给他们面子也不太好……这些人啊，虽然没什么眼力见儿，但毕竟对雪子也是一片好心……贞之助本来心里还有一点儿这种软弱的想法，听幸子说"那我们就打扰了"，贞之助只能听从妻子的，跟着上去了。

然而，这里离野村家的路也并不好走，还要爬四五十米狭窄陡峭的坡道才能走到。野村非常兴奋，像小孩子那样高兴不已，到家后赶紧跑去打开客厅面向大海的护窗板，带着客人们参观他的书房，接着是家里的其他房间，最后甚至带他们去了厨房。这是一栋平房，只有六间房，粗糙简陋，是野村租住的地方。在六张榻榻米大小的餐厅那里，野村设了一个佛龛，上面放着他的前妻和两个孩子的照片，连这些都展示给客人看了。阵场一进客厅，立刻开始奉承野村。说这里眺望到的景色真不错啊，果然如您所说，比北京楼好看不少呢。但这间客厅是建在高耸的悬崖边缘，站在这里时总感觉要掉下悬崖似的，没法稳定下来。贞之助他们觉得，要是自己的话，住在这里肯定每天都会非常不安，没法长时间住下去。

野村端上咖啡后不久，他们匆匆喝完，然后就去坐楼下等着的汽车了。

"今晚野村先生的心情真的很不错呢。"汽车开动后，阵场先生说。

"真的是，从没见过野村先生说那么多话。果然是因为有年轻漂亮的姑娘在吧！"阵场夫人也附和着他，"啊，幸子夫人，野村先生的心思已经很明显了，不用问就知道，就看您这边怎么想了。的确，他没有财产，是个缺点，但浜田先生是他的后盾，无论发生什么事都不会让他生活困难的。关于这一点，我们可以请浜田先生更清楚地做出保证。"

"不用了，谢谢。这件事上您真的是前前后后一直在操劳……我们回去之后再商量一下，然后问问本家的意见，再……"贞之助回答得很谨慎，但下车时，他觉得还是有点儿让阵场夫妇感觉不太好了，"今晚我们真的非常失礼，请原谅我们。"他反反复复向阵场夫妇道歉。

二十九

那天之后隔了一天，十七日早上，阵场夫人来芦屋幸子家拜访。她听说由于前天幸子勉强走动导致现在只能卧床休息，心里还是有点儿羞愧的,在幸子枕边说了大约三十分钟的话。大概内容就是,她是受野村先生拜托才过来的。野村的生活就是上次去他家时看到的那样,但因为他现在还是一个人,所以才住在那种地方的。要是娶了媳妇,肯定是要搬到更像一个家的地方去的。特别是,要是雪子小姐同意嫁给他,他已经做好了把全身心的爱奉献给雪子小姐的准备。他自己虽然并不富裕,但绝对能保证不会让雪子在生活上有任何不自由的地方。而且,实际上浜田先生那边她也先去拜访了一下。那边说,如果野村如此执着于雪子小姐的话,那请阵场夫人一定尽力成全。虽然野村本人没有财产,委屈了嫁给他的雪子小姐,但他肯定会想办法解决,这一点交给他就行。浜田还说,他自己现在可能还没法做出什么具体的保证,但只要自己还在,肯定不会让野村一家生活受苦的。然后,阵场夫人还说,男方那边已经说到这个地步了,是可以放心、信任的。野村这个人,从外表上看就是这样,看着挺吓人,但实际上是个感情非常脆弱、非常温柔的人。"据说,他非常重视、珍爱前妻,他前妻即将去世时,他一直在她身边不离不弃,别人看了都要流泪。现在他还坚持把妻子的照片放在餐厅佛龛上。您也都看到了,要挑他毛病那是挑不尽的。但作为一个女人,没有什么比得到丈夫疼爱更幸福的了。无论如何请您和您家人好好考虑一下,尽快回复。"阵场夫人来讲的就是这些。

幸子已经提前埋好了拒绝的伏笔,就说雪子还是听家里的,无论是好还是不好都由他们决定,所以雪子这边没什么问题,但重要的是本家那边怎么看。幸子他们再怎样也不过是代表本家出席而已,调查野村先生身份的事还是得由本家去做。为了不让雪子被误会,幸子把责任都推给了本家，然后就让阵场夫人走了。但之后，幸子的病还是没怎么好转。因为要按照医生的忠告保持绝对安静，所以就没有尽快征求雪子的意见。

不过，相亲之后第五天早上，幸子偶然抓住了只有她和雪子两个人在的机会，她试着问问雪子的态度：

"雪子，怎么样，那个人？"

"嗯。"雪子只回应了一声，什么也没有说，只是听幸子讲完大前天早上阵场夫人来访的目的。

"唉，她是这么说，但雪子你看着这么年轻漂亮，那个人又那么显老，这可怎么办……"幸子一边看着雪子的脸色一边说。

"就算这样，要真的嫁给他的话，肯定是我说什么就是什么，我想干什么就干什么的。"雪子突然讲了这么一句。

幸子对于雪子说"想干什么就干什么"的意思心里一清二楚，那就是只要雪子想回来，就能随时回到芦屋这边。要是嫁给一个普通男人的话，可能就没法做到这一点。要是嫁给那个老头儿，反倒是雪子稍微任性点儿也没关系，这也是嫁给野村唯一的一点儿安慰了吧！幸子又想，要是因为这个理由让雪子嫁过去，对对方也不太公平。虽说那个老头儿可能会说没关系的、嫁过来就好，但雪子嫁过去之后，可能不会像现在想的这样放她随时回家。要是以后再卷进那个老头儿的爱情里，恐怕很快就会忘掉芦屋这边。要是再生个孩子，肯定更不会想起这边了。那个老头儿如此迫切地希望娶雪子这个错过婚龄的妹妹，想想也算是件好事，要是完全放弃的话也有点儿可惜。

"真的，也得考虑一下这点。要是你这么想，那兴许也不错呢。"

两个人聊得越来越深入。幸子刚想再问清楚一点，却听雪子说道："……虽说是这样，但他那边要是一直这么执着地讨好我的话，我也会烦。"

雪子笑了起来，转移话题，再也没正面给出回复。

第二天，幸子躺在床上，给东京的本家写了一封信，只报告了相亲结束，姐姐那边没有回信。幸子在春分期间，一直过着躺下、起床、再躺下的生活。有一天早上，好像一夜之间就充满了春天的气息。幸子被这样的天色所吸引，拿着坐垫，坐在卧室旁边的走廊里晒太阳。忽然，她发现了楼下从阳台下到草坪上的雪子的身影。她很想直接冲着喊"雪子"，但忽然又想起来，雪子把悦子送去上学后才回来，是想趁着上午还很安静时，在院子里小憩一会儿。幸子只能安静地透过玻璃窗看着雪子，看她绕着花坛走了一圈，检查池水里紫丁香和绣线菊的枝叶，然后抱起跑向她的小铃，在修剪成圆形的栀子树下蹲下。因为幸子是从二楼俯视的，只能看到雪子抱起猫贴向自己的脸颊，低头时露出脖颈，看不到那时候雪子的表情。但幸子能明明白白地读出，现在雪子心里是怎样的心情。恐怕雪子已经有了预感，离自己被叫回东京的时候不远了，因此才如此珍惜这个院子里的满园春色。如果可以的话，雪子一定会祈求自己能在芦屋这里一直待到紫丁香和绣线菊开花的时候吧！虽然东京姐姐那边还没有来催问她到底什么时候才能回去，但她内心依然惴惴不安，想着"今天会来催吗""明天会来催吗"。但谁都能看得出来，她发自内心地希望自己能多待一天是一天。幸子知道，这个妹妹看上去很内向，但其实非常喜欢外出。幸子想，等自己能下床走路后，每天都要陪着雪子看电影、喝茶。但雪子已经等不及了，这段时间天气一变好，就约妙子去神户，就算没什么事也要去元町逛逛再回来，好像不这样心里就不舒服。而且，每次她都要给在松藩公寓的妙子打电话，定好什么时候在哪里见，然后兴冲冲地出门，看着好像完全忘了相亲的事情。

一直被雪子拉出去玩的妙子，时不时地也会到幸子枕边，说着最近明明自己工作很忙，下午最重要的时候还要如此频繁地被迫陪着雪子，经常对她拐弯抹角地抱怨。

有一次妙子过来，说："昨天发生了古怪的事呢。"

原来是昨天傍晚，妙子和雪子去元町逛街，在铃兰店门口买西点时，雪子突然慌忙跑出去，跟妙子说："怎么办，小妹？他过来了。"妙子问："来了？到底是谁来了？"雪子只是慌慌张张地说着"来了，来了"，妙子也不知道她到底在说什么。这时，一个在里面茶室喝咖啡的没见过的老绅士，径直朝雪子走了过来，殷勤地和雪子打招呼："您最近怎么样？方便耽误您十五分钟，到那边一起喝杯茶吗？"雪子更慌张了，脸色涨红，支支吾吾地回答："那个——那个——"那个绅士就站着不动，问了她两三次"怎么样"，最后终于放弃了，礼貌地说了句"啊，真是失礼了"，就回去了。雪子说"小妹，快点儿走，快点儿走"，两个人赶紧让店员包装好糕点就飞奔出去了。当妙子又一次问"那是谁"时，雪子才说"那个人前段时间刚见过"，就是上次相亲的野村，直到这时，妙子才知道原来那人个就是雪子上次的相亲对象。

"我从来都没见过雪姐那么慌张的样子，明明干脆地拒绝就行了,她一直'那个——那个——'支支吾吾的。"

"雪子她一碰到这种情况就这样。都这个年龄了,还跟十七八岁的小姑娘似的。"

幸子听妙子正好讲到野村,就问妙子有没有从雪子那里听到什么,比如雪子是怎么看那个人的、对这件事说过什么,等等。妙子说她也问过雪子到底是怎么想的,雪子只说一般这种事情都是全权交给大姐和二姐的,大姐二姐让嫁给谁,雪子就嫁给谁,但不管怎么样就是不想嫁给这个人。虽然说她自己有点儿太任性了,但无论如何也要拜托妙子转告大姐和二姐,推辞掉这门亲事。妙子都如实地转告给了幸子。然后,妙子说她当时也是第一次见到野村,比之前听人说的看着更显老,更让人吃惊,觉得要真是这么个糟老头子,雪子讨厌他也是理所当然的,而且讨厌的理由肯定也在于此。但雪子对于这个人的外表气质,嘴上并没有说什么,反而提起了相亲那天晚上被拉去野村在青谷的家时,看到了对方仍然在佛龛上供奉着前妻和孩子们的遗照,心里很不愉快。按雪子的话来讲,她心里清楚自己是对方的二婚对象、是去给人家续弦的,但看他还放着前妻和孩子们的照片,很难保持好心情。她明白野村目前还是单身,供奉遗照也是为了给去世的他们祈求冥福,这种心情她能理解。但她被邀请去他家时,不应该把这些都放在外人看得到的地方。而野村别说急忙把照片藏起来,反倒特意带着大家去看佛龛,这是什么人啊。就从这一件事上看,就能知道他肯定不会理解女人敏感的心灵。雪子说的时候语气并不佳,可以说非常讨厌了。

在那两三天后,幸子逐渐可以下地走路了。有一天吃过午饭,她去梳妆打扮自己。

"那就跟阵场夫人他们说拒绝了。"她对雪子说。

"嗯。"

"那件事,我听小妹讲了。"

"嗯。"

幸子按之前想好的那样,跟对方说本家不赞成这门亲事,婉转拒绝后就回家了。对雪子,她也只是说已经圆满拒绝了,没说具体情况,雪子也并没有问她。阵场夫人在年末时寄来了在北京楼吃饭时的账单,说冒昧打扰,希望幸子这边能付一半的钱,幸子立刻回信寄过去汇票。这件事就这样彻底结束了。

幸子再次给本家写信汇报了这些情况,但本家依然杳无音信。幸子说:"雪子你在这里已经待了一个月了,再在这里待下去,以后他们不让回来了就不好了。"为了以后雪子还能再回来,幸子一点点劝着雪子回去。之后,四月三日女儿节那天,因为每年为了悦子,都要招待学校里的朋友们来家里开茶会。每当这时,都是雪子负责做馅饼和三明治,所以雪子本人也说,等过了女儿节之后就回去。而女儿节过去了,再过三四天就又到了去祇园赏夜樱的时候了。

"二姨,看完花再回去吧!不到看完花,就不回去,好吗,二姨?"

悦子一直求着雪子留下来。而且这一次,贞之助是最热心希望雪子留下来的。反正都住到现在了,不赏过京都的樱花就回去,雪子心里肯定也会觉得很遗憾。而且每年这么重要的传统活动,少了一个人也不好。实际上,贞之助比起这个更看重的是,妻子自前段时间流产之后,情绪变化微妙,十分容易感伤。偶尔只有夫妻两人在时,一说到胎儿妻子就流下眼泪来,他自己也十分苦恼。和妹妹们一起去赏花,多少也会缓解妻子这样的心情。

去京都的日子定在了九日、十日,是个周末,但雪子直到那时还和往常一样,吞吞吐吐地决定不了在那之前回不回去。结果,到周六早上,她才和幸子、妙子一起走进化妆室,开始打扮自己。她化好妆后,打开从东京带过来的装衣服的包,拿出放在最底下的纸盒,解开绳结,其中,就是她准备赏花时穿的衣裳。

"什么呀,雪子都把衣服带来了。"妙子走到幸子后面,一边给幸子系上太鼓结,趁雪子出去那一会儿,一边笑着说。

"雪子自己倒是不吱声,但不管什么事都要按着自己的意思来。"幸子说,"你看吧,以后结了婚,肯定要让丈夫都听自己的。"

在京都时,即使是赏花人群纷纷攘攘,每当看到有人抱着婴儿走过时,幸子都会忽然眼眶湿润起来。贞之助看着妻子这个样子,也不知道该怎样办才好。因此,今年夫妻俩没有再在京都多住一晚,周日晚上就和大家一起回家了。过了两三天,四月中旬,雪子出发回了东京。

中 卷

一

幸子自从去年患了黄疸后，就有了个习惯，会时不时地对着镜子看看自己的眼白有没有发黄。在那之后的一年，也就是现在，庭院里平户百合花的盛开时期已过，到了枯萎之时。有天，幸子闲来无事，和往年一样到阳台上，在芦苇遮阳帘下的白桦木椅子上坐下。夕阳西下，她眺望着院子里的初夏景色，忽然想起去年丈夫发现她眼白里的黄色时，也正好是这个时候。她走下阳台，像去年丈夫做的那样，一朵一朵地摘掉枯萎的百合花。她想着丈夫不愿意看到枯萎的花，他还有一个小时就要回家，为了让他看着高兴，幸子就打算提前把院子里收拾干净。收拾了大约半个小时，她听到背后传来了木屐声，回头看到阿春表情认真，手里拿着一张名片，踩着庭院里的踏脚石走过来了。

"这位客人说想见夫人您。"

幸子接过名片，看到是奥畑来了。的确，前年春天这位青年曾经来过，虽然此后她家向来不让他到家里，在女佣们面前连他的名字也不会提，但阿春现在这么正经，看得出来她知道当时的登报事件，也察觉到了这位青年和妙子的关系。

"我马上就过去。你先把他带到客厅。"

幸子手上沾满了花蜜，黏黏糊糊的，就先到化妆间把手上的花蜜洗掉,然后去二楼补个妆再到客厅。

"让您久等了……"

奥畑穿了件几乎纯白色的手工粗线呢上衣,一看就知道是纯英国产的,下半身穿着鼠灰色法兰绒裤子。他看幸子走了进来,就装腔作势地一下子从椅子上站起来,对着她来了个"立正"。奥畑比妙子大个三四岁,今年差不多三十一二岁了,上次见面时还留有一点少年气息,这一两年没见似乎胖了不少,一点点变成绅士体态了吧。不过,他脸上堆着笑,眼睛偷偷观察着幸子的脸色,下巴突出来一点,似乎要诉说什么,再听他带着鼻音说话的样子,果然他身上还残留着一点"船场少爷"的任性吧。

"久疏问候实在抱歉……我一直都想来拜访您,但您不允许上门,我也不知如何是好……有两三次来到您家门口,到底还是不敢上门……"

"啊,真是不好意思。为什么一直不进门呢?"

"我胆子比较小……"

奥畑好像很快就放松下来了,发出"嘿嘿嘿"的讪笑声。

虽然不知道奥畑到底想着什么,但幸子这次对他的态度与上次他来访时相比,多少有了点不同。之所以如此,是因为最近她从丈夫那里经常听说,奥畑家的启少爷似乎已经不再是当年那个纯真青年了。贞之助由于要去应酬,常有机会踏足花街柳巷,总听那边的人谈起奥畑。据他说,奥畑不光总是出没于宗右卫门附近,好像还有个相好的艺伎。他跟幸子说:"启少爷现在这个样子,不知道小妹到底知不知道。要是小妹现在还想着,等雪子嫁出去后就和启少爷结婚的话,幸子你要不还是去提醒一下她吧。如果启少爷这样，是因为跟小妹结婚没那么容易被认可、等得太久了不耐烦，那还有酌情商量的余地。但他现在这个样子，他们的'真心相爱'就成假的了。而且现在还是非常时期，只能说他太不检点了。直到现在，我们私下里还是同情他们的，但他要是再不改邪归正，将来我们也没有必要再为他俩在一起而尽力了。"贞之助说，为这事没少发愁，幸子就顺带去问了妙子。然而，妙子却说："启少爷他们家从他父亲那辈开始，就总去花街柳巷那种地方，他哥和他叔叔伯伯也都爱逛茶屋[①]，又不光是他一个人这样。而且，姐夫说得对，启少爷确实是因为一直以来不能和我顺利结婚，才去那里解解闷的。我想他那么年轻，也是没办法的事。我的确是第一次听说他还有个相好的艺伎，但估计不过流言而已，有确凿的证据那另当别论，反正我是不信的。不过现在正处于事变时期，他免不了要被责怪不检点，也容易招人误会，我会告诉他今后别再去那边玩的。一向都是我说什么他都听的，我要是说不让他去，他一定不会去的。"妙子并未因此对奥畑产生什么嫌隙，整个人十分平静，就像奥畑的那些事她早就知道，不值得大惊小怪似的。反倒是幸子觉得自己想太多，和小妹相形见绌。贞之助虽然说"既然小妹这么相信启少爷，那我们也别再多管闲事了"，但还是放心不下，在那之后只要一有机会，他依然尽力跟那边的女人们打听奥畑的消息。不知是否是妙子的忠告有了效果，最近渐渐听不到奥畑去花街柳巷的传闻了。正当贞之助暗自高兴时，就在半个月前的某天晚上十点左右，他为了送

[①] 茶室或茶馆，也代指妓院。

客户，开车走在从梅田新道去往大阪站的路上，忽然在车前灯投下的光圈中，看到喝醉的奥畑步履蹒跚，和看着像女招待的女人搂搂抱抱地走过去了。贞之助明白了，原来启少爷现在把逛花街柳巷转到"地下"了。当天晚上，幸子从丈夫那里听说此事，丈夫特地嘱咐她不要把这事告诉小妹。幸子照做，并没有告诉小妹，但她现在面对这位青年，不知是不是心理作用作祟，无论是对方的相貌，还是说话谈吐的方式，都少了些率真，不禁同感于丈夫所说的"最近对那个男人没法有好感"。

"你说雪子吗？是，是啊，很多人都非常关心她，总有上门来提亲的。"

听奥畑频繁问起雪子的姻缘，幸子不由得认为，他意在催促她们赶紧解决他和妙子的事。看来这应该就是他今天来访的目的了，他马上就会说这事的，到时候自己该怎么回答？之前那次自己全程只是在听他讲，也不记得自己答应了他什么。现在丈夫的想法和之前不一样了，自己说话也必须更谨慎小心了。他们并非想妨碍这两人结婚，但也并不希望奥畑认为他们夫妇理解、同情他和妙子的婚姻。幸子默默地考虑着自己说出的话，有必要不能让奥畑产生那样的误会。这时，奥畑突然坐直，拇指"啪啪"几下把过滤嘴香烟的烟灰弹进烟灰缸，说：

"实际上，我今天冒昧地上门打扰您，是为了小妹的事来拜托姐姐，请您务必帮帮忙……"

他依然叫幸子"姐姐"。

"是什么事呢？"

"……姐姐您应该已经知道了，小妹开始去玉置德子的学校学做西洋服饰了。这样倒也罢了，但小妹现在为此逐渐对做人偶的工作冷淡了，最近几乎没怎么像样地做过人偶了。我不太理解，就去问她到底怎么想的，她说她现在已经厌倦继续做人偶了。她想好好学学怎么做西洋服装，将来把它作为自己的一技之长。现在她还有很多做人偶的订单，也有徒弟，还不能马上停下来，等以后再慢慢把做人偶的工作转给徒弟，自己转行做西洋服饰。而且她还说，她已经得到了姐姐们的谅解，想让家里送她去法国留学进修个半年或一年，在那边把技术学到手，做出自己的招牌再回来……"

"啊？小妹是这么跟你说的吗？"

幸子确实听妙子说过，要在做人偶的闲暇时间里学做西洋服饰，但刚刚奥畑说的那些她还是第一次听说。

"是的。我也没有干涉小妹的权力，但小妹好不容易自食其力，做出了那么高的成就，社会上也认可了小妹独特的艺术创作，要是现在就这么不做了，也太可惜了。要只是单纯不干的话我还能理解，她说她要去学做西洋服饰，这我就实在理解不了了。她所谓的理由，有一个曾说人偶做得再怎么好，也不过流行一阵子而已，没过多久大家就会厌倦的，厌烦了就没有人来买了。但要是去做西洋服饰，那就是做实用的东西，无论什么时候都有人有这样的需求。话是这么说，她一个大家闺秀，没什么必要去做那种事来赚钱吧。马上就要结婚的女人，何必非得让自己这样自立呢？我再怎么没用，也绝对不会让小妹缺钱花的，所以我也不想让她当什么职业女性。是，小妹心灵手巧，我也能理解她不干点啥就不行，要是不为赚钱，只是自己爱好这个，又能被称作艺术的话,那该多有品位啊,而且别人听起来自己也有面子。就说做人偶,作为大家闺秀和夫人们的业余爱好,听着也不丢人,但要是说做西洋服饰的话,我还是希望她放弃吧。我也试着跟她说过,这恐怕不只是我这么想,本家和姐姐肯定也跟我想的一样,要不来让她问问……"

平时,奥畑说话都是故意慢悠悠的,看他那炫耀自己名门望族少爷派头的样子,让人实在不舒服,但今天他似乎很激动,说话也比平时快了不少。

"哎呀,你这么热心地告诉我们,真是太感谢了。不管怎么说,回头还是得先问问小妹……"

"好的,请您一定要问问她。我跟您讲这件事也许有点过分了,但她要是真这么想,无论如何还请姐姐多劝劝她,让她放弃这个想法。还有出国的事,我也不是不想让她去法国,要是去学做更有意义的东西,她去了也就去了。我这么说确实失礼,她出国的费用我来负担。但要只是为了学做西洋服饰出国,我怎么都没法同意,而且我也觉得,这事也肯定不能得到您这边的同意。请您务必劝她放弃这个想法。要是她真想出国,我们结婚以后再出国也不迟,我也觉得那个时候更合适……"

幸子认为,要是不亲自问问妙子,就没法理解她到底是怎么想的。总之,听这位青年公然以妙子将来丈夫的口吻讲述,幸子只觉得有点反感和滑稽。看来奥畑觉得,只要他自己来说这事,肯定能在很大程度上得到幸子的同情,而且幸子也会坦率地和他商量。要是进展顺利的话,甚至还能期待一下幸子把他介绍给贞之助,所以他才特地挑了现在这个时间上门拜访的。他说完"拜托的事",也没有马上回去,说这说那扯了一堆,试探着幸子。幸子尽可能岔开重点,以"非常感谢您一直以来如此关心我妹妹"之类的客套话敷衍着他。不久,门外传来了脚步声,好像是丈夫回来了,幸子赶紧跑到玄关门口。

"哎,那个启少爷来了。"她一边开门一边告诉丈夫。

"他来干什么?"

贞之助就站在门口,听妻子在他耳边悄悄说了事情的经过。

"要是这样,我就没必要见他了吧?"

"我也这么觉得。"

"你随便跟他说几句,赶紧打发他走吧。"

但奥畑还是在幸子家磨磨蹭蹭了半小时,看贞之助没有要出来的意思,才站起来客套几句离开了。

"招待不周,实在抱歉——"

幸子说着把他送出门,故意没有解释丈夫为什么不出来见他。

二

如果奥畑说的事是真的,那就更没法理解了。妙子说她最近工作也很忙,每天早上和贞之助、悦子前后脚出门,晚上回来得最晚,三天里有一天是在外面吃完了晚饭才回家的。因此,幸子当天晚上没找到机会找妙子问话。第二天早上,丈夫和悦子出门后,妙子也正要出

门时,幸子叫住她:

"等等!我有话想问你。"

她把妙子拉到了客厅。

妙子对于奥畑把自己的事告诉姐姐——想放弃做人偶改行做西洋服饰、还想为此去法国短期留学进修——这些事她丝毫没有否认。但当幸子一步步深入追问时,发现妙子每个想法都有非常充分的理由,幸子也明白了,这的确是她深思熟虑的结果。

妙子说,之所以对做人偶厌倦了,是因为自己现在也是大人了,不能一直做少女似的幼稚的事,而且自己更想做对社会有意义的工作。通过认真综合考虑自己的天分、喜好、学习技术的方便程度后,发现做西洋服饰是最适合自己的。理由就是,自己很久以前就对剪裁很有兴趣,用缝纫机也很熟练,参考《时装园地》和《时尚》等外国时尚杂志,不光能做自己的衣服,幸子和悦子的也都能做出来。说是学习新技术,但也不是完全零基础的,进步也会很快,自己有自信坚持下去,将来开创出自己的事业。她对奥畑所说的"制作人偶是艺术、做西洋服饰是没品位的工作"一笑而过,她说自己并不贪图艺术家之类的虚名,做西洋服饰没品位也没关系,她并不在意。启少爷能说出那种话,是因为他对时局还没有充分的认识。现在这个时代,已经不时兴哄小孩的人偶了。即使是女性,不做跟现实生活有关的工作,不觉得很羞愧吗?幸子听妙子这么说,觉得也能说得过去,自己说不出一句反对。然而,幸子观察后发现,妙子这样想的真实原因,或许就是内心开始讨厌奥畑这个人了。换句话说,她和奥畑之间是曾经私奔登报的关系,所以即使她跟姐夫、姐姐还有这个社会赌气,也没法轻易甩掉他。她嘴上不服气，但也许在心里其实已经看清了奥畑这个人，搞不好只是在等着合适时机取消婚约。所以她才说要学做西洋服饰，就是看到了自己若取消婚约，就只剩下生活自立这一条路，因此这是为走这条路做出的准备吧。而奥畑并不明白妙子潜藏如此之深的意思，不理解"大家闺秀"为什么要赚钱、为什么要成为职业女性。所以，幸子如此解释此事。这样一来，妙子想去法国的意愿也能理解了。妙子心里想的，一个原因也许是去学做西洋服饰，但主要目的还是以出国为契机，离开奥畑。要是奥畑和她一起去，就麻烦了，所以她才要找个借口主张自己一个人去的。

然而，和妙子深入交谈之后，幸子发现她似乎只猜对了一半。她最希望的就是妙子并非受他人的劝说影响，而是自己主动地要和奥畑分开，她也信任妙子这样的想法和主张，所以选择尽量不刺激妙子，而是一点点旁敲侧击地提问。虽然还没有明确这到底是妙子的真心，还是赌气说出的话，但综合她脸上若无其事的表情来看，知道现在这个时候她还没打算跟奥畑彻底分开，还希望在不久的将来和他结婚。按她说的，她比谁都清楚，现在的启少爷就是个典型的船场大公子，是个没什么长处还特别无聊的男人，所以也用不着姐夫贞之助和二姐来提醒。确实，八九年前刚和启少爷恋爱的时候，自己还是个懵懂天真的小姑娘，那时候也不可能知道启少爷是个这么无聊的人。但所谓恋爱，不是说只看男方有没有出息、无不无聊就能成家或者告吹的。至少她自己来看，还不能因为如此功利的理由就嫌弃这样一个令人怀恋的初恋对象。自己能爱上启少爷这样没出息的人，只觉得两人有缘，从未后悔。只是，和启少爷结婚的话，之后一起生活就是问题了。奥畑商店现在是股份有限公司，启少爷现在也是奥畑商店的董事，而且听说只要他结婚，就能从长兄那里分到些动产和不动产。他自己对社会的想法也十分天真幼稚，向来不担心什么，但妙子总是非常担心像他那样的人，以后会渐渐把财产挥霍一空。直到现在，启少爷也绝不会按实际情况花钱，每个月去茶屋、做西服和买杂货的花销惊人，因此总是哭着找他母亲要钱，来补上这些窟窿。他母亲在世还好，万一他母亲不在了，他的长兄也绝不会放任他这样挥霍无度的。即使奥畑家有再多财产，启少爷也不过排行老三。况且他哥哥已经当家，他也别指望着能分到太多财产。特别是他哥哥还不太赞成他和妙子结婚。即使他确实分到了很多钱，他这么爱炒股，性格又容易被人骗，最后搞不好就要被他的兄弟们抛弃。妙子对此也放心不下，不愿意到那个时候被人们在背后指指点点，说："看看就是这个下场吧！"戳他们的脊梁骨。因此，妙子才要在生活上努力发展出一个不靠启少爷也能活下去的——反过来，自己什么时候都能养活得了启少爷——这样的生活技能。她一开始就打算着不依靠启少爷，自己就能生活，这也是她想学做西洋服饰，从而达到生活自立的动机之一。

另外，幸子从妙子的话中察觉到，她已经下定决心不让家里人带她回东京的本家了。本来在这件事上，雪子之前也说过，本家的姐夫、姐姐光是雪子一个人就已经应付不过来了，现在似乎也没有再叫妙子回去的意思了。眼下这个样子，本家即使还要妙子回去，恐怕妙子自己也不会答应吧。她多次听说姐夫搬到东京后变得更小气了，而且认为妙子自己多少有些积蓄、做人偶也有收入，本家多减一点每个月给她的生活费也无妨。本家的六个孩子渐渐长大，雪姐也需要本家照顾，开销确实不小，因此妙子也考虑着多少给姐姐、姐夫减轻负担，循序渐进地自力更生，直到不需要他们再给生活费。只是，她希望姐姐姐夫务必答应她的，就是允许她明年去法国进修学习的事，还有从原本父亲留给她做嫁妆的钱中拿出一部分，或是全部拿出来作为出国的费用。妙子并不知道姐夫那里保管的钱中，自己名下的有多少，但在巴黎半年或一年的开销和往返的船费应该还是足够的，因此，她非常希望这笔钱能由她自己决定支配。万一为了出国把这些钱全部花掉了，即使将来结婚的嫁妆一分钱都不剩了，她也无怨无悔。所以，她对幸子说："这些就是我的想法和计划。不用现在马上就和本家报告，但还是希望二姐能在恰当的时候帮我传达本家，也希望二姐能帮忙求求情，得到本家的谅解。如果需要的话，我也可以去东京直接和他们当面聊聊。"而对于奥畑说他要拿出国的费用，妙子根本不屑一顾。"启少爷总说'你要出国的话，我给你拿这个钱'，但我比他更清楚他现在有没有这个实力拿出这些钱。兴许他又要跟他母亲哭着要钱，但我们现在还没结婚，我不希望还没结婚就受人家的恩惠。而且就算我们结婚了，我也不想动用他一分一毫的财产，更不希望他动用这笔钱。我想用自己的钱让自己出国，而且要说服他，在我回国前规规矩矩地等着我，别总上二姐这里磨磨叽叽。我没关系的，所以二姐也不用操心。"

贞之助知道后，说："既然小妹已经考虑得如此周全，那我们也没必要再多说什么了。不过我们还是要弄明白，小妹这个决心到底坚定到什么程度。要是确认没有问题了，咱们再帮她跟本家那边积极沟通吧。"这个问题至此就算解决了。之后，妙子依然过着十分忙碌的生活。按奥畑的话来说，最近妙子对做人偶没那么热心了，但妙子自己否认了这一点。她说："我最近确实是不想再做人偶了，但收到了很多客人的订单。我也想尽量多攒点钱，出国的生活费开销很大的。"出于种种原因，她比以前工作更卖力了。她想，反正迟早自己都有不做人偶的一天，趁现在能多做一个出色的作品就多做一个，一门心思扑在了工作上。那段时间里，她不光每天抽出一两个小时去玉置德子女士位于本山村野寄①的剪裁学校学习，还一直坚持练习山村舞。

她不光是出于兴趣而学习山村舞，似乎还有野心要拿到袭师傅之名的证书、自己当师傅独立门户。那时，她每周都去一次舞蹈教室进行学习，那里是第二代山村作——第四代市川鹭十郎的孙女，人们称她为"鹭作师傅"——开的。在大阪号称"山村"的两三个舞蹈世家中，她家的是最纯粹的传统舞蹈。那个舞蹈教室位于岛之内叠屋町，在狭窄小路里一家艺伎屋的二楼。在这样的地方开办舞蹈教室，来的人大多是行家。外行人——尤其是有钱人家的"大小姐"寥寥无几。妙子每次来时，都提着一个装有舞扇、和服的小包，在练习室的角落里把身上的西式服装脱下，换上和服，静静等待自己上场，其间或是夹在行家中间观摩其他人练习，或是和熟识的艺伎、舞伎搭话交谈。她的言谈举止和她的实际年龄没什么令人吃惊的差别，但阿作师傅和其他人都以为她不过二十岁左右，觉得她是年纪轻轻、沉着又机灵的大小姐，妙子自己倒是觉得不好意思了。去那里学习的徒弟们，无论

---

① 神户东滩区地名。

新手老手，近来都感叹着上方①舞渐渐被东京的舞蹈压制了，再这样下去，乡土艺术的传统就式微了。因此想将这一艺术传统发扬光大，对山村舞产生异常憧憬的人多了起来。那些热情支持的人们甚至组建了一个名为乡土会的组织，会员们每月到一个叫神杉的律师的遗孀家里去排练一次。妙子也加入了这个乡土会，沉迷于跳舞之中。

贞之助和幸子他们在妙子去跳舞时，带着雪子和悦子去看，自然也和那个组织里的会员们混熟了。有了这层关系，今年四月末时，妙子被干事委托和家里商量一下，看能否将六月份的排练场所定在芦屋家中。实际上，从去年七月开始受时局影响，乡土会中止活动，但有人提出，研究性集会只要不太张扬就没有问题，也有意见认为，每次都是在神杉家中排练，给人家造成了困扰，是否可以换个地方。幸子他们也喜欢舞蹈，虽然家里设备不如神杉家齐全，若乡土会不嫌弃，他们愿意提供房间作为会场。神杉家中备有临时舞台装置，但从大阪将这些设备运到芦屋实在麻烦，莳冈家可以把楼下两间相通的西式房间里的家具移走，在餐厅后面立上金屏风，将那里作为舞台，客厅当作观众席，来宾坐在绒毯上观看。休息室就是二楼八张榻榻米的房间。时间是六月的第一个周日，也就是五日的下午一点到五点。妙子当天也会出席，表演名为《雪》的舞蹈。因此，进入五月后，妙子每周都去舞蹈教室练习两三次，十分用功。特别是从五月二十日开始的一周时间里，阿作师傅每天都到芦屋的家里进行指导。今年五十八岁的阿作师傅本来就是蒲柳之姿②，且身患肾脏疾病，极少外出教学。因

---

① 指京都、大阪地区。
② 旧时称自己体质虚弱的客套话。

此，她这次在初夏炎热的日子里，特地从大阪南部乘阪急电车来芦屋家里指导排练，可以说是非常难得的关照了。其中缘由之一，便是妙子是真正的"大家闺秀"，却和其他艺伎、舞伎一起精进舞蹈，她为妙子这份热心所打动；另一个原因则是，为了挽回山村舞的颓势，她似乎已经认识到，不能再像以前那样停滞保守不前了。然而，这样一来，就连因不能去舞蹈教室而放弃的悦子也吵着要学了。阿作师傅帮她说话，"小姐要是想学，我每个月来您家十天也无妨。"悦子也趁这个机会拜她为师。

　　阿作师傅每天来的时间都不同。虽然她每次走之前，都提前约好明天大概什么时候过来，但实际上，她从未按约定时间来过。有时晚一两个小时，天气不好的日子里也有不来的时候。原先妙子还会在百忙之中抽空提前回家等待，后来也习惯了，让家里看到师傅来了之后再打电话通知她。等悦子跟着学习时，她再从凤川赶回家。不过，体弱多病的阿作师傅大老远来一趟，也的确不是那么容易。每次到了之后，都要先在客厅休息一下，和幸子唠个二三十分钟的家常，然后慢悠悠地在桌椅已经搬走的餐厅地板上开始教学。她嘴里哼着三味线的伴奏，示范着舞蹈动作。有时她气喘吁吁、脸色苍白，看上去十分痛苦，说是前一天晚上又犯了肾脏毛病了。然而，她还是努力打起精神，说"我这身体，全靠舞蹈来保养啊"之类的，完全看不出她为自己疾病所困的样子。不知是谦虚，还是真的这样想，她常说"我不怎么会说话"，而事实上她口齿非常伶俐，也很擅长模仿别人，闲聊几句就让幸子她们笑个不停。恐怕这就是她从祖父第四代市川鹭十郎那里继承来的才华吧。说起来，阿作师傅的脸很长，与娇小身材很不成比例，一打眼就知道她有明治时代艺人的血脉。这样的人若是生在以前，削掉眉毛，把牙染成铁黑色，穿上拖到地面的长裙，那该多合适啊。而当她模仿别人时，那张脸千变万化，要模仿的人的表情在她脸上，像面具一样自由再现。

悦子从学校回来，就换上每年去赏花以外很少穿上的和服，套上大了不少的袜子，手持漩涡水纹，画有梅兰竹菊的山村流舞扇。

弥生御室花满堂
三味太鼓响后台
四目相对舞相和

这是师傅教她新填词《十日戎》的开头几句。白日还长，悦子跳完，妙子开始跳《雪》时，院子里还很明亮，晚开的平户百合花如火如荼地盛开，与翠绿草坪交相辉映。隔壁邻居舒尔茨家的孩子们——罗斯玛丽和弗里茨，最近几乎每天都等着悦子回家，去她家里客厅玩，但这几天他们发现，他们喜欢的玩耍场地，还有一起玩的小伙伴都被抢走了。他们觉得很不可思议，就在阳台上偷偷看着，便看到了悦子他们跳舞的样子。最后，连哥哥佩特也来一起看了。有一天，弗里茨终于走进练习室，模仿幸子他们称呼阿作师傅"师傅、师傅"的样子。

"师傅！"

他叫一次，阿作师傅就打趣他，拖长音回答，"哎——"

罗斯玛丽觉得好玩，也跟着叫了一声：

"师傅！"

"哎——"

"师傅！"

"哎——"

阿作师傅一边郑重其事地"哎——""哎——"应着，一边逗着这几个蓝眼睛的少年少女。

三

"小妹，摄影师问他可不可以进来。"

为了给今天的集会助兴，就让悦子第一个上台表演"弥生御室花满堂"的舞蹈。现在，悦子还没卸妆，就去二楼八张榻榻米的房间里了。

"请他进来吧。"

妙子刚换上跳《雪》的服装，为了不摔倒，她右手抓着床柱，单腿站着让阿春给她穿袜子。怕做好的岛田发髻散开，她一动也不敢动，只能把眼睛转向悦子所在的方向。悦子知道这位平时穿西洋服饰的年轻姨妈，为了这次集会，十天前就开始梳起日式发型、穿上和服了，但当她看到妙子今天打扮成这个样子，还是大吃一惊。妙子今天穿的这件和服，其实是本家姐姐鹤子婚礼时穿的三件套和服中最里面的一件。妙子想着，今天虽是排练，但仍是一个人数较少的集会，即使来的人多，现在这个时局也要小心谨慎，因此没有必要做新衣裳。她和幸子商量后，想起本家姐姐结婚时的和服还在上本町的仓库里，就决定把衣服借来穿了。这三件套和服的纹样，是父亲在家族全盛时期请三位画家画上的。每件都画上了日本三景①的其中一景。最外面一层是黑底上画着严岛、中间一层是红底上画着松岛、最里面一层是白底上画着天桥立。姐姐只在结婚时，也就是距今十六七年前的大正末年穿过一次，因此几乎是全新的。妙子身着已故画家金森观阳②执笔的天桥立和服、腰间系着黑缎带，不知是否是化了妆的缘故，原本的大小姐气质不见了，看上去完全是个风姿绰约的成熟女人。经过这一番纯日本式打扮后，她看着更像幸子了，双颊鼓起，更添了一层穿西式服装时没有的雍容华贵之感。

"摄影师——"悦子对站在楼梯中间、探头看向二楼走廊里妙子身影的二十七八岁的青年说，"那个，请上来吧。"

"不要直接叫人家'摄影师'，悦子。要称呼人家'板仓先生'。"妙子说着，板仓一边说"打扰了"一边进来，"小妹，保持这个姿势，不要动。"

他立刻蹲在门槛上，拿出徕卡相机对着妙子，前后左右各个方向连着按下五六次快门。

楼下的会场中，悦子演出后，其他人又依次表演了《黑发》《提桶》《大佛》。一位袭名"作幸"的姑娘表演完第五个节目《江户特产》后，就到了茶歇休息时间，提供茶和散寿司。在客厅的观众席

---

① 日本三大观光景点，分别是宫城县的松岛、京都府的天桥立、广岛县的严岛。
② 金森观阳（1883—1932），插画家，活跃于日本关西画坛。

上，除了今天上台表演者的家人以外，不过二三十人，罗斯玛丽和弗里茨混在其中，占了最前排。他们有时盘腿、有时把腿伸开，但总归是懂事地跪坐在坐垫上，从悦子的第一个节目开始看。他们俩的母亲希尔达·舒尔茨夫人也坐在外面的阳台上。她从孩子们那里听说今天莳冈家有演出，说一定要来看看。悦子的节目开始前，弗里茨通知她演出开始，她就从家里过来了。莳冈家请她进到屋子里观看，她只说自己在外边看看就行，叫人给她把藤椅搬到阳台上，坐在那里望向舞台。

"弗里茨，今天真老实啊。"阿作师傅穿着白领和服，底襟缝着花纹，从舞台的金屏风后面走出来，跟弗里茨打了个招呼。

"真是懂礼貌啊，是哪个国家来的孩子呀？"坐在观众席的神杉遗孀问。

"是莳冈家小女孩的朋友，德国人的孩子。他们跟我可熟了，总叫我'师傅''师傅'。"

"是嘛。而且看得这么认真。"

"是啊，举止也很端正。"不知是谁这么说了一句。

"那个，德国的小姑娘，你叫什么名字呀？"阿作师傅忽然想不起来罗斯玛丽的名字了，"你和弗里茨跪着坐在那儿，腿不疼吗？疼的话就把腿伸出来吧。"

就算阿作师傅这样说，罗斯玛丽和弗里茨今天不知为何，好像换了个人一样，保持严肃的神情沉默着。

"夫人，您愿意吃这个吗？"

贞之助看到，舒尔茨夫人把盛有散寿司的盘子放在腿上，筷子用得似乎不太利索。

"您是不是不喜欢吃呢？您吃不惯的话，不吃也没关系的。"贞之助对舒尔茨夫人说完，就冲着观众席里来回走着给客人们倒茶的阿花喊，"喂喂！能不能给舒尔茨夫人上点她能吃的东西？不是有蛋糕之类的吗？过来把寿司端走，拿点别的吃的过来。"

"不，我能吃……"阿花过来要把寿司端走，舒尔茨夫人拒绝了。

"真的吗？夫人，您吃这个真的没关系吗？"

"是的，我能吃，我喜欢吃……"

"是吗，您是喜欢吃吗？……喂喂，给夫人拿个勺子过来。"

舒尔茨夫人似乎真的喜欢吃散寿司，接过阿花给她送来的勺子后，她吃得干干净净，一粒米都不剩。

休息时间过后，就到妙子表演《雪》了。贞之助从刚才起就坐立不安，来来回回上楼下楼，在楼下跟客人社交闲聊后，不一会儿，就又上楼去休息室了。

"喂，马上就到你上台了。"

"你看，早就准备好了。"

八张榻榻米大小的房间里，幸子、悦子和板仓围在椅子上的妙子周围，四个人吃着散寿司。妙子为了不弄脏衣服，在腿上铺开一条餐巾，把本来就厚的嘴唇张成看上去更厚的O字形，把米饭一点点送进嘴里。还让阿春端着茶碗，吃一口饭、喝一口茶。

"姐夫你吃了吗？"

"我刚才在楼下吃过了。小妹吃这么多能行吗？我是听说过'饿着肚子没法打仗',可你马上要跳舞,吃这么多到时候不难受吗?"

"她说中午饭都没好好吃,晃晃悠悠去跳舞要摔倒的。"

"文乐①的太夫②不是演出结束前什么都不吃吗?虽然跳舞不是义太夫③,那最好也还是少吃一点吧。"

"姐夫,我没吃那么多。为了不把口红蹭掉,我每次都是把饭一点点放进嘴里,看着吃得多而已。"

"我从刚才开始就一直看着小妹吃寿司的样子,真是佩服啊。"板仓说。

"为什么?"

"为什么?小妹就像金鱼吃麦麸一样,嘴张成圆形,看着挺费劲的,实际上反倒是一口吞下肚了。"

"我说怎么总感觉你在盯着人家的嘴呢。"

"说得没错,还真的是,小姨。"悦子也咯咯笑了起来。

"就算你这么说,我现在这个吃法,还是别人教我的呢。"

"谁教的?"

"去师傅那儿学舞蹈的艺伎教的。艺人涂上了口红,就得注意不能让唾液沾湿嘴唇。吃东西的时候,为了不蹭上嘴唇,就得把筷子送到嘴中间。从当舞伎的时候开始,他们就练习吃高野豆腐④。为什么吃高野豆腐,是因为它最能吸进汤汁,要是练到吃它口红也不蹭掉的程

---

① 日本传统文艺的一种,是大阪成立的人形净琉璃分支。
② 净琉璃的念白演员。
③ "义太夫节"的省略,是净琉璃的一支流派。
④ 类似中国的冻豆腐。

度，就算合格了。"

"嗯，你知道不少啊。"

"板仓君今天是来看演出的吗？"贞之助问。

"哪里哪里。是挺想看演出的，但最主要的还是来拍照的。"

"今天拍的照片也要用在明信片上吗？"

"这次不弄明信片。几乎看不到小妹头发系着日本结跳舞的样子，机会难得，就想拍些照片作为纪念。"

"今天这是板仓先生赠送的。"妙子说。

板仓是一家叫"板仓写真"照相馆的老板，照相馆位于阪神国道田中站稍微往北一点的地方，经营着一个标榜艺术写真的小摄影棚。最初，他只是奥畑商店的小学徒，中学都没毕业。但之后他去了美国，在洛杉矶学了五六年摄影后回国了。也有传闻说，他其实想去好莱坞当摄影师，没抓住机会才回来的。回国之后，马上就在这个地方开了家照相馆。奥畑商店的老板——也就是启少爷的哥哥，给他多少拿了点资金，还为他介绍客户，在各个方面上都非常关照他的生意。启少爷也很关照他，正好妙子要宣传自己的作品，需要找个好摄影师，就经由启少爷的介绍请了他来。从那之后，妙子作品要拍照时，宣传册和明信片都交由他一手包办了。除了妙子的工作之外，他也为她本人做广告包装。而且，他知道妙子和启少爷的关系，因此，他对妙子的态度和语气与对启少爷一样，在外人看来，他们似乎是主仆关系。他和贞之助也很熟，再加上在美国的经历让他成了见缝插针、八面玲珑的男人，现在他跟莳冈家已经混得非常熟了，连对女佣们都很热情开朗，甚至开玩笑说，现在就恳求夫人把阿春许配给他了。

"赠送的话，那给我们也拍拍吧？"

"可以啊，那就给大家一起拍一张吧。小妹站中间，大家在两边排好。"

"怎么排呀？"

"老爷和夫人站在小妹椅子后面。对，对，然后悦子妹妹站在小妹右边。"

"让阿春也一起拍吧。"幸子说。

"那么，阿春站在左边。"

"要是东京的二姨也在就好了。"悦子忽然说。

"确实。"幸子也说，"要是二姨知道了，得多遗憾啊。"

"为什么妈妈不叫二姨来呢？明明上个月就已经知道今天这事了呀？"

"不是不想让她来，可是四月份她才刚回去呀。"

板仓盯着取景框，发现幸子眼中忽然有点湿润，吓得抬起了头。同时，贞之助也注意到了，但妻子到底是因为什么，表情才突然变成这样呢？——从三月份流产以来，幸子一想到胎儿就流泪，他因此也常被吓到。但今天好像不是因为这个，他也搞不清为什么。看到坐在椅子上的妙子今天的装束，是不是想起了很久以前，本家姐姐穿着这件衣服举行婚礼的样子呢？或者说，没往大姐结婚处想，而是想到妙子什么时候会穿着这样华丽的衣服出嫁呢？再想到在妙子出嫁前还有雪子的事，越想越悲从中来呢？贞之助默默猜测着，恐怕是这些事情一齐涌上了妻子心头吧。不过，想看到今天妙子这个装扮的样子的人，除了雪子以外，应该还有一个人。贞之助心里不禁觉得那个男人十分可怜。不过转念一想，说起来板仓过来拍照，兴许就是启少爷吩咐让他来的呢。

"里勇小姐，"妙子拍完照后，冲着正在房间角落里照镜子、为《雪》之后《茶音头》做准备的二十三四岁的艺伎叫了一声，"不好意思，能拜托你一件事吗？"

"什么事？"

"那个，能请你先到那边房间里一下吗？"

今天来跳舞的人中，有四五个行家——以舞蹈师傅为业、且袭了名的几位妇人和两个艺伎。那位里勇小姐是宗右卫门町出身的艺伎，是阿作师傅特别喜欢的一名山村流舞者。

"我从来没穿过这么长的裙子跳过舞，担心跳不好。所以可以请你到那边房间里，教教我怎么穿长裙跳舞吗？"妙子说着，走到里勇身边，在她耳边悄悄说了几句。

"我也不太行啊。"里勇这么说，但妙子还是一边说着"就一会儿，就教教我吧"，一边拽着她走向走廊那边。

楼下的伴奏好像准备好了，传来了胡琴和三味线调音的声音。

那之后的二十分钟里，妙子和里勇两个人拉起隔扇，在自己的房间里练习。

"小妹，老爷让您快点下来。"板仓去迎接妙子，说。

"嗯。已经完事了。"说着，妙子拉开了隔扇。

"板仓先生，帮我提一下裙摆。"

妙子一边让板仓帮忙提着和服的下摆，一边和他一起下楼。

贞之助、幸子、悦子也在妙子身后一个接一个地下了楼。舞蹈开始后，贞之助悄悄溜进观众席，看到全神贯注盯着舞台上妙子的德国少年，拍拍他的肩，说：

"弗里茨，台上那个人，你知道是谁吗？"

弗里茨保持着严肃的神情，又忽然回头看了看贞之助，对他点点头，接着又马上转过头观看表演了。

四

这是在舞会过后正好一个月，也就是七月五日发生的事。

今年五月开始，降水量比往年都要多，入梅以后雨一直下个不停。七月以后，三日又开始下雨，四日下了一整天，五日清晨时又忽然变成了瓢泼大雨，丝毫没有要停的样子。然而，谁都没有想到，一两个小时过后，大阪、神户地区暴发了有记录以来最悲惨的大水灾[1]。在芦屋的家里，早上七点左右，悦子如同往常一样由阿春陪着上学，两人穿好雨衣带好雨具，并不觉得这场雨有什么大不了，就照常冒着大雨走向学校。悦子的学校位于芦屋川西岸附近，上学时，过阪神国道后再往南走三四里，学校就在阪神电车轨道的南面。阿春平时都是把悦子送过国道后就回去，但今天下着这么大的雨，就一直把她送到学校再回家。回到家时已经是八点半多了。回来的路上，她发现

---

[1] 即昭和十三年（1938）七月三日至七月五日，在大阪及阪神地区发生的阪神大水灾。

雨下得越来越大，看到自卫团的青年们忙着监控水位变化，就绕远路去了芦屋川岸边的大堤上。看过芦屋川水量增长的情况后，她回到家里，报告说："业平桥附近情况十分危急，水流湍急，马上就要冲到桥面了。"但家里依然没有人想到，会造成如此大的灾害。阿春到家一二十分钟后，这回是妙子，穿着翠绿色油布雨衣和橡胶雨鞋准备出门。"小妹，雨都下得这么大了，就不要出门了。"幸子说。然而这天早上，妙子要去的并非凤川，而是本山村野寄的剪裁学校，因此她出门时开玩笑说："这点雨也不算什么，再下点雨发大水了才好。"幸子也没拦得住她。只有贞之助准备等雨小了一点之后再出门，眼下气定神闲地在书房里查找资料。这时，突然想起了刺耳的警报声。

　　那时雨下得最大。贞之助看了一下，发现宅邸内最低的地方、稍微下点雨就会积水的，就是这书房院子东南角落里梅树下边两坪的地方，那里现在几乎成了个小池子。除此之外，自家其他地方没发现什么异常。而且，这里距离芦屋川西岸还有七八里的距离，察觉不到危险的迫近。然而，悦子上的小学跟家里相比，离河边近很多，贞之助第一个想到的就是，要是堤坝决口了水能从哪边出来？那所学校能安全吗？为了不让幸子跟他操心，他故意装得若无其事，过一会儿来到了主房间（不过是五六步距离，但他已经浑身湿透了）。幸子问他刚才的警报是怎么回事，他说着："我也不知道，但应该没什么大事，不过还是打算出去到那边看看。"就在碎白点花纹单衣外面套上西式雨衣，刚走到门口，就看到阿春脸色大变，喊着："不得了啦！"跑回来，腰部以下沾满了泥水，十分狼狈。她说刚刚她去看了河水上涨的情况，一直担心小学那边的情况，刚才又响了警报，她就赶紧跑出去了。然而,洪水已经到达家东边的一个十字路口,从山脚下流向大海——从北向南,滔滔不绝。她尝试着蹚水向东走,开始,水只没到腿肚子上下,走了两三步,洪水就已经没过膝盖了,她差点被冲倒。这时,一户人家屋顶上有人朝她怒喝:"站住!"他声色俱厉地怒吼:"站住!水这么大你要去哪儿!小姑娘年纪不大胆子倒不小!"她以为是谁呢,一看,那个穿着自卫团员制服的人原来是认识的菜铺年轻老板。阿春说:"哎呀,我还以为是谁呢,原来是菜铺老板啊。""阿春啊,你这是要去哪儿啊?这水流这么大这么急你咋想的,再往前连男的也不能走了,离河边近的家被冲毁的、死了人的真是不得了啊!"菜铺老板说。阿春又问了几句才知道,原来芦屋川和高座川上流发生了山体滑坡。阪急电车轨道北侧桥边,泥石流卷杂着被冲毁的住宅、泥土、岩石、树木,一波接一波、如山一样压过来。洪流在那里积压,河道堵塞,水已经漫过了河流两岸,堤坝下方的道路也被卷进洪流漩涡中,有的地方水深甚至达到了一丈,很多人站在自家二楼求救。听到这些,阿春更担心学校那边的状况了,她问学校那边情况怎么样,菜铺老板表示他也不知道那边的情况,只知道国道上游地区受灾严重,河流下游应该不会像上游那么严重。而且听说东岸受灾非常惨烈,西岸没有东岸严重,所以小学那边怎么样他也不是很清楚。阿春说:"你这么说我也放心不下,还是想绕路去学校那边看看。"而菜铺老板坚决不同意:"你不管去哪、怎么绕,路都被水淹没了,都走不了了。而且要往东边去的话水更深。要只是水深还好,水流还特别急,搞不好就有被冲倒的危险。而且上游过来的洪水还夹着树木岩石之类的东西,要是被这些东西冲到就完了,更危险的是还可能被洪水带着冲到海里去。就连自卫团员,都是拼命拽着网抱着牺牲的觉悟过去的,这不是你一介女性能做到的事。"阿春没办法,只能先回家,跟家里报告情况。

贞之助听完,马上给学校那边打了电话,却怎么也打不通。他对幸子说:"行了,那我过去看看。"但不记得幸子是怎么回答的了。他只记得他要出门时,幸子眼中泪汪汪地盯着他,一下子扑过去紧紧抱住他的样子。贞之助脱下和服,换上最差的西服,穿上长筒橡胶雨靴,披上雨衣,戴上防水帽子就出门了。然而,只走了不到半里路,他回过头,发现阿春在后面跟着他一起出来了。阿春刚回来时,连衣裙上全是泥水,浑身湿漉漉的,这次她换上了浴衣,系好两边的袖子,后端尾襟折起来,露出了红色的贴身裙子。贞之助大声训斥:"你怎么跟出来了?赶紧回去!"她说:"就让我跟您去吧。"说着便追了上来。"老爷,那边不能走,可以走这边。"她没有向东走,而是直直往南边走去。贞之助跟在阿春后面走到了国道。之后,他们尽可能向南边绕路,直到阪急电车轨道北边一二里路,都没有蹚到多少水。然而,要到学校,还必须往东边横穿过去。还好那边水不深,深度不到没过长筒靴的程度,穿过阪神电车轨道到达旧国道附近时,令人意外的是,水比刚才更浅了。那时,已经可以渐渐看到学校建筑物的样子,小学生们都从二楼窗户探出头张望。贞之助发现背后有人兴奋不已地自言自语着:"啊,学校没事!啊,太好了!"回头一看,是阿春还跟在他的后面。开始时是贞之助跟在阿春后面,他也不记得什么时候开始,他走到阿春前面了。水流相当湍急,他必须一步一步稳稳当当地走,长筒雨靴里也进了水,双脚更沉重了,就只能先顾脚下了。而阿春身高没有贞之助那么高,红色的贴身裙子几乎全泡进泥水中了,她只能放弃撑伞,把伞当作手杖用。为了不被水流冲走,她只能抓着电线杆、靠着人家住宅的围墙一边走,渐渐就落在后面了。大家都知道她喜欢自言自语,去看电影时也是,"那个真好看""那个人要干什么呀",一个人对着电影又感叹、又惊讶、又鼓掌,因此,其他人都不太喜欢和她一起看电影。然而,此时此刻在湍急水流之中,她竟然还能自言自语出来,贞之助不禁觉得好笑。

丈夫出门后,幸子一直心神不定、坐立不安,等雨稍微变小了点,她赶紧走出家门看看,正好碰上了芦屋川站前出租车司机路过,她打了个招呼,首先打听小学的情况如何。司机说他没往那边走,但那个小学好像是最安全的,虽然到那边去时有些地方被水淹了,但学校位置很高,也没有浸水,大概没什么问题。幸子听完,稍微松了口气。而司机又补充说,芦屋川受灾很严重,但听说住吉川泛滥地区更严重。电车不管是阪急、省线还是国道全都停了。具体怎样不太清楚,但从西边步行过来的人说,从这里到省线的本山站一带没那么严重,走在轨道上就不会浸水,但从那里再往西走,就成了茫茫无边的浊流之海。山上冲下来的洪水翻卷着波浪一路狂奔,许多东西都被冲了下来。人们或是站在榻榻米上,或是抓着树枝,呼救时就被冲到下游,求救而不得,也无法去救。幸子听完,又开始担心妙子的安危。妙子去的本山村野寄的剪裁学校,就在国道甲南女子学校旁边车站稍微往北一点的地方,距住吉川岸边不过两三里。按司机刚才的说法,不管怎么想,那里都处于浊流之海中。妙子去剪裁学校时,都是先走到国道的津知,然后在那里坐公交车去学校。司机也说:"这么说,

中 卷 | 221

刚才我看到您家小妹沿着国道往下走了,好像是和她擦肩而过。她穿着绿色雨衣,要是那时候出门的话,可能刚到地方就发洪水了。比起小学,野寄那边更让人担心啊。"幸子听完,慌慌张张跑进门内,用尽力气大喊:"阿春!"家里女佣说阿春刚才跟在老爷后面出去了,还没回来。幸子忽然像孩子一样哇地哭了出来。

阿秋和阿花吓得不敢说话,只能默默看着哭泣的幸子。幸子感觉有点不好意思,就从客厅逃到阳台,又抽抽噎噎地走下草坪。这时,舒尔茨夫人在两家分界线的铁丝网上探出头,也是脸色苍白。

"夫人。"她叫了幸子一声。

"夫人,您丈夫现在如何?悦子小姐的学校还好吗?"

"我丈夫刚才出门去接悦子了,她们学校好像没什么事。您先生呢?"

"我丈夫去神户接佩特和鲁米了。我非常担心。"

舒尔茨家的三个孩子,弗里茨还小,还没上学,佩特和罗斯玛丽则是去位于神户山手德国人俱乐部附属的德国人小学上学。父亲舒尔茨的上班地点也在神户,以前经常能看见他们父子三人一起出门。卢沟桥事变爆发后,商业买卖没那么繁忙了,父亲舒尔茨就有时出门上班、有时在家,最近经常只看见两个孩子一起去上学。今天早上舒尔茨先生在家,但担心孩子们的安全,一定要去神户看看,所以刚刚出门了。刚出门的时候,不知道会出现多大的洪水,也不知道电车已经停了,夫人非常担心,中途要是没遇到什么差错就最好不过了。舒尔茨夫人的日语没有孩子们那么流利,说出口时有些费力,幸子和她交流时,夹杂了一些蹩脚的英语,总算把意思讲清楚。她努力安慰着舒尔茨夫人，想尽量让她安心一些。

"您丈夫一定能平安回家的。而且只有芦屋和住吉附近发大水，神户那边应该没受灾，我真的相信佩特和鲁米一定没事的。您就放心吧。"幸子反反复复安慰着她。

"那么回头见。"幸子说完，回到自家客厅。没过多久，贞之助和阿春就带着悦子，从刚才敞开的大门里走进来了。

悦子的学校果然没受水灾。只是学校周围都被水淹没，水位每时每刻都在上涨，学校决定停止上课，把所有学生都集中到二楼的教室中。不一会儿，那些担心自家孩子安危、要接孩子回家的家长们就来了，学校把孩子们一个个交给了家长。因此，悦子自己一点都不担心害怕，反倒是担心家里的状况。正好这个时候，父亲和阿春赶到学校，在家长来接的孩子们中，悦子算是被接走较早的。在贞之助他们后，家长们陆陆续续从各个地方赶来接走孩子。贞之助跟校长和老师打了招呼、道了谢后，接走悦子，按来时的路走回家。那时阿春和他一起，真是帮了大忙。阿春在学校走廊里看到悦子平安无事，"小姐！"不顾衣服上都是泥水，就冲上去抱住悦子，周围人都吓了一跳。回家时，她走在前面开路，一边护着贞之助一边往前走。这是由于这时的水比来时还要再深一两寸，水势也更强，虽然路程很短，但贞之助必须背着悦子。然而，背着悦子在水中走路变得更加艰难，稍不小心就容易被冲走。要是没有阿春先前一步，用身体缓冲水流，贞之助紧跟其后，他和悦子会寸步难行。而打头阵的阿春也并不容易，水深已经没过她的腰间了。洪水从北向南流，他们顺着东西方向的道路向西走，最紧张的是有两三个地方要横穿四个十字路口。有个地方拉了一条绳子，就抓住绳子渡过去；有个地方有防洪的自卫团员帮忙；还有个地方什么能借力的都没有，两个大人身体紧贴，借着阿春挂伞的力量，好不容易才渡过去。

幸子听了这些，也没有力气再去庆幸悦子平安到家、感谢丈夫和阿春了。她不等丈夫说完，就焦急地说：

"老公，小妹她……"说着，便又哭了出来。

五

贞之助从家往返悦子所在的小学，一般只需要不到三十分钟，但那天却花了一个多小时。在那期间，传来了住吉川泛滥的消息。国道田中站以西地区全部被浊流覆盖，好似大河；野寄、横屋、青木等地区受灾最严重；国道以南的甲南市场、高尔夫球场也被淹没，直接与大海相连；人畜死伤、住宅崩塌，损失触目惊心……这些消息一个接一个地传来，在幸子他们听来，全是悲观的消息。

然而，贞之助曾经在东京亲身经历过关东大地震[①]，知道这种情况下常有夸大其词的各种消息，所以他举了各种例子，安慰因担心妙子而几乎半绝望的幸子。他还说，现在沿着铁道线路走，还能走到本山站，总之先走到还能走的地方，用自己的眼睛来确认真实情况吧。要

[①] 大正十二年（1923）九月一日于关东南部地区发生的7.9级大地震。

是水势真的像传言说得那样,那去了也无可奈何。但他一直觉得,实际上不会有传得那么严重。关东大地震的时候他就知道,遇到天降灾祸,人的死亡率意外地低,有时候谁都觉得没救了,大多反倒还能生还。不管怎样,现在就哭哭啼啼、唉声叹气还早着呢。"你就在家老老实实等我回来,要是我回来晚了,也别太担心,我绝不会贸然去冒险的。要是走到了没法再往前走的地方,我就会回来。"贞之助安慰着幸子,让她给自己做些饭团带着,路上肚子饿时吃,还带了少量的白兰地和两三种药品装进口袋里,刚才穿长靴时走路十分费力,这次就换上了半长雨靴和灯笼裤,然后又出门了。

沿着铁道走到野寄有七八里。贞之助喜欢散步,了解那边的地理环境,也时不时地路过剪裁学校。让他还抱有一线希望的,就是在省线本山站出站后向西走两三里再向南,马路对面就是甲南女子学校。那所学校往西边再走一点,从铁路轨道来看,直径不到百米的地方就是剪裁学校了。如果能顺着轨道走到那间女校附近,也许能走到剪裁学校。就算到不了,也能大概知道剪裁学校受灾的程度。贞之助出门后,阿春又莽莽撞撞地跟过来了。"不行,这次绝对不准跟我去,而且现在只有幸子和悦子在家,我不放心,你好好留在家里。"贞之助严厉地嘱咐阿春,把她打发回去了。从家向北出发走了几十米,就走到了铁道。之后又走了几百米,完全看不到洪水,只在树林两边的田地里发现了两三尺深的积水,走出树林向田边方向出发时,他发现只有轨道北边有水,南边仍和平常无异。走到本山站附近,轨道南边也渐渐有了积水。但轨道上还是安全的,贞之助走在上面,并未觉得有什么意外的危险和困难。偶尔看到甲南高中的学生三三两两结伴走过，贞之助就叫住他们打听情况。无论向谁打听，大家都说这一带没什么危险，从本山站再往前就非常危险了。要是再往前走，就能看见前方好像全部变成了汪洋大海。贞之助说他想去野寄甲南女子学校的西边，学生们都说那边恐怕是受灾最严重的地方，他们从学校出来时水还在涨，现在再往西走的电车轨道恐怕也被淹没了。贞之助终于走到本山站，一看，这一带的水势确实够厉害。他打算休息一下，就从轨道走进车站里，然而车站前的路已被积水淹没，水正一点点地侵入车站内部。入口处堆积了很多沙袋和草垫，车站职员和学生们一个接一个地用扫帚把缝隙里渗进来的水扫出去。贞之助想，要是自己在那里逗留太长时间，自己也必须得帮忙扫水。因此，他只抽了根烟，又一个人冒着越下越大的雨，再次沿着轨道往前走。

洪水黄浊，已完全成了泥水，很像扬子江水，黄色的水中有时夹杂着像豆沙馅一样黑色黏稠的东西。不知何时，贞之助已经走在泥水之中。"哎呀！"他终于意识到，平时散步时路过的田中小河泛滥了，而他正走在架在河上的铁桥上。走过铁桥再稍走一点，轨道上又没有水了，而轨道两边的水却高了很多。贞之助停下脚步，望向前方，明白了刚才甲南高中学生所说的"像海一样"，指的正是现在自己眼前的景象。虽说这个场合使用"雄伟""壮阔"之类的词语并不合适，但事实上，看到它的第一眼感觉，与其说是吓人，不如用雄伟壮阔之类的词更恰当。比起惊慌失措，更让人看到了沧海茫茫。这一带是六甲山麓向大阪湾方向缓缓倾斜的南坡，有田园、松林还有小河，古风农家和红屋顶洋房点缀其中。按贞之助自己的理论来讲，这是大阪神户之间地势高、气候干燥、风景明媚、适合散步的好地方。

然而，现在这里的景象，却令人不禁想到长江和黄河流域发生过的大洪水。而且和一般的洪水不同的是，这是从六甲山深处泄出的山洪，白色波涛汹涌着卷起飞沫，一浪盖过一浪席卷而来，整体看上去如同煮沸的水一般。这样波澜壮阔的地方已不是河，而是大海了，它漆黑浑浊，是无风吹起却大浪翻涌的泥海。贞之助所站的铁路轨道，像往泥海之中延伸的码头，水堪堪没过其表面，似乎马上就要沉没。也有些地方表土被水冲刷掉，只有枕木和铁轨像梯子一样浮着。忽然，贞之助看到，脚边有两只小螃蟹在来来回回地爬，大概是现在河水泛滥，蟹子们也逃到铁道上了吧。要是路上只有他一个人在走，那么也许走到这里就会回去了吧。还好在这里，他看到了甲南高中的学生们，和他们同行。学生们今天早上刚到校一两个小时就爆发了水灾，学校停止授课，于是他们便逃到冈本站躲避水灾，结果被告知阪急电车停运。他们又来到省线的本山站，结果省线也停运了，就只能在车站里休息一下了（刚才在车站里帮着扫水的就是他们）。然而，水涨得越来越厉害，再这样下去他们也会越来越不安，就分成了两组，一组回神户，另一组回大阪，总之先沿着铁道走回去。这些人都是年轻力壮的青少年，因此并未感到有多么危险。有个人在水中摔倒，其他人也觉得好笑，冲他大声叫唤着。贞之助紧紧地跟在他们后面，顺着好似浮起来的铁轨，跳过一个又一个枕木，好不容易走过去，而脚下便是流速快得炫目的激流。在水声和雨声的混杂之中，不知从哪里隐约传来了"喂！喂！"的呼救声。一看，几十米以外的地方有列车抛锚了，同学校的学生们从车窗探出头叫住他们。"你们要去哪里啊？再往前走就太危险了！据说住吉川发了大水，根本就过不去，你们还是先上车吧。"所以，贞之助也没办法，只能和他们上了车。

那是下行快车的三等车，除甲南的学生以外，还有其他很多人在这里避难。其中还有几组朝鲜人家庭聚在一起，应该是家被冲毁，拼了命才逃到这里的。一位脸上病恹恹的老太太带着一个女佣，没过多久念起了佛。一个身背和服衣料、走到哪儿卖到哪儿的商人模样的男子，身上只穿了麻料衬衫和短裤，瑟瑟发抖地把身上背的沾满泥水的大布包放下来，把淋湿的单衣和毛线腰围子搭在椅背上晾干。学生们因为同伴又多了，更来劲了，叽叽喳喳聊了起来。有人从口袋里拿出牛奶糖，和朋友们分着吃；有人脱掉长筒靴子，倒出里面积攒在一起的沙子泥水，脱掉袜子看自己被雨水泡得发白的脚；有人把淋得湿透的制服和衬衫脱下来拧干，光着膀子擦身体；还有人衣服湿了，不愿坐在座位上，就一直站着。他们轮流看着窗外的情况，吵吵闹闹。"看，房顶被冲过来了！榻榻米漂过来了！木材、自行车也来了！哎呀，汽车也来了，来了！"其中，有个人喊：

"那条狗，咱们要不要救？"

"什么嘛，它不是死了吗？"

"没有没有，还活着呢。你看，就在那条轨道上。"

一条中等大小的杂种猎犬浑身的毛上都是泥水，为了不被雨淋，哆哆嗦嗦地蹲在车轮下。两三个学生喊着"救救它，救救它"，下车一起把它拖了上来。狗被拉到车厢里后，就猛地甩甩头，把身上的水都甩掉，然后走到救它上来的少年面前老实地跪坐下来。它的眼神似乎充满了受惊的恐怖，抬头仰视少年。有人把牛奶糖拿到它鼻子跟前，它只是用鼻子嗅了嗅，并没有吃。

贞之助身上的西服也被雨淋湿透了，待久了觉得有点冷了，就脱下雨衣和上衣搭在椅背上，喝了一两杯白兰地，点上了一支烟。手表指向了一点，而他还没觉得饿，也不想打开便当。他坐在座位上朝山手的方向眺望，在正北方向，正好看到了本山第二小学的建筑物被浸在水里，一楼南边的那些窗户好似巨大的闸门，放出了滚滚浊流。要是能看到那所小学在那个位置，那么现在这趟列车所停的位置，就是甲南女校东北方向不过五十米左右。也就是说，从这里到目的地剪裁学校，平时只需要走几分钟就能到达。一段时间过去，车厢里的学生们也渐渐没有了之前的精神劲儿，表情都严肃起来。因为实际情况越来越不乐观，笑也笑不出来，血气方刚的年轻人看来也无法否认这一点了。贞之助探出头，看到刚才自己和学生们一起走过的来路——也就是本山站到这列车之间的轨道，已经完全被水淹没，只有这辆车所在的这里高出水面，似乎孤岛一般。然而，不知道这里什么时候也会被淹没，搞不好铁道下面的地基也会塌陷。这一带轨道的土堤看上去有六七尺高，但现在也开始被渐渐淹没。山上奔流下来的浊流如海浪冲刷岩石，哗啦哗啦地溅起水花，车厢中已被水打湿，大家慌忙关上了车窗。车窗外浊流接着浊流，浪尖卷起，形成漩涡，白浪涌动。这时，突然有个邮递员从前面车厢里逃过来，接着是十五六个避难者嚷嚷着跑过来，紧随其后，列车长也来了，说：

"请大家到后一节车厢去，前方轨道已经被水淹没了。"大家急急忙忙拿着自己的行李，抱着晾干的衣服，拎着长筒靴子，转移到后面车厢里。

"列车长，可以用卧铺吗？"有人这样问。原来这里是三等卧铺车厢。

"应该可以吧，都这个时候了。"

然而，在卧铺上躺下的学生们似乎还是无法安心，很多人又起来眺望窗外的情况。水的轰鸣声越来越大，在车里听着也震耳欲聋。刚才那个老太太现在又拼命念起了佛，其中还能听见夹杂着朝鲜孩子的哭声。

"啊，水没过轨道了！"

不知是谁这样喊了一嗓子，大家都站起来走到北侧的窗户前。洪水虽未到达这趟下行列车，但已经淹到了土堤边缘，马上就到旁边上行轨道了。

"列车长，这里没问题吗？"一位看上去是大阪神户之间居民的三十多岁夫人问道。

"哎……要是能逃到更安全的地方，早就去了……"

贞之助目瞪口呆地在漩涡中，看到一辆人力车旋转着漂了过去。他出门时，还说自己不会去冒险，途中遇到危险就会返回，结果不知何时，自己也陷入了这种状态之中，但应该还不至于"死"。自己不是女人也不是小孩子，他一直自信，万一遇到什么危险总能挺过去的。比起这个，他突然想起来，妙子去的剪裁学校校舍大部分是平房，因此越来越坐立不安。之前他还觉得，妻子那个时候如此担心，是小题大做、缺乏常识，现在他才意识到，这也许是至亲之间的预感。——他脑海中浮现了一个月前，也就是上个月的五日，妙子跳《雪》时分外令人眷念且鲜明的样子。又一幕幕回想起那天全家围在妙子周围拍照时，妻子还不知为何热泪盈眶的情景。话虽如此，说不定现在妙子正在校舍房顶上大声呼救呢。自己已经来到了和她如此相近的地方,却什么也做不到吗?自己只能在这里一直干等着吗?都已经来到这里了,稍微冒点险,想方设法把妙子带回去,要不然对不起自己的妻子……那个时候妻子充满感激的神情,和刚才绝望的哭泣在他眼前交替浮现。

他一边想着一边盯着窗外的情况,这时忽然发生了让他雀跃的事。不知什么时候,轨道南边的水位开始下降了,有些地方沙土也显现出来了,而北边的水开始上涨,波浪淹过上行轨道,渐渐往这边轨道涌过来。

"这边的水退了!"一位学生大喊。

"啊!真的退了!喂,这样我们就能走了!"

"咱们去甲南女校吧!"

学生们最先跳下车,大部分人拎着提包、背着行李包跟在后面。贞之助也是其中一人。但在他拼命跑下土堤的同时,巨大的波浪从北边席卷列车那边,水声轰鸣,像瀑布一样冲向头顶,有根木材也突然横冲过来。他费尽力气才逃出洪流,爬到水干了的地方,而双腿膝盖以下又陷进了泥沙之中。把脚拔出来后,单只鞋子又掉了。他一步一步地拔着脚走出五六步后,又遇到了一条六尺宽的激流。走在前面的人几次都差点被水冲倒。这强劲的水流,是上次背着悦子回家时遇到的所不能比的。途中,有三次他都以为自己要不行了,要被冲走了。终于要到目的地时,腰部以下又陷进了泥中。他慌忙抱着电线杆爬了出来。甲南女校的后门就在眼前十几米的地方,只能跑到那边,然而其中还有一条激流,眼睁睁看着却并非那么容易走过去,忽然门开了，有人伸出来了像钉耙一样的东西，贞之助抓住它，好不容易被拽进了门。

六

那天，雨势渐小似乎是在下午一点之后，但水势仍未有见小的样子。到了下午三点左右，雨终于停了，各地逐渐看得到天空放晴时，水总算也开始一点点退了下去。

幸子看到太阳出来了，就去阳台芦苇遮阳帘下。在雨后更加翠绿的草坪上，两只白蝴蝶在尽情飞舞，紫丁香和檀香树之间杂草丛中的水洼里，鸽子飞了下来，为觅食而到处走着。这样悠然自得的景象里，完全找不到山洪暴发的痕迹。虽然地处灾区，停电、停气、停水，但家里除了自来水管道外还有水井，因此用水上并没有出现问题。她已经想象得到，丈夫他们一定会满身泥泞地回来，因此早就命人去烧洗澡水了。悦子被阿春叫去看附近水灾的情况，家里一时间静悄悄的。只是能听见附近的男女用人一个一个地过来打水，由于停电无法使用马达，听得到吊桶时不时"扑通"一下掉进井里，有时还能听到阿秋和阿花与他们讨论受灾状况的声音。

四点左右，在上本町老房子看家的音爷爷的儿子庄吉从大阪过来探望，在来看望的人之中，他是最先来的。庄吉在南海的高岛屋工作，大阪那边没受多大影响，因此他无论如何也想不到，大阪神户之间的地区竟然会遭遇如此严重的水灾。中午那时候报纸出了号外，他才知道住吉川和芦屋川一带受灾有多严重。下午他就跟店里请假，以最快的速度往这边赶，直到刚才才赶到这里。这一路上，有时坐阪神电车，有时坐国道电车、阪国公交，还有些地方得求着货车或出租车拉他上路，遇到交通工具走不通的地方，就步行或蹚水过来。他身上还背着装满食物的帆布大背包，沾满泥的裤脚卷到了膝盖，拎着鞋子徒步前行。走到业平桥附近，看到受灾的惨状，非常担忧芦屋家里这边变成了什么样子。走到家附近时，看到这里没什么不同，难以置信，甚至觉得有点好笑，到家里他就跟幸子说了这些，庆幸这边没受到什么损失。这时，悦子从外面回来了。"小姐，没有事真是太好了。"庄吉平时就是个口齿伶俐、表情丰富的人，他故意捏着鼻子问候悦子。然后他好像是突然想起来了什么，说如果有什么需要他帮忙的请一定吩咐他，还问老爷和小妹现在如何，幸子就把今天早上开始，自己担忧的事情一五一十地讲给他听。

现在，幸子的心里比上午更难受了，是因为从那时起，她又从各个地方听到各种各样的消息。比如，住吉川上游白鹤美术馆[①]到野村宅邸一带，数十丈深的山谷被沙土和巨大的岩石填平；国道上架在住吉川上的桥，上面层层堆积着数吨重的大石头，磨光了树皮的柱子那么大的木材，阻碍了交通；而那里往南两三百米，甲南公寓比马路的地势还要低，很多尸体被洪水冲到了公寓前面，尸体身上全是泥沙，脸都无法辨认了；神户市内水灾也相当严重，阪神电车的地铁线里被水

[①] 位于神户市东滩区住吉山手町，展出了名酒"白鹤"的酿造厂商嘉纳氏的艺术收藏品。

倒灌，很多乘客被淹死了——这些消息中，固然有一些臆测夸张的成分，但最让幸子放心不下的，就是甲南公寓前那些尸体了。因为妙子去的剪裁学校，正好就和公寓之间只夹着一条国道，两边不过半里距离。因此，那间公寓前面都有那么多尸体被洪水冲来，说明在它正北面的野寄地区死者很多。幸子这个不祥的推测，从刚和悦子一起回来的阿春报告的消息来看，显得可能性更大。阿春果然也和幸子想到一起去了，见人就打听野寄那边的情况。但无论问谁，都说住吉川东岸野寄那边的情况最严重，其他地区水已经开始消退了，只有野寄还丝毫没有水退下去的迹象，有的地方水深甚至一丈有余。

　　幸子一直坚信自己的丈夫不会鲁莽行动，出门时他也保证过绝不冒险，因此她一直不怎么担心丈夫。随着时间的流逝，幸子不光担心妙子，也开始担心起了丈夫。野寄受灾如此严重，丈夫不可能走到那里，现在应该已经往回返了，但到现在还没回来是怎么回事？他会不会想着再走一点……再走一点……走一走，不知不觉就陷入了危险区域，被洪水卷走了呢？而且，丈夫虽然做事谨慎小心，但要做的事情就不会轻易放弃，他会不会想，不管怎样都要到达目的地，这条路不行就换条路继续走，各个方向都试一遍，或是在某个地方稍停一会儿，等水位下降了再走呢？要是到达目的地成功地救出了妙子，回来时也得蹚水回家，时间长也很正常，晚上六七点到家也不奇怪。幸子把最好和最坏的情况都设想了一遍，还是觉得坏情况更有可能发生。庄吉听完，说："这种事一定不会有的，您要还是放心不下，我就去那边看看。"幸子觉得，他去就算不一定能碰上丈夫，多少也能有点安慰，就回答说："那就辛苦你了……"她把迅速准备好出门的庄吉送到后门时，已经快五点了。

芦屋家里正门和后门面向不同的街道，幸子想顺便活动一下腿脚，就从后门走到正门。由于今天停电，门铃用不了，大门就一直开着。她走进大门，从玄关走向庭院。

"夫人。"这时，舒尔茨夫人从铁丝网那边探出了头。

"悦子小姐的学校没事。您放心啦。"

"谢谢您。悦子现在平安了，但我还是非常担心我妹妹。我丈夫去接她了，可是……"

幸子把跟庄吉说的内容，用舒尔茨夫人能听懂的方式又讲了一遍。

"啊，是吗？"

舒尔茨夫人皱起了眉头，啧啧咂舌。"您的担心我明白。我很同情您。"

"谢谢您。您先生呢？"

"我丈夫还没回来，我还很担心。"

"啊，他是真的去神户了吗？"

"我觉得是。而且神户也发大水了。滩、六甲、大石川，全是水、水、水。……我丈夫、佩特、罗斯玛丽，他们怎么样了……他们在哪里……我，非常非常担心……"

这位夫人的丈夫舒尔茨先生，身材魁梧，一看就让人觉得是可信赖的男子汉，也是个非常理智的德国人，幸子不由得开始认为，这点洪水不至于让他出什么事。而且佩特和罗斯玛丽去的学校，在神户也是地势高的地方，应该并没有受灾，只是水堵塞了回来的路。但夫人肯定会考虑各种各样的情况，无论幸子怎么劝慰，她也只是一直说着"不，我听说了，神户的水很大，死了很多很多人"，听不进幸子安慰她的话。看到她泪水盈盈的样子，幸子也感同身受，但不知道说什么好，只能尽量重复"一定没事的，……衷心希望您全家平安……"之类的客套话了。

她正不知如何安慰舒尔茨夫人时，大门那里好像有人来了，杰尼跑了过去。"不会是丈夫他们吧……"幸子的心怦怦直跳。这时，看到一个穿着藏青色西服、戴着巴拿马帽子的人从树林走向玄关那边。

"是谁啊？"幸子看到阿春从阳台上下到院子里，就走过去问她。

"是奥畑先生。"

"是吗？"

幸子现在这个样子有些狼狈。她没想到今天奥畑也会来探望。不过，按理说他今天也该来看望。然而，现在该怎么对待他呢？其实自从上次他拜访之后，幸子就想以后他再来，尽量对他冷淡一些，在玄关见一下完事。自己这么想，也这样嘱咐了丈夫。但今天这种场合，他可能要在这里等到妙子平安回来了再走。他要是真的提出这样要求，贸然拒绝还是有些不近人情。说实话，今天还是想让奥畑留下来等着，让他亲眼看到妙子平安无事，和自己家人们一起庆贺……"那个，奥畑先生问小妹现在是否在家，我说她还没回来，他说那就见见夫人吧……"

奥畑应该也知道他和妙子之间的事，除了幸子之外，对家里其他人都是保密的。那个装模作样、举止沉稳的奥畑，竟然因为着急而忘了自己平时的风度，还问了传话的女佣不该问的。也就是今天，幸子觉得他这样是可以原谅的,对他今天的反常行为甚至有了好感。

"总之先让他进来吧。"

她正好借这个机会,跟还在围墙探着头的舒尔茨夫人说:

"抱歉,我家来客人了……"

说完,去二楼处理了一下因为从早上开始哭了好几次而肿胀的眼睛。

由于停电,冰箱无法使用,幸子只能让人拿来放在井里凉过的麦茶,让客人稍等一会儿。她下楼到客厅时,看到奥畑又和上次一样,看到她立刻站起来立正。他的藏青色裤保持笔挺,裤线依然笔直,一点泥水都没有,和刚刚浑身泥泞的庄吉简直是天壤之别。奥畑说,他听说现在阪神电车大阪到青木区段刚开通,就坐电车来阪神芦屋了。离家还有一百多米,就步行过来了。路上还有一些地方水没有完全消退,也不是什么大事,就在那些地方脱下鞋卷起裤腿光脚蹚过来了。

"本来应该再早点过来的。我根本不知道报纸号外上写的事,刚刚才知道。而且今天也是小妹一大早去剪裁学校的日子,不知道她去没去,要是没去就好了……"

说实话,幸子今天让奥畑进门,是想有一个最能理解自己此刻担忧心痛的倾诉对象,倾诉自己有多么祈求丈夫和妹妹平安无恙,自己现在等待得多么焦急,多少排解一下自己坐立不安的心情。然而隔桌而坐时,幸子反省自己,觉得还是不要倾吐过多比较好。而且,虽然奥畑想知道妙子下落的心情不是装出来的,但他表现出来的样子和说出来的话,不由得还是让幸子觉得他是否是刻意做出来的,借此机会打进这个家庭,这让幸子又很快产生了戒心。之后,她回答了奥畑的问题,讲了发大水时妙子刚到学校不久,剪裁学校附近是受灾最严重的地区,自己一直非常担心妙子的安危。她太担忧了,就让丈夫去看看,走到哪儿算哪儿,上午十一点丈夫出发了还没回来。大约一个小时前庄吉从上本町过来探望,后来也去找丈夫他们了,但这几个人谁都没回来,自己越来越放心不下。这些事情她尽量用谈公事的方式讲出来。不出所料,奥畑听完立刻有点不好意思地开口:"我能在这里稍等他们一下吗?""请!"幸子很快答应了,"请便!"她打了个招呼,就自己上二楼去了。

因为客人要在这里等一会儿,得给他点什么东西看,来打发时间,所以幸子就让人拿过去两三本新出的杂志,端去红茶,自己没再下楼。而悦子刚开始就对客人很好奇,幸子想起她时不时地从走廊里偷偷观察着客厅的样子,

"悦子,过来一下。"幸子站在楼梯口,把悦子叫到二楼。"悦子,你这是什么毛病?家里来了客人,你为什么要偷偷看着客厅?"

"悦子没偷看。"

"撒谎!妈妈都看见了,你这样对客人多不礼貌。"

悦子满脸通红,对幸子翻着眼皮,低下头,没过多久又想下楼了。

"不准下楼,你就待在二楼。"

"为什么?"

"在二楼好好写作业。你们学校不是明天上课吗?"

幸子把悦子强行留在六张榻榻米的房间里,把教科书和笔记本摆在她面前,在桌子下点上蚊香,然后去八张榻榻米的房间走廊那边,望着丈夫回来的方向。突然,舒尔茨家方向有人大喊一声:"喂!"

幸子望向那边，看到舒尔茨先生举起手，叫着夫人的名字"希尔达！希尔达！"从大门绕到后院。舒尔茨先生后面跟着佩特和罗斯玛丽。舒尔茨夫人不知道在后院做什么，高声叫了一下"噢！"就立刻被舒尔茨先生紧紧抱住亲吻。

夕阳西下，院子里还很明亮，幸子透过两家分界的梧桐树和檀香树树叶之间的缝隙，看到了以前常在西洋电影中看到的两人拥抱的场面。夫妻两人终于放开，佩特和罗斯玛丽就马上一个接一个地扑向妈妈。靠栏杆蹲着的幸子这时藏到隔扇后面，舒尔茨夫人似乎也没发现这一幕被其他人看到，她放开罗斯玛丽的手，高兴地跑到围墙向幸子家这边探头。

"夫人！"她四处张望，高声叫着幸子。

"夫人，我家先生回来了，佩特和罗斯玛丽也回来了……"

"那真是太好了。"

幸子状似不经意间从隔扇后面跑到栏杆那里，旁边屋子里正学习的悦子也扔下手中的铅笔跑到窗边。

"佩特！鲁米！……"

"万岁！"

"万岁！"

三个孩子上蹿下跳互相挥手，舒尔茨先生和舒尔茨夫人也向这边挥着手。

"夫人！"这次是幸子在二楼大喊，"您先生是去神户了吗？"

"我先生是在去神户的路上碰到了佩特和鲁米，然后三个人一起回来了。"

"原来是在路上碰到的啊，真好……佩特弟弟，你在哪里碰到你爸爸的？"幸子觉得舒尔茨夫人的日语听着实在蹩脚，就问起了佩特。

"你和爸爸是在哪里碰到的呀？"

"在国道德井附近。"

"你们是从神户走到德井的吗？"

"不，不是。从三宫到滩还有省线电车。"

"啊，电车一直开到滩吗？"

"是的，我带着鲁米从滩走到德井时碰到了爸爸。"

"就算这样，能碰见爸爸真是太好了。从德井回来的时候都走哪里了呢？"

"我们走的国道，也走了别的地方，省线的轨道、山手那边，还有没有路的地方……"

"真是太不容易了。还有很多地方水没退下去吗？"

"不是很多……只有一点……到处都是……"

佩特说的这些，再继续问下去，果然有些部分还不是很清楚。比如，在哪里怎么过来的、哪边水还没退、路上状况怎么样，等等，这些事情他还讲不明白。但看到罗斯玛丽这么幼小的女孩子都平安走回来了，而且三个人的衣服也没怎么被泥水弄脏，看来他们回来的路上没遇到太大的困难和危险。不过，幸子又想到自己的丈夫和妹妹还没回来，就更加害怕他们是不是出什么事了。这么小的孩子，都能从神户走这么长距离，现在回到了家，那么丈夫和妹妹早就该回来了。现在问题在于妙子有没有出事，丈夫或是庄吉是不是为了搜救妙子才花这么长时间呢……

"夫人，您家先生和妹妹现在怎么样了？还没回来吗？"

"还没回来。舒尔茨先生他们都回来了，不知道我丈夫那边到底怎么回事。我实在太担心了。"

幸子说着，声音带上了哭腔，怎么也控制不住。舒尔茨夫人的脸一半藏在梧桐树叶后面，一边听一边啧啧咂舌。

"夫人。"这时，阿春上来，手扶着门槛，"奥畑先生说他现在也想去野寄那边看看，让我来禀告您一下。"

七

幸子下楼，看到奥畑已经站在了玄关土间上，挂着闪闪发光的金把手榉木手杖。

"我刚刚听到您的对话了，那洋人的孩子都回来了，为什么小妹还没回来呢？"

"是啊，我也想知道。"

"不管怎么说，现在还没回来也太晚了，我准备去那边看看到底怎么回事。看情况可能还要再来打扰您。"

"谢谢。……不过天色都这么暗了，要不你再在家等一会儿……"

"哎，我这也等不下去啊。有等着的这么长时间，不如直接去看看了。"

"啊，是吗……"

只要是真心担心妹妹的人，无论是谁，幸子现在都非常感激。面对这个青年，她也忍不住流下眼泪。

"那么我出发了。姐姐不要太担心。"

"谢谢。路上一定小心。"

她自己也走下土间。

"那个，你带手电了吗？"

"带了。"

奥畑说着，慌忙从扣在台子上的巴拿马帽子下面拿出两个东西，并迅速把其中一个东西藏进口袋里。这两个东西，一个是手电筒，另一个肯定是徕卡相机或是康泰时相机，看来他也知道，这个时候还拿着那种东西不合时宜。

奥畑走后，幸子在门柱上靠了一会儿，凝视着夕阳发了会儿呆，然而还是看不到丈夫他们回来的身影。她回到客厅，为了平静自己焦躁的心情，就点上蜡烛，坐在椅子上。这时，阿春进来告诉幸子晚饭已经准备好了，瑟瑟缩缩地观察着她的脸色。幸子知道现在已经过了晚饭时间，但完全没有食欲，就说："我现在不吃，先让悦子去吃吧。"阿春走上二楼，又马上下来，说悦子小姐也说要之后再吃。一向不愿一个人待在二楼的悦子，难得学完习后还乖乖地待在屋子里，幸子觉得很奇怪，不过悦子应该是知道这个时候还缠着母亲一定会挨骂，所以才不下楼的吧。幸子待了二三十分钟，心里仍然平静不下来，忽然又想到了什么，就走上二楼，注意不打扰悦子，走进了妙子的房间，点亮烛台。然后，她慢慢地走向南边挂着匾额的楣窗下，像被吸过去一样，开始一张张地仔细端详起嵌在其中的四张照片。

那是在上个月五日的乡土会时，板仓给妙子拍的跳《雪》时的照片。那天妙子跳舞时，板仓从头到尾一直把镜头对着她拍个不停。当天晚上，在妙子把这身衣服换掉之前，板仓再次让她站在金屏风前面，摆出各种姿势造型，又拍了很多照片。匾额里的这几张，便是妙子亲自从这么多洗出来的照片里选出的，并让他放大到B3。很明显，这四张照片都是后来摆拍的。板仓拍这些照片时，为了处理照片的光线效果，煞费苦心。令人钦佩的是，他好像特别认真地观看了妙子的舞蹈，在指示妙子摆姿势时，他说着"小妹，不是有一句是'冰冷衣衾里'吗？""请做一下'枕旁听雨声'的动作"之类的，记住了歌词和动作，甚至自己还能模仿出来。如此用心，成品也可以说是板仓作品中的杰作了。幸子现在看着这些照片，眼前浮现出那天妙子的一举一动——一点细微的动作、眼神、说过的话，幸子都记得清清楚楚。妙子在那天的舞会上是第一次跳《雪》，却跳得非常成功。不光幸子这么想，阿作师傅也这样称赞妙子。的确，阿作师傅每天大老远过来亲自指导功不可没，但妙子从小就开始学舞蹈，天生就有跳舞的才华。这样说可能有偏爱自家妹妹的感觉，但幸子确实是这样想的。幸子遇上什么事一激动就容易掉眼泪，那天看着妙子的舞蹈，想到妙子竟能跳得如此出色，她就止不住自己的眼泪。现在面对着这些照片，自己心里的那种感动又回来了。在这四张照片中，幸子最喜欢的是"夜半钟声心远去"这句词后，过门①时的表演——撑开的伞放在身后，弯腰屈膝，上身稍向左斜，两袖合起，稍稍偏头，出神听着

---

① 日本传统歌曲之间的过门，三弦间奏。

钟声渐渐消逝在远方雪空中。练习时，妙子和着师傅嘴里哼着的三味线曲子做出这个动作，幸子也时常看到，而且最喜欢这一段。演出当天，也许是服装和发型的衬托，妙子比平时练习时舞姿更胜数倍。幸子自己也不明白为什么自己会这么喜欢这个舞蹈，也许是因为，能看到平时时髦的妙子身上完全看不到的东西吧。在幸子看来，自家姐妹几个当中，只有妙子一个人是活泼开朗、勇于进取，无论什么事都我行我素的现代女性，幸子有时候甚至觉得她很烦。但那天看到她跳舞的样子，幸子才发现，原来妙子身上依然保留着传统日本姑娘的优雅婉约，因此对她产生了某种和曾经不同的怜爱心情。而且，那天她梳着日式发髻、脸上化了旧时妆容，与平常的样子完全不同，曾经天生的年轻活泼消失了，显现出与实际年龄相符的成熟美，让幸子对她更多了一层好感。现在回想一下，正好一个月前妹妹一本正经地打扮成这个样子、拍下这样的照片，似乎是某种并非偶然的不祥预兆。说到这里，那天贞之助、幸子和悦子把妙子围在中间，大家一起拍照，是恐怕要变成一张可怕的纪念照了吗？幸子那时看着妙子穿着姐姐结婚礼服的样子，没有缘由地感伤起来，努力忍住眼泪不掉下来。将来某天妹妹穿着这样华丽的礼服出嫁是幸子的愿望，难道这个愿望也要落空、这张照片就是最后的盛装了吗？幸子努力打消自己这个念头，但越盯着这些照片心里就越发毛，赶紧把眼光移向壁龛旁边的架子上了。那里也摆放着妙子最近做的拍羽球的侍女人偶。两三年前，六世尾上菊五郎[1]在大阪歌舞伎座演出《拍羽球的侍女》和《清元小调花

---

[1] 六世尾上菊五郎（1885—1949），堂号音羽屋。五世之子，父亲去世后袭名。被称为近代歌舞伎界第一人。

和尚》时，妙子也多次观看过。每次看时妙子都非常认真仔细地观察六世尾上菊五郎的舞蹈，做出来的人偶虽然外表不那么像，但肢体和动作上却巧妙抓住了菊五郎表演时的特点。真是干什么像什么的妹妹啊……或许是因为她是家里最小的孩子，一路走来最为坎坷，比其他孩子更世故，反倒是自己和雪子总是被她当作妹妹照顾……自己总是过于操心雪子，多少疏于关心这个妹妹，这样不好。幸子想着，今后要把这个妹妹和雪子同等对待。当然这次应该不会有什么意外，只要他们能平安回家，她就去说服丈夫让妙子去法国留学，也同意奥畑跟妙子结婚。……

外面天已经全黑了，没开电灯的屋子里显得夜色更漆黑了，甚至能听到远方传来的蛙鸣。透过院子里的树叶，忽然出现了一道亮光。幸子跑到走廊，看到是舒尔茨家在餐厅点亮了蜡烛。舒尔茨先生不知在大声说着什么，还能听到夹杂其中的佩特和罗斯玛丽的声音。他们一家人现在应该围在桌旁，父亲、儿子、女儿轮流地讲着今天的冒险经历吧。幸子透过蜡烛闪烁的微光，想象着邻居家幸福团圆的晚餐，但自己心里又开始不安。这时，她听到了杰尼跑过草坪的脚步声。

"我回来了！"玄关那里传来了庄吉气势十足的喊声。

"妈妈！"隔壁房间里，悦子大声尖叫。

"啊，回来了！"幸子也叫道，两个人马上跑下了楼。

玄关漆黑，什么也看不清。

"我回来了！"庄吉之后，是丈夫的声音。

"小妹呢？"

"小妹也回来了。"丈夫立刻回答，幸子看妙子一直不出声，就问,"怎么了,小妹?怎么了?"

幸子望着土间,阿春在后面举着烛台,烛台上的蜡烛摇摇晃晃,一点点照亮周围,幸子才看到妙子和今早出门时的样子判若两人,穿着平纹丝绸单衣,大眼睛直勾勾盯地着她。

"二姐……"妙子激动得声音颤抖,紧绷着的弦终于放松下来,大喘着哭出来,几乎瘫倒地扑在台子上。

"怎么了,小妹?……受伤了?"

"没受伤。"丈夫再次回答,"……遇到了很严重的灾难,是板仓救了她。"

"被板仓?"幸子看向三人后面,板仓不在。

"好了,先拿桶水来。"

贞之助已浑身泥泞,鞋也不见了,光脚穿着木屐回家的。木屐、脚上、腿上,全都是泥。

八

当天晚上,妙子就和贞之助轮流着讲了自己遇险的经过,现在将其大概内容记录如下:

那天早上,送悦子上学的阿春刚回到家不久,也就是八点四五十分左右,妙子出门,和往常一样走到国道津知站坐公交。那时虽然已经下着暴雨,但公交还在继续运营,她就和平常一样在甲南女校前下了车，从车站走几步就到了剪裁学校的大门，此时是九点左右。虽说那里起名"学校"，但不过是个悠闲的私塾。那时外面天气非常恶劣，很多人都讨论着可能要发大水，因此不少人都缺了席，到校的学生也坐立不安，校方就决定当日停课，大家都回家了。只有她被留下来，玉置女士来邀请她："妙子小姐，一起喝杯咖啡吧？"她们就去了另一栋房子、也就是玉置女士家里稍微聊了一会儿。玉置女士比妙子大七八岁，丈夫是工学士，在住友炼铜厂做技师，两人还有个正上小学的儿子。玉置女士自己也是神户某家百货商店西式女装部的顾问，同时经营着这所剪裁学校。学校旁边有个小门，她在小门外建了一栋西班牙洒脱风格的平房，院子和校舍相连，走几步即可往来于两栋建筑之间。妙子在玉置女士那里，得到了比一般学生多得多的宠爱，总是被邀请到她家做客。那时也是被带到她家客厅，听她讲述去法国的故事。玉置女士在巴黎进修过几年，劝妙子一定要去看看，自己也会尽可能为她介绍。她说着，点亮了面前的酒精灯，煮起咖啡，然而外面暴雨依然如注。妙子说："哎呀，这该怎么办，再这样下去就回不去了……"玉置女士说："没事没事，等雨小点了我也要出门，再在这里坐一会儿吧。"她十岁的儿子阿弘喊着"我回来了"，气喘吁吁跑了进来。"哎呀，学校那边怎么了？"玉置女士问。"今天上了一个小时课就放学了，学校说，要是发洪水，回去路上就危险了，就让我们回来了。"儿子回答。"啊？要发大水？"玉置女士刚问完，儿子就说："你在说什么？我走回来时水就在后面追着我，为了不让它追上我，拼了命跑回来的！"少年阿弘还在说着，泥水就"哗"的一声冲进了院子里，眼看着就要漫进房子里了，玉置女士和妙子慌忙关上那边的门。然而，又听到反方向走廊那边，传来了潮汐一般的水声，水从刚刚阿弘进来的那个门里流进了室内。

刚把门关上，就立刻被水冲开，三个人暂时用身体顶住一会儿，然而还是能听到水哗啦哗啦地涌向房门，仿佛要冲破进来。他们齐心协力，把桌子椅子挪到门边作为支柱堵住房门，然后又把安乐椅挪过去，阿弘盘腿坐在上面努力顶住房门，结果"啊"地大叫了一声。原来是门已经被洪水冲开，无论是安乐椅，还是坐在上面的少年都浮在水上了。玉置女士说："完了完了，不能让唱片被水泡了呀。"赶紧把唱片从陈列柜里拿出来。想放到稍微高一点的地方，却发现没有架子之类的东西，只能先放到已经被水泡了的钢琴上。这么一会儿，水已经没过了腰部，无论是三件套的桌子，还是煮咖啡用的玻璃球、砂糖罐、康乃馨，都已经到处散落着漂在水上了。玉置女士忽然注意到了放在壁炉柜上妙子做的法兰西风格人偶，就问："啊，妙子小姐，那个人偶没关系吗？"妙子说没事，应该不会发太大的水。实际上，这个时候他们还在半开玩笑地聊着，阿弘去抓被水冲走的书包时，被漂过来的收音机边角打到了头，叫着"哎呀，疼"时，玉置女士、妙子和被打到头的阿弘还能忍不住笑起来。他们折腾了大概半个小时，从某个瞬间开始，突然一起严肃起来，沉默不语。妙子记得，那时不一会儿水就没到了胸口，她就抓着窗帘打算去墙边靠着，也许是因为抓了窗帘，头上掉下来一个匾额，是玉置女士珍藏的岸田刘生的丽子画像。画框在水中沉沉浮浮，漂向屋子角落，玉置女士和妙子只能不甘心地望着它被冲走。"阿弘，你没事吧？"玉置女士说话的声音已经和刚才完全不同了。"嗯。"少年只答应一声，有点站不稳了，就爬上了钢琴。妙子想起幼年时看过的侦探类西洋电影，侦探突然掉进如箱子一样四周密闭的地下室，与此同时水不断浸入房间中，侦探的身体一点点被水淹没——那时，三个人的位置都相距甚远，少年阿弘在房间东侧的钢琴上，妙子在西侧窗边的窗帘处，玉置女士则是站在刚才用来顶住门、现在已被冲回房间中央的桌子上。妙子感到自己快要站不稳了，就一边抓着窗帘一边用脚试探着有没有能站上去的地方，正好碰到了三件套桌子中的其中一个，就把它踢倒，自己站到上面（后来才知道，那时的水都是非常浑浊的泥水，水里大部分都是沙土，反倒起了固定物品的作用。水退了之后才看到桌子椅子之类的东西都被堆在一起，埋在沙土中无法移动。很多房间内部也由于积了很多泥沙，反倒没有被冲毁倒塌）。他们也不是没有想到逃到房屋外面，虽然可能可以打破窗户，但妙子看向窗外（窗户是上下开关的，刚刚由于下雨就只留下上边的一两寸，其余都关紧了），外面的水位和室内差不多，而且和室内的水逐渐沉淀成泥沼状态相反，仅隔着一块玻璃的窗外，水流非常湍急。并且，窗外四五尺远之外的地方是遮挡夕阳的藤架，除此之外都是草坪，没有高大的树木也没有建筑物。要是跳出窗外，也要想尽办法游到藤架那里，爬到架子上面才行。但显而易见，爬到藤架之前人就会被激流冲走。少年阿弘站在钢琴上伸手来回摸着天花板，确实，要是打破天花板爬到屋顶上是最好的了，但仅凭一个少年和两个女人的力量几乎做不到。阿弘突然问："阿兼在哪里呢，妈妈？""我也不知道，刚刚还在女佣的房间里，现在不知道在哪儿了。"玉置女士回答，阿弘又问："那怎么一点声音都没有呢？"她也没法回答了。三个人沉默不语，盯着把他们隔开的水面,看到水位比刚才又高了些,和天花板仅有三四尺的距离了。妙子把踢倒的桌子重新立起来,爬到上面(立起来时桌子已经埋进泥沙,变得更沉重了,她的脚也被绊住了),紧紧抓住窗户顶部的金属杆,这样也只有头部露出了水面。站在房间中央桌子上的玉置女士也差不多,头顶的天花板上有个灯罩向上、间接照明的硬铝合金吊灯,吊灯用三根粗链子吊着,每当她快要站不住时就抓住它。

"妈妈,我会死吗?"少年阿弘忽然问,"我会死的吧,会死吗?"

"死不死什么的,谁知道……"玉置女士似乎说了些什么,但只看到她的嘴在动,恐怕她自己也不知道该说什么吧。妙子看着只有头露出水面的玉置女士,想"原来死的命运近在咫尺的人是这样的啊",非常清楚自己现在也是这个样子。她终于明白,人类面对死亡且无能为力时,会意外地平静,什么都不怕了。

妙子以为自己处于这种状态已经很久了,觉得足足过了三四个小时,而事实上还不到一小时。她看到自己暂时得救的玻璃窗顶部,如刚才说过的一样,开了一两寸空间,窗外的浊流就从那里涌进房间,她一手抓着窗帘,一手努力关上窗户,正好此时——不,应该是之前不久——她所在的房间上面,听到有人走在屋顶上嘎吱嘎吱的脚步声,这时,有人从屋顶上跳到了藤架上。她大吃一惊,那人又到了藤架最东边,也就是离妙子看向外面的窗户最近的地方,抓住藤架的边缘跳进了浊流之中。那人全身泡在水里,似乎马上就要被水冲走,但手却抓住藤架不放,身子转过来朝向窗户这边,和妙子打了照面。他看了窗边的妙子一眼,就开始他的动作。最初,妙子不知道他到底要做什么，后来才明白他是要单手抓着藤架，穿过激流，想办法用另一只手伸到窗边。突然，妙子发现，那人身穿皮夹克，戴着飞行员戴的皮革帽子，眨着眼睛，正是板仓摄影师。

板仓在美国时经常穿那件皮夹克，但妙子没见过他穿这身衣服，脸又被帽子挡住了，做梦也没想过这个时候他会出现在这个地方。再加上暴雨和激流使得外面白茫茫的烟波缭绕，妙子也十分心烦意乱，就没有一下子认出板仓来。当她认出板仓，就大声喊着"啊！板仓先生！"她不只是单纯叫他，更是让室内的玉置女士和少年阿弘知道，有人来救他们了，给他们生的力量。妙子使出浑身力量，打开因水而堵塞的窗户——她本想把窗户拉上去，结果却往下拉了下来，打开了仅能伸出身体的空间。她费劲九牛二虎之力才把窗户打开，眼前板仓的手立刻伸了过来。她上半身伸出窗外，右手抓住了板仓。同时，她的身体受到了激流猛烈的冲击。她的左手依然紧握着窗户的金属杆，但已经快要抓不住了。板仓说："你把抓金属杆的那只手放开。抓紧我的手，屋里那只手放开！"妙子听天由命，按他说的做了。一瞬间，板仓的胳膊和妙子的胳膊就像锁链一样被抻长，好像马上就要被冲到下游，板仓立刻一把把妙子的身体拉到他那边（后来板仓自己也说，当时没想到自己能有那么大的力气拼命拉她过来）。板仓又说："你抓住这里，像我这样。"妙子照做，伸出手抓住藤架边缘，但这样比在室内还要危险，感觉马上就要被冲走了。

"我，不行了，要被冲走了。"

"再忍一忍，松开了就完了，抓紧那里。"板仓说着，在激流之中爬上了藤架。然后，他把藤蔓拨开，在架子上留出一个口，再将双手伸到下面，把妙子拉到了架子上。

首先自己是得救了——妙子忽然有了这种感受。只要水不漫到架子上，就能从这里逃到屋顶，不管发生什么板仓都会来救自己的。她刚刚还在狭小的房间里挣扎着，根本想象不到外边的变化，现在她站在藤架上，才目睹仅仅一两个小时外边发生了怎样的情况。她那时看到的景象，和贞之助过田中小河上的铁桥时，从省线轨道上看到的"像海一样"的景象应该是一样的吧。只是，贞之助是在那片海的东岸眺望，而妙子则是站在海中央，看着四面八方卷来的波涛。她刚才还只觉得自己终于获救了，但当她看到惊涛骇浪、面对自然的不可抗力时，又觉得自己现在只是一时的得救，担心最终到底会不会被彻底救出、自己和板仓到底怎样才能从洪水的包围下逃出去。然而，玉置女士和少年阿弘还在室内挣扎，她对板仓说："老师和阿弘还在房间里，能想想办法吗？"她正说着，突然有东西漂过来砰的一声撞上藤架，撞得架子摇摇晃晃，一看原来是一根圆木。"好。"板仓说着，又下到水中，把那根圆木架在藤架和窗户之间，将原木一端插进窗户里，另一端由妙子帮忙用藤蔓绑在藤架的柱子上。做好"桥"后，板仓通过它爬向窗户那边，进到窗户里，很长时间都没出来。后来问他，才知道他那时是在那边把窗帘的蕾丝撕成条编成绳子。他把做好的绳子扔向离窗户比较近的玉置女士，玉置女士接住绳子，再扔向远处墙角钢琴上的少年阿弘。板仓让他俩抓住绳子，先把他们拉到窗口，再把少年阿弘从圆木拉到藤架，把他抱上架子。然后，板仓再回到窗边，用同样的方法救出了玉置女士。

板仓这样来来回回救人，好像花了不少时间，又好像没花多少时间，实际上到底花了多长时间，事后回想起来也不确定。当时板仓还戴着他曾经显摆过的手表，在美国买的，自动上发条的，浸了水也不会坏，结果不知什么时候就坏掉了。还好，最后他还是把三个人都救出来了，在藤架上站一会儿坐一会儿。那段时间里，雨依然猛烈地下着，水位也在逐渐上涨。因此，藤架上也很危险，他们就再次渡过了圆木做的桥，逃到了屋顶（除了那根圆木，后来又漂过来了两三根木材，排成筏子一样，很大程度上帮了他们渡过去）。妙子爬上屋顶后，才有心情质问板仓，为什么会在这么危急的时候恰巧从天而降。据板仓回答，他早上就有预感今天要发大水。还有一个原因，就是今年春天时，已有一位老人预言过，有记录显示大阪、神户之间的地区大约每六七十年都会发生一次山洪，今年适逢暴发山洪之年，板仓对此深信不疑。他一直想着这件事，再加上最近连着几天下大雨，不由得开始惧怕起来。今天早上，周围果然骚动起来，听说住吉川的堤坝决堤了，自卫团员都跑着巡逻，他自己也待不住了，想亲自去看看，就来到了住吉川附近。他边走边看河的两岸，意识到要出大事，他沿着水的道路往野寄方向返回时，正好遇上了山洪。即使这样，他（就算他想到了会发大水）最开始就穿着皮夹克出了门，特别是还到野寄一带转悠，还是有点奇怪。也许他就是知道今天是妙子去玉置女士的剪裁学校上课的日子，早上出门的时候，就暗暗打算万一妙子遇到什么危险，自己第一时间就去营救呢。虽然还有这样的疑问，现在就先放一边吧。总之妙子在藤架上听到的，就是板仓为了避水，这里那里到处逃跑的时候，突然想起小妹今天要去剪裁学校，就想着无论如何要排除万难救出小妹，因此在浊流中不顾一切地奔向剪裁学校。至于他为了到达学校有多么拼命,他后来和妙子讲得非常详细,在这里就不赘述了。不过,他和贞之助一样,都是沿着铁轨走到甲南女校的,他比贞之助要早一两个小时,因此才有可能勉强穿过洪水。按他自己的话来讲,他有三次被水冲倒,差点死在洪流之中,当时除了他自己以外,没有一个人跳进那么汹涌的洪水之中。那应该不全是夸张的。他拼了命到达学校后,洪水涌到了顶峰。他爬上校舍屋顶有点茫然失措,忽然发现玉置女士家那边,女佣房间的屋顶上站了一个人冲着他挥手,原来是女佣阿兼。阿兼知道板仓看到自己后,就指着客厅窗户的方向,比了一个三,然后在空中写下了妙子名字的片假名。板仓看到后,知道了那里有三个人,其中一人就是妙子,他立刻再次跳进激流,一边对付着水流,一边扑腾着游到藤架。不难发现这最后的拼死战斗也是非常冒险的,他赌上了自己的性命。

九

当板仓如上所述拼命救人时,应该正好就是贞之助在列车里避难的那段时间。贞之助拼了命才逃到甲南女校,在学校二楼一间作为一般灾民临时休憩所的房间里,休息到了下午三点左右。雨终于停了,水位徐徐退下,他立刻出发去了相隔不远的剪裁学校。那天的路不如平时好走。水虽然退了,但仍留下了大量的泥沙,有些地方堆积的深度已经快到屋檐了。没什么,不过就像是被雪封锁的北国雪景罢了。

不好处理的就是，要是在上面走路不小心，整个人就会被吞没到要命的泥沼之中。贞之助刚才就已经陷进过那种地方，单脚的鞋子被吞没了，现在他把剩下另一只鞋子也脱下来扔掉，只穿着袜子走过去，平时一两分钟的路程，现在竟然要走二三十分钟。

走过去一看，剪裁学校附近已经快看不出来了。学校的大门几乎全被埋没，只剩下门柱顶部的一小部分露出地面，平房校舍除了石板屋顶也都被埋在了地下。贞之助想象着妙子他们可能在屋顶上避难的样子，学生们现在怎么样了？——是巧妙地逃走了，是被冲走了，还是被泥沙埋起来了？屋顶上一个人影都没有。他非常失望（那边泥沙也相当多，非常危险，每走一步都会埋到大腿根部），穿过校舍南面曾经是花坛和草坪的地方，走向玉置女士的住宅。那里的藤架，只有藤蔓缠着的架子部分还留在地面，旁边被冲来的两三根圆木已经无法移动了。这时他意外发现，房屋红色瓦片屋顶上，妙子、板仓、玉置女士、少年阿弘和女佣阿兼都在那里避难。

板仓跟贞之助讲了自己是如何把三个人救出来的。讲完后，他还说："水已经退到这个程度了，我就想着要不要把小妹送回芦屋去。但又考虑到一个是小妹已经筋疲力尽了，再一个是如果自己走了，担心玉置老师和她的孩子会害怕，就决定先在这里待一会儿，休息一下，看看情况。"实际上，没有亲眼所见、亲身经历过的人不知道，事后可能觉得很好笑，但当时，玉置女士、妙子、少年阿弘都被极端的恐怖所环绕，即使眼前天已晴、水位在下降，他们仍然不敢相信自己已经平安无恙了，无法控制自己战栗不已。现在，妙子被板仓催促着："姐夫和姐姐一定很担心你吧，早点回去吧，我送你。"她自己也是这样想的。屋顶往下就是地面——沙土堆积得几乎和屋顶一样高了,轻而易举就能跳下——她还是不由得想到那里是否还有危险在等着她,没有勇气下去。而且,玉置女士也非常害怕,说妙子和板仓走了之后她和儿子该怎么办,也许现在丈夫正在赶来,但眼看着就要天黑了,难道今晚要在屋顶过夜了吗?阿弘和阿兼也恳求着板仓在这里多待一会儿,这时正好贞之助赶过来了。然而,贞之助一爬上屋顶,就叹出一口气,筋疲力尽地躺倒在地上,暂时没有爬起来的力气了。他躺了一个多小时,太阳开始出来了,他仰望着蓝天,大约四点半时(贞之助的手表也坏了),御影町的玉置家亲戚派来男佣来看望玉置女士和她的儿子,借着这个机会,贞之助和板仓安慰着妙子,三个人一起往回走。妙子的体力还没恢复过来,看上去意识也不是特别清醒,始终由贞之助和板仓轮流搀着、背着。住吉川原先的河道干涸了,改道到东边,新河道从国道甲南女校前一带流到田中附近,很难渡过。他们走到中游时,正巧遇到了从东边跋涉过来的庄吉,就变成一行四人往回走。到田中时,板仓说:"我家就在附近,来休息一下吧?虽然我确实也担心自己家会变成什么样。"贞之助虽然着急回家,但看到妙子现在那个样子,为了让她休息一会儿,他们就在板仓家里待了一个小时。板仓还单身,和妹妹住在一起,二楼是摄影室和做其他工作的地方,一楼则是住人。去他家一看,他家也被水淹了一尺多深,受灾相当严重。贞之助他们被请到二楼的摄影室里,板仓从泥里拔出汽水招待他们。这段时间,妙子把浸了泥水和雨水的巴里纱①

---

① 用捻度高的纱织出的密度稀的薄布。

衣服脱掉，擦干身体，在板仓的提醒下借来他妹妹的平纹丝绸单衣换上了。贞之助也一直光着脚，因此从板仓家里出来时，借来了板仓的萨摩木屐穿走了。贞之助虽然一直劝板仓不要再送，"庄吉也在，不用担心。"但板仓还是说着"我还是把你们送到那边吧"，送到田中边上才回去。

幸子以为奥畑是不是在路上哪里和妙子错过了，估计之后还能过来，但那天晚上他一直没有出现。第二天早上，他把板仓派来家里。问了才知道，昨天晚上板仓把妙子送走回家后，没过多久启少爷就去他家了，说自己在芦屋莳冈家里等了一下午都没等到小妹回来，太晚了就打算去小妹那边看看，走在国道上，不知不觉就走到这边了。本来想尽量往野寄那边走走的，但现在天已经全黑了，再往前走路上就变成河了，硬要渡过去也不太可能，就想着来问问板仓看看知不知道那边的情况。板仓就说："您就放心吧。"如此那般，把早上开始所有的事都和他讲了一遍。然后，启少爷说："那我就直接回大阪了。芦屋那边，本来我应该再去一趟的。不过听你说完我就放心了，就不再回去一趟了。明天早上就麻烦你再去一趟，帮我转达一下，看看小妹现在怎么样，有没有受伤，没受伤的话也有可能感冒，你代我去问候一下。"因此今天早上板仓就过来了。

妙子今天早上已经恢复了元气，和幸子一起来到客厅，再次为昨天得救表示感谢，一边回想，一边聊着昨天那危险迫在眉睫的一两个小时。妙子想起，自己逃到屋顶后，身上只穿了一件夏天衣服，浑身都被暴雨淋湿，竟然还没有感冒，自己也觉得十分不可思议。板仓说，那种时候精神高度紧张集中，反倒不会生病，说完，他就回去了。即使这样，妙子似乎是和洪水搏斗时太勉强自己，第二天开始，身上关节就处处疼了起来，尤其是右侧腋下疼痛难忍，担心会不会变成肋膜炎，还好过了几天之后就好了。只是，那之后的两三天傍晚，她听到下阵雨的声音又浑身战栗起来。这么害怕下雨应该是人生第一次，果然是经历那次大雨的后遗症还潜在地残留在她的心里。几天后，半夜下雨时，她又不由得担心会不会再发大水，一晚上都没怎么睡。

十

大阪、神户间的人们直到看到第二天的报纸，才知道这惨烈灾害的全貌，并再次为此震惊。芦屋幸子家也如此，在那之后的四五天里，每天来探望的客人络绎不绝，为接待客人们忙得不可开交。日子一天天过去，电话、电灯、煤气、自来水等设施逐渐恢复使用，混乱也一点点平息了下来。只是所到之处皆是泥沙，由于战争事变的发生，人手和货运车辆不足，无法迅速清理运走，烈日之下来来往往的人们都走在白色灰尘之中，仿佛再现了当年大地震后东京街头的景象。阪急电车芦屋川站曾经的站台也被沙土埋没、堆积如山，在那山上设立了临时站台，在桥上架了一座更高的桥，让电车重新在上面运行。阪急电车那座桥到国道业平桥之间，河床几乎和两岸道路平齐，稍微下一点雨就有泛滥的危险，一天也不能再拖了。大量建筑工人连续多日挖出泥沙搬走，但他们仍像蚂蚁搬糖山一样，进展缓慢，连堤坝上的松树都被沙土灰尘蒙上了一层。而且,水灾后天气恢复晴朗,连续几天烈日当空,沙尘飞扬更加严重,连有名的高级住宅区芦屋的景致,今年也消失得无影无踪了。

雪子时隔大约两个半月从东京回来的那天,就是这样沙尘满天的夏日。

在东京,水灾发生的当天,晚报上就刊登了新闻,然而由于不知道详细情况,涉谷的家里一直放心不下。看着报纸上说住吉川和芦屋川沿岸受灾最严重、甲南小学有学生死亡,雪子尤为担心悦子是否平安。第二天,贞之助在大阪的事务所打来电话,鹤子和雪子轮流接听,问了一通想打听的消息。那时雪子非常担心,说想第二天就出发回家,就来和贞之助商量是否可行。贞之助说想回来就随时回来,但不至于为了这事特意回来看望一趟,大阪往西的铁路还没完全恢复,说完就挂了电话。然而,当天晚上,贞之助和幸子说起东京那边的事时,提到雪子想回来,就劝她这点事不至于回来,但她一定要来看看,心意已决。不出所料,几天后幸子就收到了雪子的来信。信上说,她想见见洪水中九死一生的小妹,想看看充满回忆的芦屋家里受灾什么程度,果然不回来一趟就安不下心来,还说可能最近几天就会过去。

她已经事先在信中说了这些,因此回来那天就没有打电报,坐"燕子号"列车从东京出发过来。之后,又在大阪换乘阪神电车,在芦屋站下了车,刚下车就有一辆出租车,因此她没到六点就到了幸子姐姐家。

"欢迎您回来!"

中 卷 | 259

出来迎接她的是阿春。雪子递给她装衣服的包后，就径直走进客厅，家里还很安静，就问：

"二姐在吗？"

阿春边把风扇朝向雪子边答：

"在，那个，她刚刚去舒尔茨家那边了。"

"悦子呢？"

"小姐和小妹也是，大家今天都被邀请到舒尔茨家喝茶了。现在应该要回来了，我去叫他们。"

"不用了，再等一会儿。"

"听说您差不多今天回来，小姐已经等不及了，要不我就去叫一下吧。"

"没事，没事，不用去，阿春。"

听到舒尔茨家后院那边传来了孩子们玩耍的声音，雪子拦住要去叫他们的阿春，一个人走到阳台芦苇遮阳帘下，坐在那白桦木做的椅子上。

雪子刚刚在来的路上，从车窗往外瞥了一眼，看到业平桥附近受灾的惨状超乎想象，让她大吃一惊。而现在在这里看到的景象则再平常不过，一草一木都没有遭受损失。正是夕阳西下的时刻，风平浪静，天气虽然还很炎热，但静止的树木色调鲜艳，草坪的翠绿沁入眼中。这个春天她启程去东京时，紫丁香和麻叶绣线菊盛开，而萨摩水晶花和八重棣棠花还未绽放，现如今雾岛杜鹃和平户百合都已凋零飘散，仅有一两朵绽放的栀子花还在散发花香。和舒尔茨家相交界处檀香树和梧桐枝叶繁茂，遮住了舒尔茨家二层洋房的一半。

两家交界的铁丝网墙根旁边，孩子们应该是在玩电车游戏，虽然看不见他们，但还是能听到佩特模仿着列车长报站：

"下一站，御影站。下一站是御影车站……"

"……各位乘客，本次列车从御影直达芦屋，中间不停靠。有往住吉、鱼崎、青木、深江方向去的乘客，请在本站换乘。"他报站的语气和阪神电车的列车长几乎一模一样，完全听不出来是西洋孩子在模仿。

"鲁米，我们去京都吧。"这次是悦子的声音。

"是啊，去东京吧。"现在说话的是罗斯玛丽。

"不是东京，是京都。"

罗斯玛丽似乎不知道京都这个地名，不管悦子怎么教她"京都"她都说成了"东京"，悦子有点懊悔。

"不对，鲁米，是京都。"

"我们去东京吧。"

"不对，要去东京得停一百次车。"

"也是，后日就能到吧。"

"什么呀，鲁米。"

"后日就能到东京呢。"

罗斯玛丽说"后日"时，可能是舌头忙不过来，平时用"后天"习惯了的悦子突然听到这么个词，貌似是没有听懂。

"什么呀，鲁米小姐，没有那样的日语。"

"悦子，这棵树用日语怎么说？"

那时，梧桐树叶忽然沙沙作响，佩特一边问一边开始往树上爬。

这棵梧桐树的树枝总会伸到两家交界的另一边,孩子们都是从舒尔茨家那边的铁丝网爬上去抓住树枝,然后再爬到树干上。

"那是梧桐。"

"是梧桐桐吗?"

"不是梧桐桐,是梧桐。"

"梧桐桐……"

"梧桐。"

"梧桐桐……"

佩特不知是故意开玩笑还是真的没听懂,怎么教他他都说是"梧桐桐",不说"梧桐"。悦子有点不耐烦了,说:

"不是'桐桐'。只有一个'桐'。"

她这么说,听着很像"一个洞",雪子听到觉得很好笑,没忍住笑了出来。

十一

舒尔茨家的孩子们和悦子没过几天就放暑假了,每天互相约着一起玩。早上还凉爽时,就在院子里梧桐树或者檀香树下玩电车游戏或爬树,中午就在家里,只有两个女孩子时就玩过家家,佩特和弗里茨也在时就玩战争游戏。客厅里的长椅或者安乐椅这样的重家具,四个人就合力把它抬过来抬过去,拼到一起或叠起来作为堡垒和集火点,端着气枪互相攻击。佩特做上级军官发出军令，其他三个人就一起射击。那时德国的少年们，连还没上小学的弗里茨都喊敌人"弗莱克莱希、弗莱克莱希"，最初幸子她们不知道是什么意思，后来贞之助告诉她们是德语中的"法兰西"，她们才明白德国人家庭是怎么教育孩子的。然而，对于孩子们为了做这个游戏，把西式房间里的家具摆放搞得乱七八糟，莳冈家一直很发愁。要是家里突然来了客人，女佣们就必须先让客人待在玄关等着，全员一起把这些堡垒和集火点收拾干净。有一次，舒尔茨夫人从阳台往房间里望，看到房间里这个样子惊在原地，就来问佩特和弗里茨每次来玩都把房间弄成这样吗，幸子没办法，只能说是。夫人苦笑着走了，不知道她回去后有没有训斥孩子们，但孩子们的"飞扬跋扈"是一点都没改。

幸子三姐妹把西式房间让给孩子们玩耍，她们白天就在餐厅西边六张榻榻米大小的日式房间里。那里隔着走廊，对面就是浴室，所以就在那里换衣服，把要洗的衣物堆在那里。南边就面对着庭院，但房檐很低，就像昏暗的行灯部屋①。阳光很难照进那里，西边墙壁下部又开着一扇扫除窗②，白天穿进来的也是凉风，是全家最凉快的房间。三姐妹就争着爬到那扇窗前，卧在榻榻米上，度过一天中最热的下午两三个小时。每年"土用③"时，她们都没什么食欲，开始"缺B"，因苦夏而消瘦。特别是平时就清瘦的雪子，此时更显消瘦。今年六月份她的脚气病又犯了，怎么都治不好，就过来想顺便换个地方疗养。结

---

① 白天需要点灯的黑暗狭小房间。
② 将室内垃圾由此扫出去的小窗。
③ 立秋前18天。

果来了之后脚气更严重了,一直不间断地让姐姐妹妹帮她打维生素。幸子和妙子多少也有了点症状,就互相打针,最近这段时间几乎每天都要打了。幸子早就穿上了后边开口的裸背连衣裙,七月二十五六日左右,平时不愿穿西式服装的雪子也屈服了,开始给像用纸捻绳子编成的人偶般的身子穿上了乔其纱衣服。妙子在三姐妹中本应是最活跃的,但从水灾那天后受到的刺激还没完全平复下来,因此今年夏天她身上并没有往常的活力。剪裁学校也是一样,自那之后就一直停课。夙川那边的松涛公寓在水灾中幸免于难,也还可以继续做人偶,但妙子这边现在还没有工作的心情,很少去工作室。

  板仓从那之后就经常到莳冈家里拜访。水灾过后,没有客人去他店里拍照了,生意暂时闲了下来,他就到处走走,拍下受灾地区的实际情况,制作水灾纪念相册。只要天气好,他就会每天穿着短裤拿着徕卡相机在这一带到处转悠,被阳光晒黑的脸上全是汗,不知道什么时候就会突然跑来,绕到后门,喊道:

  "阿春,给我水,给我水!"

  阿春听到,就会拿个放了冰块的杯子,倒上水之后递给他。板仓接过去,一口气把水喝光,拍拍身上沾满白色灰尘的上衣和短裤,直接从后门进到幸子她们的六张榻榻米大小的房间里,找她们闲聊。聊的内容无非是今天从布引那边回来,或者是从六甲山、越木岩、有马温泉、箕面等地回来,给她们讲他到各个地方进行水灾"视察"时看到的情况。有时他还会把拍的照片洗出来带过来,一边展示一边讲他独特眼光的观察和感想。有时,不知怎么了,他一边喊着一边进到房间里。

"夫人，不去洗海水浴吗？"

还说"哎，快起来，快起来，总这么躺着不行啊"之类的。要是幸子她们回答得含糊，他就会说着"芦屋的海边也没那么远，脚气什么的去游游泳就能好了"，甚至要把她们拉起来，还吩咐阿春"把夫人和小姐们的泳衣拿过来，然后去叫辆车，告诉司机到海边的海水浴场"，自说自话带着三姐妹，甚至把悦子也拉上坐车去海边。有几次幸子想带悦子去游泳但又觉得烦时，就让板仓带着悦子去。因此，一来二去，时间长了板仓和蒔冈家混熟了，说话也没有以前那么毕恭毕敬了。他越来越随意，甚至还随便把壁橱打开，令人看不过眼。但要是有事拜托他去做，他立刻毫无厌烦、保质保量完成，这点很难得。而且他说话风趣，引人喜欢，是他身上的优点。

有一天，姐妹三个在六张榻榻米大小的房间里躺着，如往常一样吹着从扫除窗吹来的凉风，忽然从庭院里飞进来一只大蜜蜂，一开始先在幸子头上嗡嗡转圈。

"二姐，蜜蜂！"

妙子叫起来，幸子慌忙站起来，蜜蜂又从雪子头上飞向妙子头上——然后又飞往幸子这边，轮流盘旋在姐妹三人的头顶，几乎裸着的三个人为了躲避蜜蜂，在房间里跑来跑去。蜜蜂似乎是不想放过这三个人，幸子她们逃到哪里它就跟到哪里，姐妹三人大叫着跑到走廊，蜜蜂也追了出来。

"啊，它过来了，它过来了！"

她们哇哇大叫，从走廊跑到餐厅，又从餐厅跑到客厅，正和罗斯玛丽吃饭的悦子被吓了一跳。

"怎么了,妈妈?"

话音刚落,蜜蜂又嗡嗡飞过来,撞到了玻璃窗。

"啊,它过来了它过来了!"

这次罗斯玛丽和悦子觉得有点好玩,也加入了其中。五个人好像在和蜜蜂玩捉迷藏,哇哇大叫着满屋子跑,蜜蜂不知是被她们刺激得更兴奋地团团转,还是本来就是这样的习性,飞到院子里又飞回来追着她们。五个人又从餐厅跑过走廊,跑进六张榻榻米的房间里。她们就这样在整个家里跑来跑去,乱得不可开交。

"干什么呢,这么热闹?"

这时,板仓忽然从后门进来,走到厨房和走廊之间的门帘探出了头。看样子他今天也是要来拉她们去海边,身上穿着泳衣,泳衣外面披着浴衣,头上戴着海水帽,脖子上挂着条毛巾。

"阿春,怎么回事?"

"她们被蜜蜂追着呢。"

"哇,不得了啊……"板仓说着,眼前五个人就像一起练习赛跑一样,握着双拳贴在身体两侧跑了过去。

"今天——真是长见识了啊。"

"蜜蜂!蜜蜂!板仓先生,快抓住它!"

幸子不断尖叫,脚也没停下来。她们都张着嘴露出牙,两眼放光,看着像是在笑,然而表情却意外地认真严肃,板仓马上摘掉海水帽,拿帽子啪嗒啪嗒几下就把蜜蜂从客厅扇出院子里去了。

"啊,吓死我了,这蜜蜂怎么这么执着啊。"

"你傻啊,兴许是蜜蜂被吓着了呢。"

"是吗？这可不是能笑出来的事，刚才真是要吓死我了。"

雪子还在呼哧呼哧大喘着气，脸色苍白，勉强挤出笑容说着。她的心怦怦直跳，似乎都能透过乔其纱衣服看到。

十二

一封写着"山村舞的阿作师傅因肾脏疾病恶化住进附近医院"的明信片，在八月初由山村舞阿作师傅的一名徒弟寄给了妙子。

一般来说，每年七八月山村舞都停止训练，今年六月乡土会时，阿作师傅的健康情况已不容乐观，因此从那以后，一直停止训练到九月。妙子一直放心不下阿作师傅的身体健康，但不知不觉就很长时间都没有去探望了。一个原因是师傅家住天下茶屋①，坐阪急电车从芦屋出发，要从北到南横穿整个大阪，在难波还要再换乘南海电车。练习的话去位于岛之内的练习场就可以，因此她一次都没有拜访过师傅的家。现在突然接到这个通知，得知肾脏疾病已经转为尿毒症，可想而知，师傅病情相当严重。

"小妹明天能去看望一下师傅吗？最近我也会去的——"

今年五六月份时，师傅为了妙子和悦子每天大老远过来指导练习，幸子担心这会不会和师傅发病有关系，要是和这无关就是最好的

---

① 大阪地名。

了。那时，她就注意到了阿作师傅脸颊浮肿、脸色苍白，指导跳舞时有些上气不接下气。虽说师傅本人曾说"我的健康全靠跳舞保持"，但实际上，肾脏疾病患者最忌讳剧烈运动，因此幸子多次考虑过，请师傅不要再大老远来家里了，但看到女儿和妹妹如此用功，又不想给她们泼冷水，而且最重要的是，师傅自己对此尽心尽力，最终幸子还是没有说出口，现在想来她非常后悔，要是那时候谢绝师傅过来就好了。因此，幸子自己也准备最近这段时间去师傅家中探望，收到明信片的第二天，就先派妹妹去了。

妙子本来说要在早上天气还凉快的时候去，结果由于讨论去探望时带什么慰问品，耽搁了时间，直到下午太阳最毒的时候才出门。下午五点左右，她气喘吁吁回来，一边抱怨着大阪有多热，一边进了六张榻榻米的房间，把因出汗粘在身上的衣服像剥皮一样脱下来，除了一条女式灯笼裤以外，全身赤裸进了卫生间，过一会儿头上卷条湿毛巾、腰上卷条浴巾出来，拽出一件浴衣披在身上。不过，她没系腰带，说着"不好意思了"，就从两个姐姐面前走到电风扇旁边坐下，敞怀让风吹进胸口，然后开始讲述阿作师傅的病情。

师傅虽然总说自己身体不好什么的，但上个月时还没什么大事。她平时不太喜欢给徒弟发袭她名字的证书，七月三十日那天，她忽然给一个小姐发了袭名证书，还在自家宅子里办了袭名仪式。那天师傅不顾天气炎热，郑重其事地穿上了缝有家徽的和服，祭祀祖先，还在祖先遗像前，按她祖母传下来的规矩敬上了酒，结果第二天，也就是七月三十一日，师傅去那位小姐家里拜访祝贺时，脸色就不太好了。听说八月一日时，师傅就病倒了。南海电车的沿线和大阪神户之间不一样，那边树木稀少，偶尔能看到零零落落的住家，妙子找到医院时费了不少工夫，汗流浃背。那家医院里，师傅住的病房还朝着西面，阳光直射房间，屋子里依然炎热。师傅由一名徒弟陪护，安静地躺在病床上。师傅的水肿不是太严重，脸颊也没有想象的那么浮肿，但妙子走到她枕边小心翼翼地打招呼时，她已经没有什么反应了。据陪护的徒弟说，师傅偶尔意识恢复清醒，但大多时候一直处于昏睡状态，有时还会说胡话，讲的都是和舞蹈有关的事。妙子在那里待了三十分钟左右就准备告辞，出来时那位弟子送她到走廊，告诉她说，医生说这次应该挺不过去了。妙子看到师傅的样子，也察觉到了。烈日下妙子气喘吁吁、满头大汗地赶回家，想到自己只是偶尔这样往返一次就如此疲累，阿作师傅那个身体，还要每天两地往返，该有多辛苦啊。

幸子听完，就让妙子陪她第二天再去了一次，那之后过了五六天，她们收到了师傅去世的消息。那时是她们第一次去师傅家里，却是为了拜访吊唁，看到眼前的简陋平房，就是阿作师傅，大阪最正统的山村流舞蹈唯一传人、原来住在南地[①]九郎右卫门町的九山村世家的第二代传人的住宅，她们大吃一惊。可想而知师傅的生活多么简朴，甚至说落魄也不为过，而故人依然忠诚于艺术的良心，极其厌恶传统舞蹈被改变，坚持不顺应时代。总而言之，她应该是个不善处世的人吧。听别人说，初代鹭作就在南地的舞蹈表演场做师傅，编排芦边舞[②]，初代师傅去世后，据说要请第二代阿作师傅去花柳街做师傅，师

---

① 大阪南区道顿堀的花柳街。
② 大阪市南地五花街艺伎全体出动时表演的舞蹈。明治二十一年（1888）产生，现在每年四月一日至十日作为大阪舞蹈在道顿堀中座进行表演。

傅干脆拒绝了。原因在于当时盛行藤间和若柳之类的华丽舞蹈,她要是去做了花柳街的师傅,那么自然会受到那里人的种种干涉,不得不把山村舞改成当时所流行的舞蹈样式,而这正是故人最为厌恶之处。故人这样为人狷介清高,对处世一定大为不利吧。正因如此,跟她学舞的徒弟也很少。她小时候由祖母一手带大,双亲去世,虽然在她做艺伎时曾有公子为她赎身,但她终生未结婚,也无子嗣,家庭上没感受过什么幸福,去世了也没什么近亲来送行。葬礼在一个残暑日子举行,在阿部野[1]仅有几人前来告别,但他们都一直待到将遗体送往附近火葬场,等待火化时,他们聊了很多怀念故人的事。——师傅讨厌坐交通工具,尤其是坐车和坐船。但她仍有坚定的信仰,每个月二十六日都要去参拜阪急沿线的清荒神[2]。她还说,要"环游"一百二十八个神社上香,每个月要去住吉、生玉、高津三社和它们的分神社。节分[3]时还要去上町的各个寺庙里参拜地藏菩萨,供奉和自己岁数相当数量的年糕。她非常热心于舞蹈,每个要点都认真仔细地指导,比如在《汐汲》[4]中,"何人赠君黄杨梳,夜来汲汐两人担"时,她不厌其烦地反复指导,"一月照亮双人影"时,说"要想到水桶中反射的月亮影子"。在《铁轮》中,"事到如今悔莫及,不如领会罚滋味"时,演员要举起铁锤钉钉子,师傅就提醒徒弟们注意弯腰,眼神执着。虽然师傅是个万事循旧、不肯创新的人,但看到上方舞逐渐落后于时代

---

[1] 大阪地名,指火葬场。
[2] 位于神户清荒神清澄寺。
[3] 立春、立夏、立秋、立冬的前一天。
[4] 歌舞伎舞蹈的一种。

发展，也开始着急了，有了有机会就要去东京演出的想法。她自己都没想到将于不久去世，还曾说过，六十岁时要借南舞蹈演出场，举办盛大的舞蹈会。……妙子作为她新入门的徒弟，近年才和师傅熟悉起来，所以她和幸子只是安静谨慎地听着别人谈论。尽管如此，师傅对妙子也是特殊看待，妙子自己也不是没有想过将来能袭师傅的名，而这个愿望如今也落空了。

十三

"妈妈，舒尔茨家说要回德国了。"

有一天，悦子被请到舒尔茨家，玩到傍晚才回家，回来后就带来了这么个消息。

因为这不过是孩子说的，多少不太靠谱，第二天早上幸子越过两家分界的铁丝网，见到舒尔茨夫人时，她问："昨天我家悦子去您家，听说您一家要回去了，是真的吗？"得到了舒尔茨夫人肯定的回答。舒尔茨夫人说："我丈夫自从日本事实上开始战争以后，生意就没了。神户的店，今年以来几乎一直在停业，想到战争应该很快就能结束，才一直等到今天，但现在还不知道到底什么时候能结束。我丈夫考虑了很多，最后决定回德国。"她还说："我丈夫原先在马尼拉做生意，两三年前才到神户的。好不容易在东洋打下了自己的根基，结果现在几年的努力付诸东流，不得不回国，实在太遗憾了。而且，我和孩子能遇到您这样好的邻居太难得了,真的很幸福,一想到不得不和您家分别,我的心里就特别难受,孩子们比我更难过。"他们计划让父亲舒尔茨先生和长子佩特这个月先出发,经由美国回国。夫人带着罗斯玛丽和弗里茨,下个月去马尼拉,暂时住在那里的妹妹家,然后出发回欧洲。因为妹妹家这次也要回国,但妹妹在德国患病卧床,所以舒尔茨夫人需要先去妹妹家处理些事情和打包行李,除了自己的孩子以外,还要带着妹妹的三个孩子回国。因此,夫人与罗斯玛丽和弗里茨还要等到二十天以后才能出发。舒尔茨先生和佩特已经订好了船票,八月下旬就坐"加拿大皇后"号从横滨出发,可以说非常紧急了。

  莳冈家这边,悦子七月末开始,又有点犯神经衰弱和脚气病了,虽然不如去年严重,但她总说自己没有食欲、失眠了,幸子就想在悦子病得还不严重时赶紧带她到东京,找专家看看病。悦子还没去过东京,在学校时总听说同学谁和谁去二重桥参拜了,羡慕不已,幸子就想看病时顺便带着她到处参观一下,她应该会很开心吧。而且幸子还没去过涉谷的本家,这也正是个去拜访的好机会。本来,幸子、雪子和悦子三个人准备到八月就出发,但由于阿作师傅生病等其他的事一再耽搁,这个月还能不能去都不知道了。不过,佩特父子这几天就要从横滨出发,幸子想着现在去东京的话还能送送他们。不料,佩特父子出发当天正好赶上地藏盆[①],她必须作为本家姐姐的代理,每年出席在上本町寺庙里举行的施舍饿鬼仪式。因此,没有办法,只能在十七

[①] 每年农历七月二十四日左右,将守护附近地区的地藏菩萨从祭坛请出,祭祀地藏。

日那天举办茶会给佩特送别,邀请佩特、罗斯玛丽、弗里茨等人,隔一天后的十九日,舒尔茨家给孩子们举办了告别茶会,邀请了佩特和罗斯玛丽的朋友们,在这些德国少年少女中,悦子是唯一一个被邀请的日本人。第二天下午,佩特一个人来到莳冈家道别,和家里人一一握手,说:"我明天早上和爸爸一起从三宫出发去横滨,先到美国再回德国,到德国应该是九月上旬了。我们住在德国的汉堡,希望大家今后一定要来汉堡做客。"还说路过美国时想给悦子买点东西,要是有什么喜欢的请告诉他。悦子和妈妈商量后,就请佩特送她一双鞋。佩特说:"那请借我一双悦子的鞋。"借了鞋回去了,又马上回来,手上拿着纸、铅笔和卷尺,说他跟妈妈说了之后,妈妈说比起借鞋,还是量一下悦子的脚的尺寸比较好,所以他这次来是为了量悦子脚的尺寸的。他把纸摊在地上,让悦子踩在纸上,按他妈妈说的,量好尺寸和脚型后就回去了。

悦子二十二日早上由雪子带着,送舒尔茨父子到三宫车站,那天晚上吃饭时,大家围在桌旁聊着这父子俩,说今天早上佩特依依不舍的,说悦子什么时候来东京,要是来东京的话能不能送他上船,他们二十四日晚上出发,要想见面的话还能再见一面,开车前他一直在问着悦子,听着十分可怜。幸子提议:"正好有这个机会,悦子就去横滨送佩特吧。"她接着说:"妈妈二十四日才能出发,悦子你先跟二姨明天晚上坐车出发,后天早上在横滨下车,直接去船那边怎么样?妈妈二十六日也要过去,我先在东京转转,然后在涉谷等你们怎么样?……嗯,这样应该可以……"就把事情定下来了。

"怎么样,雪子?明天晚上出发可以吗?"

"但还得买不少东西……"

"明天一天能买完吗？"

"啊……要是出发太晚悦子就困了。后天早上出发也来得及吧？"

幸子能感受到雪子到这个时候，也想在这个家里尽量多待一天的心情，惹人怜悯，就若无其事地说：

"也是。那就后天早上出发吧。"

"回去得也太早了，这才待多长时间啊？"妙子故意笑她。

"我也想再多待一阵子，这不是要带悦子去送佩特嘛，没办法呀。"

雪子七月份来这边时，想着在这边住个两个月，但后天必须出发回去，有点出乎意料，她内心不禁有点失落。不过这次是和悦子一起，而且之后幸子也要过来，没有自己一个人回去那么寂寞。但幸子母女不会在东京待很长时间，悦子学校那边开学了就必须回去，而那之后，自己又必须留在东京了。想到这里，雪子终于意识到，自己想待在芦屋家里，是因为想和二姐一家一起生活，更是因为她喜爱和留恋于关西这片土地，她不想回东京，一个原因是和本家姐夫合不来，另一个原因就是在关东水土不服。

幸子察觉到了雪子的想法，第二天故意什么都没说，让雪子和悦子想怎么做就怎么做。雪子早上在家里磨磨蹭蹭，看到悦子快等不及了，下午就自己一个人匆匆准备，例行让妙子给她打一针，没和别人说什么，就带着阿春出去了。过了晚上六点，她们拎着一堆在神户大丸和元町附近商店里买的东西回来。

"买完票了。"

雪子从腰带里掏出了两张第二天早上"富士"的特快列车票。"这趟列车早上七点前从大阪出发,下午三点前到达横滨,稍过三点应该就会到达码头,这样的话至少还有两三个小时可以见面",就这样立刻定下来,雪子慌忙开始收拾行李,让人去舒尔茨夫人那里通知夫人。

悦子一兴奋起来就不容易睡着,雪子说着"明天早上得早起,现在快睡觉快睡觉",强迫悦子回二楼睡觉,之后她开始慢慢收拾自己的衣服包,收拾完后,贞之助还在书房里查资料,雪子就和姐姐妹妹在客厅里聊到十二点多。终于,妙子说:

"快去睡吧,雪姐。"

她毫不顾忌地打了个大呵欠。妙子是三姐妹中礼数最不端正的,和雪子形成了鲜明的对比,到了炎热的季节更是如此,今晚刚洗完澡,就只穿一件浴衣出来,腰带也不系,时不时敞怀用团扇扇着风聊着天。

"想睡觉的话,小妹就先去睡吧。"

"雪姐,你不困吗?"

"今天我可能是走太多了,累过劲了,一点都不困。"

"那再给你打一针?"

"明天早上出门前再打就行。"

"这回真是过意不去呀,雪姐。"

幸子看着雪子脸上那块褐斑明明消失很久,又隐隐约约出现了,说:

"今年内我想让你再回来一次。明年是你的坎坷之年啊。"

舒尔茨父子是在三宫站出发的，雪子和悦子为了早上尽量晚起一点，准备在大阪站乘车。但即使这样，为了赶上车，还是必须要在早上六点坐上省线电车。幸子本想送她们到家门口就可以，但舒尔茨夫人说要带着孩子们送她们到芦屋站，因此第二天早上，幸子、妙子和阿春一同出了门。

"我昨晚给船上拍了电报。告诉了他们列车到达时间。"等电车时，舒尔茨夫人说。

"佩特一定会到甲板上等我们的吧。"

"嗯，他会的。悦子小姐，这么热情，太感谢了。"

夫人说完，用德语命令罗斯玛丽和弗里茨说：

"快对悦子小姐说谢谢。"

幸子她们听着，只听懂了德语"谢谢"这个词。

"那妈妈也要快点来呀。"

"嗯，二十六日或者二十七日我一定过去。"

"一定要来呀。"

"一定的。"

"悦子也要快点回来呀。"罗斯玛丽一边追着已经出发的电车一边喊。

"Auf wiedersehen！[①]"

"Auf wiedersehen！"

悦子一边挥手，一边用不知什么时候记住的这句德语回应着。

[①] 德语，"再见"。

十四

二十七日早上，幸子坐"海鸥号"出发。前一天晚上收拾行李时，发现要带到涉谷本家的手信大大小小有三个包，一个人带着不方便，就想到了借此机会也带着阿春去东京转转。至于照顾贞之助，妙子留在家里，无须担心，自己这边带着阿春过去，从各种角度来说都很方便。学校开学时，说不定可以让阿春陪着悦子先回去，自己再在东京这边待一段时间。自己已经很久没来东京了，这次想从容一点，看看演出什么的再回去——幸子心里悄悄打起了算盘。

"啊，阿春也来了。"

雪子、本家长子辉雄还有悦子，三个人一起到东京站迎接幸子。悦子没想到在妈妈后面看到阿春也跟着下了车，高兴地叫了起来。然后，坐在出租车里时，她热情地给大家指点着：

"那个就是丸之大厦，那边就是宫城。"

俨然前辈一样，叽叽喳喳说个不停。幸子看没见几天，悦子的气色就明显更健康了，脸颊上的肉也鼓起来了点，

"悦子，今天看富士山可清楚了。是吧，阿春？"

"啊，是的，从上往下看一片云彩都没有。"

"上次来的时候还有点阴天，看不到上边。"

"哎，是吗？看来阿春运气很好啊。"

阿春只有在对悦子说话时，才叫自己"阿春"。

车开到皇宫护城河外时，辉雄摘下了帽子。

"快看，阿春，那里是二重桥。"

中 卷 | 277

"之前来这里时我们还下了车,敬了最高礼呢。"雪子说。

"嗯,嗯,是的,妈妈。"

"什么时候的事?"

"就是之前——二十四日那天,舒尔茨先生和佩特、三姨和悦子,我们在那里站成一排,敬了最高礼。"

"嗯?舒尔茨先生他们,也来二重桥了?"

"是三姨带他们来的。"

"他们还有空来吗?"

"他们说时间很紧,总看着手表,一直心神不宁。"

那天,雪子和悦子急急忙忙赶到码头,看到舒尔茨父子已经站在甲板上焦急等待她们来了。雪子问他们什么时候出发,说是晚上七点,她想还有不到四个小时,或许可以去横滨新格兰酒店喝个茶,但去喝茶的话现在还太早,就提议说要不要去东京,坐电车往返也就一个小时,还有三个小时空余时间,可以坐车绕丸之内转一圈看看。提出这个建议,是由于雪子知道父亲舒尔茨先生没来过东京,佩特就更不用说了。舒尔茨有点犹豫,问了两三次"没关系吗?来得及吗?"最后还是同意了。四个人马上乘车到樱木町,然后坐电车到有乐町下车,先到帝国饭店喝茶,四点半左右离开饭店,定了一个小时的车环游东京。首先来到二重桥前,四人下车敬最高礼,然后经过陆军省、帝国议会、首相官邸、海军省、司法省、日比谷公园、帝国剧场、丸大厦等地,有时只是在车上看看,有时候下车以最快速度观光一下,五点半到了东京站。接着,雪子和悦子本想再和他们一起回到横滨,送他们出发,舒尔茨先生再三推辞,再加上那天一大早就出发了,折腾了一天，要是回去太晚了，担心悦子太累了，雪子就没再坚持，他们就在东京站分别了。

"佩特很高兴吧？"

"他没想到东京能这么漂亮呢，是吧，悦子？"

"嗯，东京有很多高楼大厦，眼睛都看不过来了。"

"他爸爸很熟悉欧洲，但佩特只知道马尼拉、神户和大阪。"

"看上去他觉得这不愧是东京啊。"

"悦子也是吧？"

"悦子是日本人，没去之前就知道了。"

"什么呀，熟悉东京的只有我一个人，一直给他们讲解，可累了。"

"三姨，你是用日语讲的吧？"辉雄问。

"是这样，我先给佩特讲，然后佩特再翻译给他爸爸听。但帝国议会和首相官邸这些，佩特也不懂。所以，有时候就用英语讲了……"

"帝国议会、首相官邸之类的英语，三姨都知道啊。"辉雄一个人讲着口音正确的东京话。

"只不过是讲日语时中间插几个英语单词。帝国议会我知道怎么说，首相官邸的话我就用日语说'这是近卫首相①住的地方'。"

"悦子还会讲德语呢。"

"你说的是Auf wiedersehen吧？"

---

① 即近卫文麿（1891—1945），日本贵族政治家，推行法西斯独裁政治，在职期间发生七七事变，是"二战"甲级战犯。

"嗯，在东京站分开时说了好几遍呢。"

"舒尔茨先生也用英语好好道了谢……"

幸子想象着平素寡言少语、保守消极的雪子穿着友禅①纹样的薄衣，手拉着穿着洋装的悦子，带领外国绅士和少年参观，几个人时不时出现在帝国饭店大堂、丸之内的官衙街等等满是高楼大厦的街景中，总觉得这样的组合十分不可思议。而且，陪着孩子来的舒尔茨先生，忍受着语言不通的不便，还要不停看着手表以防错过时间，默默地被拉着到处转悠，能想象得到，这对他本人来说该有多为难啊。

"妈妈，那个美术馆，你去过吗？"车开到皇官外苑前，悦子问。

"去过，妈妈去过。别瞧不起你妈妈。"

幸子说是这么说，但她也并非如此了解东京。很久很久以前，当地还是个十七八岁的小姑娘时，父亲带着她来过一两次东京，住在筑地采女町的旅馆里，那时各个地方都去看过，但那是大正十二年（1923年）大地震以前的事了。灾后重建后的东京，她只在新婚旅行从箱根回来时，在帝国饭店住了两三晚而已。想到这里，她发现自己自悦子出生后这九年时间，一次也没有来过东京。她刚刚还嘲笑悦子和佩特，实际上她自己在坐车从新桥站出发到东京站这段路程里，看到高架线两旁高耸入云的高层建筑，有种时隔很久再次感受帝都威严的感觉，也记得自己当时多少有点兴奋。最近在大阪，御堂地区也在大肆扩张，中之岛到船场这边建起了一幢又一幢现代建筑，从朝日大

---

① 日本代表性的染色技法的一种。

厦十楼、阿拉斯加餐厅俯瞰，那景象也非常壮观，但仍然不及东京。幸子之前看到的是重建不久的东京，那之后她从未想象过会发展成什么样子，从高架线上眺望时，发现这已经不是她知道的那个东京了。她看着列车窗外接连闪过的巍然街景，在街区与街区间的缝隙中，时时都能看到的议事堂尖塔，不禁感慨九年岁月多么漫长，回顾九年间，不仅帝都变化翻天覆地，自己和自己身边也有了不少变化。

然而，说实话，她并没有那么喜欢东京。祥云环绕的千代田城①的威严壮阔自不必说，要说东京的魅力到底体现在哪里，也就是皇城松木为中心的丸之内一带，保留着江户时代都城规模，周围是壮丽的高楼大厦，这样雄伟壮阔的景色，以及瓮城和护城河边的翠色，等等。的确，只有这些是京都和大阪都没有的，百看不厌，除此之外可以说再没有什么特别吸引人的了。从银座到日本桥附近一带，街景漂亮是漂亮，但不知为何总觉得空气特别干燥，对她们来说，不是宜居的地方。她尤其讨厌东京郊区那一带，看着煞风景，今天也沿着青山大道到涉谷去，虽然是夏天傍晚，但她还是感受到了丝丝寒意，似乎是来到了遥远未知的地方。她不记得上次来东京时有没有走过这一带，但眼前的街景和京都、大阪、神户都完全不同，比起东京，更像到了更北边的北海道或者满洲那种新开辟的地方②。虽说是郊区，但仍然已经是大东京的一部分，从涉谷站到道玄坂，街边两侧店铺林立，已经成了一个繁华区域，但她总觉得那里还少了点湿润的感觉，不知为何，路上行人个个神色冷漠苍白。幸子想起了自己居住的芦屋一带，清朗

---

① 又称"江户城"。
② 指北海道及日本海外侵略扩张地区。

的蓝天黑土和空气的温柔感触。这要是京都街头，即使偶然走到不熟悉的地方，也会有种熟悉感，不禁想和附近的人搭话。而东京这个地方，无论什么时候来，都觉得是个和自己无缘、疏远冷淡的地方。幸子接着想到自己的亲生姐姐，一个土生土长的大阪人，现在竟然住在一个这样的城市、这样的地方，无论如何都觉得难以置信……她似乎是在梦中走在完全陌生的街上，去妈妈或者姐姐家；想着"啊，妈妈和姐姐怎么住在这样的地方呢"……她的心情近乎如此。尽管如此，她还是非常佩服姐姐竟然能在这样的地方住下去，直到走到姐姐家门前，她仍然觉得这不是真的。

汽车几乎要开过道玄坂时，拐进了左边安静的住宅区，突然有两三个孩子跑过来，由十岁左右的孩子带头，跑到车前。

"姨妈，姨妈！"

"姨妈，姨妈！"

"妈妈在等您呢。"

"我家就在那边。"

"危险！危险！往旁边去点。"雪子坐在徐徐开行的车中冲着孩子们喊。

"哎，这都是姐姐的孩子们吧。最大的那个，是叫哲雄吗？"

"是秀雄。"辉雄回答。

"是秀雄、芳雄和正雄。"

"大家都长这么大了啊。要是不说大阪话，根本看不出是谁家孩子呢。"

"他们东京话都讲得很好，是为了欢迎姨妈，才讲大阪话的。"

十五

幸子常常听雪子讲涉谷姐姐一家的生活状况，但从未想到孩子们会把每个屋子都搞得乱糟糟的，连下脚的地方都没有。整个家都是新建的，不能说不够敞亮，但柱子很细、地板托梁质量很差，一看就是简陋的出租住宅，孩子们跑下楼梯时，整个房子都跟着摇晃。隔扇和拉门到处破破烂烂的，再加上崭新雪白的廉价家具，看着更添一层悲哀凄凉。幸子不喜欢上本町家里的老式格局和昏暗空间，但和现在这里比起来，还是以前家里住着更舒服。虽说昏暗，但上本町家里还有个小庭院，在起居间能透过院子里的植物一直看到仓库门前，这样的景象如今仍生动地浮现在幸子眼前。而现在所在的房子里，除了建筑前后还有能放置盆栽的空地以外，再没有能称之为庭院的地方了。姐姐说，因为楼下孩子们太吵，为了幸子，特意空出来二楼那间平时用来待客的八张榻榻米大房间，幸子就先到房间里把行李放下，在房间里，看到壁龛上还挂着从大阪带来的栖凤[①]画的鲇鱼卷轴。已故的父亲曾经收集过一阵子栖凤的作品，整理仓库物品时大多处理掉了，这是仅存的一两幅之一，幸子有印象的不止这一件。卷轴前面朱色八脚桌、挂在楣窗上的赖春水[②]的书法、靠墙摆放的泥金画架子、架子上摆放的钟表，一一看过去，在幸子眼前像幻影一样，又浮现了它们曾经

[①] 竹内栖凤（1864—1942），日本画家。近代日本画先驱、"二战"前京都画坛代表人物，曾任帝室技艺员，获得第1次文化勋章。

[②] 赖春水（1746—1816），江户时代末期儒者。名惟完，字千秋，通称弥太郎。在大阪游学后，就任广岛藩儒臣，为当地文教事业发展作出巨大贡献。

在上本町家角落里的样子。姐姐特意把这些东西从大阪带过来，许是觉得它们是昔日荣华的见证，想放在身边观赏吧。也许还想借此装饰一下这间看着煞风景的客厅呢。然而，无论怎么看，这些东西都无法让客厅看着不那么寒酸，反倒是起了反作用。这些东西更凸显了这间房的贫窘。它们都是已故父亲珍爱的物件，现在放在东京郊区如此寒酸的地方，看上去很奇怪，似乎象征了姐姐这个人的境遇。

"不过，还真是把这些东西都放下了啊，姐姐。"

"可不是吗。东西送到这里时，我还愁这么多东西要怎么放呢，但后来摆过来摆过去，倒是都放下了。就是家里看着小了点，要是想办法收拾，怎么都能放得下。"

那天傍晚，鹤子把幸子带到二楼后，两人就坐在那里聊起天来。说话这工夫，孩子们也追了上来，搂住两人的脖子。"多热啊，赶紧都下楼，姨妈的衣服都要被你们弄出褶了。"姐姐不得不一边不断训斥孩子，一边继续和幸子聊天。

"哎，正雄，你下楼跟阿久说，快点给姨妈送点冷饮过来。喂，正雄，听妈妈的话。"姐姐说着，把四岁的梅子抱到腿上。

"芳雄下楼把团扇拿来。秀雄，你是哥哥，哥哥必须先下楼。妈妈很久没跟姨妈聊天了，你们这么闹腾，我们怎么说话啊。"

"秀雄多大了？"

"我九岁了。"

"九岁了呀，长得挺大了呀，刚才在门口看到，还以为是哲雄呢。"

"长得块头倒是不小，就喜欢粘着妈妈，完全没有哥哥的样子。

哲雄的话,马上就要准备考中学了,现在正忙着学习呢,哪像他们这么闹腾……"

"女佣只有阿久一个人啊。"

"嗯,前段时间还有个美代,她说想回大阪,我看梅子现在一个人也能走路了,也不需要保姆了。"

幸子曾经想过,姐姐肯定为全家操劳憔悴,一见到面看姐姐比自己想得发髻整洁、衣着利索,感慨姐姐无论何时都不忘打扮。最大的孩子十五岁,然后是十二岁、九岁、七岁、六岁、四岁的孩子,要照顾这六个子女还有丈夫,却只使唤一个女佣,想必姐姐蓬头垢面,顾不上收拾自己,看着比实际年龄大个十岁都很正常。而今年三十八岁的姐姐,不愧是四姐妹中的大姐,一看要年轻个五六岁。莳冈家四姐妹中,大姐和三妹雪子长得像母亲,二姐幸子和小妹妙子像父亲,母亲是京都人,所以大姐和雪子的长相也有几分京都女子的风韵。不过姐姐和雪子的不同之处,就在于姐姐全身轮廓都更大一些。幸子往下,个头儿一个比一个矮,比例相同,姐姐比幸子更高,和身材矮小的姐夫走在一起,显得她比丈夫更高。因此,姐姐四肢很丰满,同样都有京都风韵,她看上去就没有雪子那样瘦弱骨感。幸子出席大姐婚礼时二十一岁,那时姐姐的出众相貌、玉立身姿,至今难忘。立体五官、鹅蛋脸型,头发像平安朝时女人那样站立时长到垂地、乌黑油亮,系岛田发髻时更显仪态堂堂,美艳而端庄,幸子想过,这样的人要是穿上十二单衣①,该有多么惊艳啊。幸子他们也从当时参加婚礼

---

① 又称"女房装束"或"五衣唐衣",起源自奈良时代的裳唐衣,是日本公家女子传统服饰中最正式的一种,也是现代日本皇室女性在各类传统庆典的正式礼服。

的父老乡亲和公司同事那里，收到了如潮好评，都说姐夫真是娶了个漂亮的千金小姐啊。姐妹们私下里都说："这还用说嘛，本来就是这样。"从那以后，十五六年的岁月变迁，姐姐生了六个孩子，经济生活也不如以往那样富裕，日日夜夜操劳家事，已无当年的风姿绰约，但架不住天生身材窈窕，得以至今风韵犹存。幸子想着，出神地盯着被抱在腿上的梅子，看她啪嗒啪嗒拍着姐姐白皙紧致有光泽的胸口。

贞之助在幸子出发前，就和她说："带着孩子住涩谷家里，实在是给姐姐添麻烦，住一两晚后就去筑地滨屋吧。要是需要，我就给滨屋的老板娘打个电话写封信，拜托她留个房间。"但幸子心想，和丈夫一起则另当别论，自己和悦子两个人不想住旅馆，而且和姐姐很久不见，肯定要聊到天南地北，还是住在姐姐家里更方便，因此，带着阿春，也是想着在自己叨扰的这段时间里，能让阿春去厨房帮帮忙。不过，住了两天后，她发现当初还是听丈夫的话比较好。"虽然我总说孩子们太吵了，但他们也没像现在这么烦人过。现在学校放暑假，孩子们从早到晚都在家里，一大早就开始闹腾起来了。两三天以后，白天就能清净一点了。"姐姐这么说着，但芳雄和更小的三个孩子还没上学，姐姐完全没有闲下来的时候。因此，姐姐得空就到二楼来和幸子聊天，但没过多久那三个孩子也会追上来缠着妈妈。孩子们不听话，姐姐就抓住他们，打屁股责骂他们。而这样，家里更吵闹了，孩子们哭得震天动地，这种时候每天都得有个一两次。幸子看到过，也知道姐姐在大阪的时候就经常这样打骂孩子，她也明白要是不这样做，孩子们就会屡教不改，姐姐也根本带不了这么多孩子。但现在孩子们这个样子，几乎没有姐妹俩好好聊天的时候。悦子也是，前两三天被雪子带着去参观了一圈靖国神社及泉岳寺等地,而天气炎热,没法经常在外面溜达,悦子不久就开始感到无聊了。幸子本来想借着这个机会,让没有兄弟姐妹的悦子和比她年纪小的表妹亲近一下,这也是幸子不想住旅馆的原因之一。但梅子是个特别喜欢缠着妈妈的孩子,跟雪子都不太亲近,更不用说悦子了。因此,悦子开始时不时地在幸子耳边说:"学校马上就要开学了,要是不早点回去的话,鲁米就要去马尼拉了……"而且,悦子从未见过这种教育孩子的方式,一旦姨妈开始打骂孩子,就吓得瑟瑟发抖,只敢偷偷看着姨妈。幸子怕姐妹四个里性格最温柔的大姐,因打骂孩子被悦子讨厌,再加上担心这会不会对悦子的神经衰弱造成不良影响,就想,要不先让阿春陪着悦子回去吧。但令她为难的是,栳田医生那边介绍的东大[1]的杉浦博士眼下正在旅行,等到九月上旬才能回东京,要是不等博士回来就走,就失去了带悦子来东京的意义。

幸子开始考虑,若仍需再待一段时间,还是住旅馆比较好。虽然还没去过那家叫滨屋的旅馆,但那里的老板娘以前是大阪"播半"旅馆的女招待,和亡父也是熟识,自己还是个小姑娘时就认识她,所以并非是去完全陌生的旅馆。贞之助说,以前那里是茶楼,后来才改建成旅馆,所以房间数量很少,住客大多是非常熟识的大阪人,女佣中很多人也都会大阪话,住在那里能有种在家的感觉,不像是在东京。"那就住那里吧……"幸子想,但看到姐姐热情周到地忙前忙后,又觉得说不出这样的话来。而且,姐夫也说在家里没法好好吃顿晚饭,

---

[1] 东京帝国大学,现为东京大学。

还带着她们去了道玄坂的西餐厅,东京有名的"二叶",还为了悦子,把自己的孩子们都带上,在附近名为"北京亭"的中华餐厅开了个小宴会,盛情款待。姐夫本来就是个喜欢请客吃饭的人,最近虽然节俭了些,但这点似乎依旧没有变。要么就是现在还有对小姨子献殷勤的习惯,才这样热情款待她们的吧。幸子不知是什么原因,但在姐夫看来,是烦恼于大家都知道他和小姨子关系不好,所以才想用这种方式补偿。然后,姐夫还说:"幸子你们可能只知道播半、鹤屋这种高级餐馆,但道玄坂有很多以花街柳巷来的客人为主的小餐馆,那里的饭菜比东京一流的会席料理①店做的东西还要好吃,总能看到其他带着夫人小姐的客人去。你们都还没体验过,我带你们品尝一下东京的味道。"让姐姐待在家里,自己带着幸子和雪子,轻松地去附近品尝美味。幸子回想起这位姐夫刚入赘时,自己经常和妹妹们商量好刁难他,姐姐知道后总被气哭。但眼前一浮现出姐夫的软弱、待人热情和比姐姐更加敏感的样子,幸子就不由得反省自己,再不能像以前还是个小姑娘时那样捉弄他了,这次没办法,还是一直住这里吧。等过段时间找杉浦博士看过病,就尽快回关西,幸子这样考虑着,八月一整月就都在涉谷家里度过了。

①宴会时食用的整套日本料理,是本膳料理的简略形式。

十六

这是在那之后的第二天,也就是九月一日晚上发生的事。

那天晚上,六个孩子和悦子一起吃完了晚饭,姐夫、姐姐、幸子、雪子再在家吃晚饭。那天正好是关东大地震纪念日,餐桌上大家聊天的话题开始是地震,后来又转到了前一阵子的山洪,从妙子遇险的经过聊到了年轻摄影师板仓在救灾中的活跃表现。那个当口儿,幸子先铺垫说:"我没什么好运,也没碰上什么倒霉事,都是听小妹说的……"然后详细地讲了当时的经过。也许是那句铺垫一语成谶,当晚,大正年间最猛烈的台风袭击了关东一带,幸子经历了自己有生以来可以说是最恐怖的两三个小时。

幸子成长于很少遭受台风侵袭的关西地区,从未见过如此猛烈的台风,因此非常恐惧。她知道四五年前,也就是昭和九年(1934)秋天,剧烈大风造成大阪的天王寺塔倒塌、京都东山地表裸露,还记得那是长达二三十分钟的恐慌。但那时芦屋附近没怎么受灾,只是在报纸上读到了天王寺塔倒塌的新闻,还觉得很意外,而这次在东京经历的台风,猛烈程度与当时不可同日而语。说实话,因为还记得那时的事,知道那种程度的风都能把五重塔刮倒,所以她现在十分担心涉谷这个家能不能经受住这次这样大的台风,倍感恐惧。此外,风势的确很强,巧的是涉谷家里建筑简陋,更觉得风势加强了五倍甚至十倍。

台风开始时,孩子们还没上床睡觉,约莫晚上八九点的样子。而风势最强的时候,是十点左右。幸子、悦子和雪子三个人睡在二楼八张榻榻米的房间里。那晚最开始三人待在二楼房间里,随后房子摇晃得越来越厉害,悦子紧紧抱住幸子,还说着"二姨快到这边",把雪子拉到妈妈床边,让自己夹在中间,双手一边搂住一个人的脖子。幸子和雪子在悦子尖叫着"害怕"时,开始都哄她"不要怕,马上就停了,放心吧",后来她们也和悦子抱住她们时一样,紧抱住她,三人紧挨着抱在一起。二楼除了这个八张榻榻米的房间外,还有一间房三张榻榻米大,隔着走廊还有一间四张半榻榻米的房间。辉雄和哲雄住在那间四张半榻榻米的房间里,辉雄起身,望向八张榻榻米的房间里,劝说着:"姨妈,咱们下楼吧。楼下能安全一点,咱们就下去吧,下面大家好像都在。"家里停了电,满屋漆黑,看不清辉雄的脸,但听得出他的声音并不寻常。幸子为了不让悦子害怕,就没有出声,但心里从刚才就觉得这个房子或许有倒塌的危险,每次房子梁柱摇晃起来,她都觉得这次要真的塌了,浑身冒冷汗,听到辉雄这么说,她立刻同意,叫起另外两人:"雪子、悦子,咱们下楼!"幸子带头,三个人紧随辉雄后面下楼,下到一半时,一阵强风刮得房子又摇晃起来,令人担心这次房子会不会真的倒塌。幸子觉得,平时薄木板楼梯就咯吱作响,夹在像船帆一样鼓起的两侧墙壁中间,看着马上就要嘎吱嘎吱地碎掉了。柱子与墙壁之前的缝隙变大,风连带着沙尘从那里吹进屋子里来。幸子感觉自己的身体像被两侧墙壁夹击一样,几乎要把辉雄撞倒,跌跌撞撞跑下了楼。在二楼时,狂风呼啸,树叶、树枝、铁皮,看着像招牌的,各种东西在狂风中飞舞,声音盖过去了听不清楚,下了楼才听见到处都是"好可怕,好可怕"的尖叫。秀雄下面的四个孩子都跑到姐夫、姐姐所在的六张榻榻米房间里,聚在父母周围,幸子她们进去后坐下,芳雄和正雄喊着"姨妈",抓住幸子的肩膀，悦子没办法，只能和雪子抱在一起。姐姐双手搂着梅子，衣袖则被秀雄拽着（秀雄害怕的样子很奇怪，风停的时候紧紧抓住妈妈的衣袖，侧耳倾听，等风又起时，再慌忙放开妈妈的衣袖，说着"好可怕啊"，还是用那种非常低沉有力、干哑的声音。双手堵住耳朵，闭着眼睛，脸贴到榻榻米上）。四个大人和七个少男少女就这样窝在同一个房间里，这个样子仿佛就是恐怖的群像。姐夫辰雄先不提，鹤子、幸子、雪子三人不说出来也都明白，要是房子塌了，大家就只能一起死、别无他法了。而且，这次台风时间再长一点、风力再强一点，那么这栋房子必塌无疑。之所以这样说，是因为幸子刚刚跑下楼梯时，一半出于自身的恐惧才这样推测的。事实上，每次台风吹进来时，房子里的柱子和墙壁之间的缝隙都要打开一两寸，幸子来那间六张榻榻米房间里时就亲眼看到了。房间里只有一个手电筒来照明，这微弱的亮光中，缝隙看上去似乎拉开了五寸一尺那么长，说实话，一两寸绝不是夸张。缝隙并非一直那么大，风停时，缝隙就缩小了；风起时，则又会裂开。每次裂开缝隙都会更大一点。幸子在丹后峰山地震时，还记得当时大阪的家里摇晃得很厉害，不过地震只是一瞬间的事，不像台风持续时间那样长。总之，看到柱子和墙壁分分合合，这对她来说还是第一次。

大家都在惊慌失措时，辰雄依然努力保持镇定。但他看到墙壁时，也似乎开始不安。"只有我们家摇晃得这么厉害吧，旁边几家邻居家都建得很结实，应该不会倒塌的……"他说。"小泉家一定没问题的，他家很结实，又是平房……"辉雄说，"爸爸，咱们要不去小泉家里避一下吧，再在这里待下去房子真的要塌了怎么办……就算咱们家房子不塌,去那边躲躲也更安全。""但这个时候给人家叫起来多不好……"辰雄犹豫不决。"现在不是说那种话的时候,这么大的暴风雨,小泉家肯定也还没睡。"鹤子说,于是大家都开始七嘴八舌地说着"咱们去避难吧,咱们去避难吧"。小泉家和涉谷家里只在后院隔着一道墙,从后门出去,到他们家后门,不过一步之遥。主人好像是个退休官员,老两口和一个儿子住在一起,正巧他儿子上的中学就是辉雄这次转校去的学校,因此总能得到关照,辰雄和辉雄都去他们家做客过两三次。在女佣房间里的阿春和阿久似乎在悄悄商量着什么,然后两个人从房间里出来。"那么我和阿久先到小泉家那边看看情况吧。"阿春说,"要是可以的话,我们去求一下,看看他们是否同意吧。"阿春其实并不知道所谓"小泉家"在什么地方,但她有自信做这种事,打算只要阿久带着她去那边,之后就自己再去求人家同意。"可以,就这么办吧。喂,阿久!等风停了的时候就去吧。"阿春还没等夫人同意,就自作主张决定下来。"你们别受伤了,注意别让风刮跑了。"鹤子和幸子很担心,而阿春当作没听见一样,催着阿久就从后门出去了,没过一会儿就回来了,说:"小泉家说'没关系,请过来吧',咱们现在快点过去吧,那边真的和辉雄少爷说的一样,风再大也一点都不晃,真是不敢相信……"她说着就蹲下,背朝着悦子,"小姐,我来背你,风太大了没法走,阿春都被刮回来两次,最后是爬去的。有很多东西都会被风吹过来,为了不受伤,一定要在身上裹个被子什么的。"她说。辰雄说:"那么你们去吧,我留在家里。"他依然没有动作。因此,辉雄、哲雄、幸子、雪子、悦子和阿春先去避难。鹤子不放心留下丈夫在家自己去避难,犹豫着不知道该怎样才好，阿春又一个人回来，说"少爷，咱们走吧"，一下子背起正雄去往小泉家，而后又返回来，正要背着芳雄走时，鹤子终于坚持不住，自己抱着梅子，让阿久背着芳雄去避难了。那段时间里，阿春的表现最为突出，第二次回来时，不知谁家阳台被刮倒在地，差点压倒她。她看阿久背着芳雄，就说着："秀雄少爷，我来背你吧。"鹤子说："这孩子大了，不用背。"她也不听，背起瑟瑟发抖的秀雄就跑。

就这样，连阿久也逃过来了。过了三十分钟左右，不知辰雄怎么想的，他也不好意思地说着"我也来打扰了"，从后门进来了。此后一段时间里，大风依然没有停下，户外狂风呼啸，实际来到小泉家里一看，柱子和墙壁都非常结实，完全不用担心房屋倒塌，建筑质量的好坏带给人的安全感竟然如此不同，真是不可思议。莳冈一家就一直待到凌晨四点，等风渐渐小下来，再提心吊胆地回到自己那个脆弱可憎的家里。

十七

台风过后的第二天早上，已是秋高气爽的好天气。幸子心头仍缠绕着昨夜可怕的记忆，如梦魇一般，迟迟无法忘记。尤其是看到悦子害怕得不得了、神经过敏的样子，现在再也无法犹豫下去了，上午就赶紧给大阪丈夫所在的事务所打电话，拜托他帮忙订一间筑地滨屋的房间，并且希望尽量今天就能到那里住。傍晚，滨屋那边给涉谷这里打了电话，说刚刚接到大阪的老爷打来电话，已经准备好房间了，幸子就对姐姐说："姐姐，晚饭我们在旅馆吃，阿春再留在你这里三四天，姐姐有空的时候也过来旅馆这边看看吧。"简单告了别就出发去筑地了。

雪子和阿春把她们送到旅馆，大家打算在银座散散步、吃吃西餐，老板娘告诉她们，"那你们可以去尾张町的Lohmeyer①。"于是她们就去往那里，让阿春作陪，回去时又逛夜市吃小吃，在服部钟表店的街角和雪子、阿春道别，幸子和悦子走回滨屋时，大概已经过了九点了。幸子把丈夫留在家里，和女儿两个人住在旅馆，这也是第一次。夜深人静时，又不由得想起昨晚令人恐惧的景象，她吃了点安眠药，喝了几口带来的白兰地，仍然睡不着，直到清晨外面响起电车声音，依然一夜没合眼。悦子好像也一样，一直吵吵着睡不着睡不着，还磨着幸子说："妈妈，悦子明天就要回家，不等杉浦博士看病了，再这么下去神经衰弱就更严重了，悦子还是想早点回去见鲁米……"即使这样，第二天早上她依然打起了鼾声，睡得很好。早上七点左右，幸子知道自己无论如何也睡不着，就放弃了入睡的努力，不吵醒悦子，悄悄起床，要了报纸过来，走到能看到筑地川的走廊里，坐在藤椅上。

幸子非常关注最近亚洲、欧洲令世界瞩目的两件大事——日军攻占汉口和捷克的苏台德问题——她关心事态是如何发展的，每天早上

---

① 一家德国餐厅的名称。

都迫不及待地要读晨报。但来了东京以后，就读不到《大阪朝日新闻》和《大阪每日新闻》了，看的都是不熟悉的东京当地报纸。似乎也因为这个原因，新闻内容很难记到脑子里，也无法产生亲切熟悉的感觉，没过多久就看够了，放下报纸出神地望着河两岸的行人。以前还是个小姑娘时，她曾经跟父亲住过采女町的旅馆，就在河对面，能看到屋顶的歌舞伎座的小巷里。因此这一带对幸子来说并非完全陌生，还有些怀念，和道玄坂不能相提并论。但那时还没建起来东京剧场和舞蹈演出剧场，河边的景色也和今天大不相同。而且，父亲总是在三月放假时带她来，她还没有在九月这个时候来过东京，现在这样待在街的中央，风吹在身上凉飕飕的，秋意甚浓。大阪神户之间地区大概是没有这种时候吧，或许是东京本身就是寒冷的地方，因此秋天才到得早吧。也许还可能是台风过后一时现象而已，之后还会热起来吧。还是说，旅途中的风比故乡的风更易沁入身体中呢？……不管怎样，距去杉浦博士那里看病还有四五天，这些天要怎么过呢？一到九月，就会有菊五郎的演出，其实幸子是想借着这次的好机会带着悦子去看的。悦子喜欢舞蹈，一定会很开心，而且，等她长大成人时，兴许歌舞伎戏剧的传统就会崩坏了，还是要趁着现在让她看看菊五郎的演出……幸子是想到自己幼小时，每年这个时候都被父亲带着去看雁治郎[①]的演出，才想着要带悦子看戏的吧。然而，看了报纸，才知道九月份一流的歌舞伎戏剧哪里都还没上演。因此，除每天晚上在银座散步外，就没什么特别想去的地方了。这样想着，幸子心里也开始着急

[①] 即中村雁治郎（1902—1983），日本男演员。

回家,并非因为悦子说的话。她计划着把看病推到下次,今天就想出发回家。才来了一个星期左右,就如此想念关西,雪子在那个道玄坂的家里,为了回到芦屋而抽抽搭搭地哭着,幸子如今算是彻底体会到雪子那时的心情了。

十点左右,阿春打来电话,说:"那边的夫人想见您,我也陪同过来,老爷寄来了信,我一并带过来。其他还有需要带过来的吗?"幸子说:"没有要带过来的东西,你跟姐姐说在这边一起吃午饭,让她快点过来。"然后挂断了电话。她打算把悦子交给阿春,自己和姐姐两个人好好吃顿饭,那么去哪里好呢?她忽然想起姐姐喜欢鳗鱼。顺便回忆起以前多次由父亲带着去一个叫蒟蒻岛的地方,到一家名为大黑屋的鳗鱼店吃饭。当她问起这家店现在是否还在时,老板娘说:"哎,那家店现在我也不太清楚,小满津的话我倒是听过。"于是翻开电话簿查找。"找到了,有大黑屋。"老板娘说。幸子就请她帮忙订了座位,等姐姐过来,她就吩咐悦子跟阿春去三越百货之类的地方逛逛,说完就出门了。

姐姐说,雪子把梅子哄上二楼,她是趁着这个时候才赶紧收拾一下出门的,现在雪子一定很难办吧。反正已经出来了,今天就好好放松吧。

"这里跟大阪真像啊,东京竟然还有这种地方啊。"她环顾四周,看着窗外环绕的河流。

"是吧,是像大阪吧?年轻时来东京,爸爸就带我到这里。"

"说是叫蒟蒻岛,这里是小岛吗?"

"哎,谁知道呢。我记得以前确实这里没有临河的位置,地点在这里也没错。"

幸子说着，眼神移向窗外。从前和父亲来时，河岸两边只有一侧是城镇，现在两边都建了房子，大黑屋建在道路两旁，对面主房把饭菜送到沿河这边的餐厅来。和以前相比，现在这个座位看到的窗外景色，更接近大阪的感觉。原因是这边餐厅建在与河流形成拐角的石崖上，那拐角的方向，还有另外两条河在此合流，整个景象呈十字形，坐在拉门里，很容易令人想起在四座桥边牡蛎船上看到的景象。而且，在这里虽然两条交叉成十字的河流上没有架四座桥，但也架了三座桥。有点可惜的是，这里虽是江户时代以来就有的城镇，大地震前和大阪的长堀一带很像，都有种古街共有的安定感，但现在无论是住宅、桥梁还是道路，都焕然一新，来来往往的人们也很少，给人一种新建市区的感觉。

"需要上汽水吗？"

"啊，那个……"

幸子看着姐姐，问：

"要上吗，姐姐？"

"汽水什么的也行，毕竟是白天。"

"要不还是啤酒吧？"

"要是幸子帮我喝一半的话……"

幸子知道，姐姐是她们姐妹四个里最能喝酒的。姐姐非常爱喝酒，动不动就犯酒瘾，最爱喝的是日本酒，啤酒也很喜欢。

"姐姐这段时间没怎么好好喝酒吧？"

"也不是。每天晚上都陪你姐夫稍微喝一点，而且有时候还有客人来。"

"客人？什么样的客人？"

"麻布的大伯每次来肯定要喝酒的。他还说，在这么简陋的房子里，孩子们吵吵闹闹的环境里喝酒，别有一番风味呢。"

"姐姐受累了吧？"

"不过，孩子们在一起，我就是给客人们上酒，没什么麻烦事。小菜的话，也不用我说什么，阿久做得都很好。"

"真的是，那姑娘越来越靠谱了。"

"一开始她和我一样，哭着不愿意在东京待着。说着'让我回大阪吧，让我回去吧'，最近倒没怎么再说了。她嫁出去之前，怎么也得让她留在这里。"

"她和阿春谁大？"

"阿春多大了？"

"二十岁了。"

"那应该是同岁了。幸子你也是，那个阿春姑娘，可别放她走，一定得留住她。"

"那姑娘从十五岁开始就在我家，现在差不多六年了，就算我说让她去别人家吧，她也不去。不过，人不可貌相，也不一定就有你觉得的那么好。"

"哎呀，我也听雪子讲过，可是看她前天晚上，多能干啊。都那个时候了，阿久还惊慌失措不知道怎么办呢，真是跟阿春没法比啊。而且你姐夫看到了也很吃惊，说这姑娘真是不得了啊。"

"是啊，那种时候，她真的又热情又体贴，还会随机应变，上次发大水时也是。"

姐姐点的中串和幸子点的筷子①还没上时,作为啤酒的下酒菜,幸子一直在讲着阿春的事。

自己使唤的女佣被表扬了,主人也觉得提了气,绝没有不高兴,也不至于要讲别人的缺点。因此幸子每次听到别人夸起阿春时,也不加否定,听听就过去了。不过说起来,阿春这样经常被外人夸赞的女佣也很少见。因为她很擅长和人打交道,做事认真不马虎,很会随机应变,无论是自己的东西还是主人的东西,都大大方方地送给别人。家里经常来往的商人和工匠,都叫着她"阿春姐、阿春姐",很招人喜欢。就连悦子学校里的老师,还有幸子的夫人朋友们都特意托人告诉幸子"阿春真是个能干的女佣啊",经常让幸子大吃一惊。最理解幸子的就是阿春的继母,她经常从尼崎家里过来看望,每次都要说:"不管别人说什么,您能用我家这个不中用、不懂事的女孩子做女佣,我们绝不会忘记您的大恩大德。为了这个孩子,至今我不知哭过了多少次,您为我家孩子费了多少心,我真的太了解了。"她还说:"万一您不用她了,一定没有别人家再愿意用她了,我知道您一定很头疼,但恳求您一定继续用她,工钱不给都行,您怎么管教她都可以,一定不要给她好脸色,怎么严厉怎么来就是最好的。"每次都是这样,多般恳求幸子后才回去。当初,洗衣店老板领着十五岁的阿春,拜托幸子收她做女佣时,幸子看她眉清目秀,招人喜欢,就同意了。但一个月不到,她渐渐知道了自己雇的这个姑娘有多麻烦,她母

---

① 指一种长得像筷子的小鳗鱼。

亲说的"那个不好对付的丫头片子"也绝不是谦虚。全家尤其受不了的，就是这个姑娘的肮脏。一开始见到她时，就看到了她四肢黑乎乎、脏兮兮的，不久就发现，那并非由于她的境遇，而是她非常讨厌洗澡和洗衣服，本身就是懒惰的性子。幸子想改掉她这个坏毛病，多次警告她，但稍微不注意，她又变回原先那样了。其他女佣完成一天的工作后都会泡澡，只有她，一到晚上就躺在女佣房间里，睡衣也不换就睡着了。自己的贴身衣物都懒得洗，穿了几天的脏衣服也能毫不在乎地继续穿。为了让她干净一点，必须有人在旁边盯着她，扒下她的衣服，强迫她去泡澡，时不时检查她的装衣服的箱子，翻出脏衬衣和贴身裙，盯着她把这些衣服洗干净，比养自己的亲生女儿还费劲。也因此，比起幸子，作为直接受害者的其他女佣先受不了了。她们都说，自从阿春来了之后，女佣房间的壁柜里堆满了脏东西，污秽不堪，阿春自己怎么都不洗，她们想帮着洗洗，把那些脏东西拉出来一看，其中竟然还有夫人的灯笼裤，她们大吃一惊。她自己不洗衣服，竟然还穿着夫人的衣服。她们还说，"一靠近阿春就能闻到臭味，熏得不行，不光体臭，她还一直喜欢买零食和抓东西吃，看着胃都吃坏了，呼出的口气都臭不可闻，晚上一起睡觉时最受不了了。"还有人说，"那人身上的虱子终于爬过来了"之类的，抱怨没完没了，幸子也几次都想跟她说清楚缘由，把她打发回尼崎，但阿春的父母总是轮流把她送过来，又说好话又道歉的，不由分说把她留在芦屋就回去了。她尼崎的家里似乎还有一个弟弟和一个妹妹，只有她是亡妻留下的，天分不好，在校成绩也远远比不上弟弟妹妹。父亲考虑到后妻，继母也顾虑着父亲，让她留在家里就不会消停。出于这个原因，她父母多次低三下四地求着幸子，请幸子无论如何留用她，到她出嫁为止。特别是她母亲，总是这样抱怨着："那孩子在左邻右舍的评价特别好，弟弟妹妹也都站在她那边，总让人误会是我作为后妈一个人虐待这个孩子。就算说这个孩子有这样那样不好的地方，连她父亲也都不相信我，背着我护着她，也真是出乎我的意料。"还说夫人一定能理解她的心情。听她继母这样说，幸子理解了她继母两难的立场，也开始同情起来。

"她有多邋遢，看她穿衣服的样子就知道了。阿春穿什么前面都露着，别的女佣都这么笑话她，结果她现在也还不改。这天生的性子，再怎么说都不管用。"

"是吗，她不是长得很漂亮吗？"

"她就知道注意那张脸，还偷偷化妆呢。偷偷用我们的香膏和口红什么的。"

"这姑娘真有意思。"

"阿久的话，你就算什么都不说，她也能自己想着做什么饭。阿春那姑娘，都在我家干了六年了，现在还是那样，我要是不好好说明白，就做不出什么像样的东西。到饭点我饿着肚子回来，问她做什么了，她总是说都还没做呢。"

"这样啊，听她说话，还是很能说会道的嘛。"

"倒是不傻，她就是喜欢跟人交往，不爱做家里零零碎碎的家务活。打扫房间这事，本来就是每天都要做的，结果只要我不看着，她就偷懒。早上要不是别人去叫就起不来床，晚上还是不换睡衣就睡觉……"

聊着聊着，幸子想起了以前各种各样的事，半开玩笑地继续讲着："她嘴馋，最擅长偷吃，饭菜从厨房端进餐厅那工夫，糖煮栗子之类的，少个一两颗很正常。她在厨房的时候也一直鼓着脸吃着什么，突然被别人叫了，就噎得翻白眼，赶紧回头答应。晚上让她来按摩，还没按到十五分钟，就先靠在我身上睡着了，然后厚着脸皮伸开双腿躺下了，最后竟倒在我的被褥上睡着了。煤气不关就睡着了，忘关电熨斗把衣服烧了，有几次差点引起火灾。我那时本想下定决心赶她回家，但最后还是被她父母给劝回了。让她出门办事，每次都在外面磨洋工，浪费不少时间。"

"真是的，她现在就这样，以后嫁出去了怎么办呢？"

"我也这么想的，以后她嫁出去、有了孩子，就不会这样了吧。唉，虽说毛病这么多，还是先留着吧。也有招人喜欢的时候。"

"是啊，她都待了六年了，跟自己亲生女儿都差不多了。虽然有时脸皮厚，还好不像其他后妈的孩子那么偏执，还挺直率，也有人情味儿。她是总给我添麻烦，但还是恨不起来。那姑娘果然还是有德行啊。"

十八

从大黑屋回到滨屋的房间里，姐姐和幸子聊到傍晚才回去。姐姐由于看到刮台风那晚阿春帮孩子们脱离险境，十分中意她，为了表示犒劳,提出打算这次让阿春和阿久一起去日光①逛逛。实际上,姐姐为了留住想回大阪的阿久,就答应她让她去日光玩一次,但一直没找到合适的同伴,就拖到了现在。所以这次正好,不如让阿春陪着一起去。姐姐说她自己也没去过日光那个地方,只听说在浅草坐东武电车,下车就有接驳的公交车去那边,在那里去逛逛东照宫、华严瀑布、中禅寺湖,当天就能往返,姐夫也说过一定要让阿久去一次,费用由他们出。

幸子觉得,这对阿春来说也过好了,但如果不让她去,阿久也去不了,这对阿久来说实在太可惜了。而且阿春似乎已经听说了,她本人非常开心,要是不让她去也有点愧疚,最终还是按姐姐说的安排了。过了两天后的早上,姐姐打来电话,说:"昨晚和她们俩讲了去日光的事,她们高兴得一宿没睡,今天一大早就出发了,准备齐全、以防万一,估计今晚七八点就能回来,雪子说现在就去你那边。"姐姐告诉了幸子很多事情。幸子想着,等雪子过来,三个人去美术院和二科展②参观吧,挂了电话。正巧那时女佣从门缝中塞进了一封速达信件,悦子觉得疑惑,接过了信,翻过来看了一眼,默默放在幸子靠着的桌子上。幸子一看,是个长方形的西洋信封,上面的字迹很明显不是出自丈夫之手,写着"滨屋旅馆莳冈幸子女士亲启"。除了丈夫之外,应该不会有人会往东京这个旅馆给她写信。幸子觉得很不可思议,一看寄信人那栏,写着"大阪市天王寺区茶臼山町二十三号奥畑

---

① 位于栃木县西北部,距东京约两小时车程,汇集多处世界遗产,拥有日本全国有名的瀑布和温泉。
② 日本美术家团体二科会每年举办的美术馆。

启三郎"。

幸子避开悦子的视线,赶忙拆信。然后取出三张正反面都写得满满当当的、折了四折的硬纸西洋风信笺,把信笺展开,那声音就像有声电影里演的那样。

那信里写的内容完全出乎幸子的意料,全文记载如下:

敬启

请原谅我如此突然的来信。我知道姐姐看到这封信时,一定很吃惊,但我仍然无法错过这次机会。

我之前一直想给姐姐写封信。然而,我总担心途中被小妹拿去,因此一直没有给您写信。今天,我时隔很久去夙川看望小妹,知道了您和悦子小姐如今正在东京,眼下正下榻在筑地的滨屋。我的友人去东京时也会住在滨屋,因此我知道那里的地址。进而,我想现在这封信一定能送到您的手中,就不顾失礼,连忙给您写下了这封信。

我想尽可能简明扼要一些,所以先说说我心里的怀疑吧。说是怀疑,现在也不过是我一个人心里的疑问而已:最近小妹和板仓之间是在交往吧?虽然这么说,当然指的是精神上的交往,更进一步的关系的话,我为了小妹的名誉,也不愿往更深处想,但恐怕这两个人之间,是出现恋爱萌芽了吧。

我之所以意识到这件事,是在那次水灾之后。后来再回想当时的事,那个时候板仓去救小妹,怎么都很有问题。那种情况下，为什么板仓会抛下自己的家和自己的妹妹，而冒着危险去救小妹呢？我怎么想，都不觉得这只是单纯的热心肠。首先，要我说的话，他已经知道了小妹那时去了剪裁学校，和玉置女士的关系也很熟，这些我都觉得很不可思议。这不就是说他此前就时常出入剪裁学校、在那里和小妹见面、联系吗？对此，我进行了调查，也取得了一些证据，在这里就不赘述了。必要时再和您报告，或许姐姐您自己也可以调查一下。我想，您应该也会发现很多令人意外的事情。

我自从有了这样的想法，就去质问了小妹和板仓，但两个人都坚决否定了交往的事。然而，奇怪的是，自从我质问了这件事以后，小妹就总是避着我不见，也很少去凤川。我往芦屋您家里打电话，也不知是真是假，很多次都是阿春接的电话，说小妹不在家里。板仓也是，每次都说水灾以后只和小妹见过一两次，以后一定注意不让我怀疑。虽然这么说，但我还是进行了一番调查。实际上，他几乎每天都会拜访芦屋您家吧？此外，还和小妹两个人去海水浴了吧？我通过某种方法，能知道所有的事实，想隐瞒也隐瞒不了。也许板仓让您那边都以为他是我派来作为我和小妹的联络员的，但我从未让他做过这些事情。他必须要见小妹的时候，仅限于拍照的事，不过我现在已经不让他去拍照了。尽管这样，他最近依然频繁出入您的家宅。而且，小妹也根本不去凤川了。若是在姐姐、姐夫眼下监督，那么没有问题，不幸的是，像现在这样的情况——姐夫白天不在家，姐姐和悦子小姐，甚至连阿春也都在东京，这种时候会发生什么，令人担忧（我想您应该不知道，您不在家的这段时间，他依然每日来您家中）。我想小妹坚定可靠，不会有什么问题，但板仓我是完全不信任的。不管怎么说，他都是个在美国跟什么人都混过、什么都干过的人。如您所知，他就是个有点门路，无论什么家庭都能厚着脸皮融入的人。跟人借钱、欺骗女性，人们对他这种评价早就定下来了。我和他从他学徒时期就认识，算是知根知底。

至于我和小妹结婚的问题，还有许多事情需要来拜托您，但这些姑且日后再论，目前最需要解决的问题，就是如何让板仓远离小妹。假如小妹打算解除和我的婚约（小妹说她并没有这个意思），要是和那样的男人有了什么流言蜚语，对小妹的声誉也是极为不利的。我想小妹毕竟是蒔冈家的大小姐，绝不会和板仓那种男人真心交往，但最开始是我把那个男人介绍给她的，我也有责任，我感到自己有义务，向姐姐您这个监护人讲明我的疑心，提醒您注意。

我想姐姐您有您自己的想法和对策，关于此事如果有能用得上我的地方，只要您吩咐，我随时待命。

最后，无论如何也拜托您，千万要对小妹保密我给您写了这封信的事。若被小妹知道了，我想只能导致更坏的结果，绝不会有好转的可能。

综上所述，为了确保姐姐在滨屋时能收到，我才匆忙写下这封信的。字迹潦草、不易辨读，务请原谅。没有什么次序，想到哪里写到哪里，若有失礼，还望海涵。

奥畑启三郎
写于九月三日夜

幸子双肘支在桌上，双手捧着信笺，翻来覆去反复阅读后，为了避开悦子探寻的视线，看完就马上收进信封里对折，塞进腰带里，走进走廊，坐在藤椅上。

由于来信突如其来，她要先平静一下自己悸动的心跳，若是不先让自己冷静下来，什么事都没法思考。即使这样，这封信里写的内容有多少是真实可信的呢？……原来如此，按奥畑这么一说，幸子也开始觉得家里人是不是有点对板仓太好、太纵容了。明明没什么事，还一直来家里玩，自家人竟然没有发觉什么异常，让他想干什么就干什么，只能说她们太大意了。不过，大家也确实从未觉得这位青年的这些举动有什么问题。他们对这位青年的底细一概不知，知道的不过只有他是奥畑商店的学徒而已。说实话，他们从一开始就没觉得这位青年和他们是一个阶级的人。那青年自己也说"请把阿春许配给我"，根本想不到他能对小妹有意思，或是他这么说也是另有所图。不过反过来说，他就算有那个意思，也能想象得到，小妹绝不会答应他的。即使现在，读到了奥畑的信，幸子也绝不相信小妹会做出这样的事。虽然过去小妹确实犯过错，也不至于不顾名誉自暴自弃。家里条件再怎么差，小妹也还是莳冈家的小姐（幸子想到这里，眼里泛起泪花）。和奥畑在一起，虽说对方没什么出息，但还是可能的，也是能允许的，小妹和那个板仓竟然能发展到那种关系……对那位青年，小妹的态度、说话的语气，很明显都是当作对待下层阶级的，那位青年也不是很安然自得吗……

然而，这封信的内容里就没有什么关键证据吗？虽说是进行了调查、收集了证据，却一个证据都没有显现出来，不过是奥畑心里不明不白的疑问而已吗？难道是他想着为了不发生那样的事情，才故意夸大其词警告他们吗？不知道奥畑是用了什么方法打听到事实的，反正小妹和板仓两个人去海水浴的"事实"是没有的。自己再怎么充分信任他们，也不可能放任这种事情发生。和板仓两个人去泡海水浴的是悦子。小妹去海水浴时，都是和她们姐妹——雪子和悦子一起去的。而且，其他时候，也几乎没有仅小妹和板仓两个人在一起的时候。她们倒是没有要刻意监督他们，但板仓说话风趣幽默，他一来，其他人就都围到他周围去了，从来没有觉得小妹和他的行为举止有什么怪异之处。总之，奥畑肯定是听到了邻居不负责任的流言蜚语，就擅自以此在脑中想象着这些幻影吧……

幸子这样想着，努力否认奥畑信上写的那些内容，尽管如此，却无法否认刚刚读到信的瞬间，心里忽然受到的刺激。老实说，她确实是将板仓这人在这一点上，看成是和他们毫无交集的、其他阶级的人，因此从未想到过会发生信上写的那些事。说是从未想过，但也不是这样。至少幸子已经隐隐约约感觉到，板仓为救妙子几乎献身，从那之后频繁出入自家，其中可能是有什么原因。此外，她还站在妙子的立场上想过，那种时刻拼死救出自己一命，这对一个年轻女子来说该有多么大的感动啊，对那个拯救自己的人该有多么深的感激啊，可想而知。只是自己一直抱有"身份不同"的先入之见，就算注意到了，也当作不值一提，从未想过深入探求，不如说，其实是在回避处理。因此，现在手上这封信，自己忽略的事和不敢面对的事，不经意间由奥畑毫不客气地推到自己眼前，在这一点上，令她狼狈不堪。

没收到信时就已经是归心似箭的幸子，读完信后，更是烦躁不安，在东京一天也都待不下去了。"不管怎么样，回家后必须要尽快搞清楚事情的真相，但要调查的话怎么办才好呢？为了不刺激当事人，该怎么开口质问呢？这事能不能和丈夫商量呢？不不不，这事到最后都应该是自己一个人负责，不能让丈夫和雪子知道，得秘密查出真相。而且，要是真的不幸成了事实，也不能伤害到当事人，让他们不知不觉间分手是最好的。"这些事情相继浮现在幸子的脑海里。比起这些，怎么才能在自己回家前不让板仓去家里呢？这个问题更令她焦头烂额。究其原因，是刚刚读过的信中，写着"他在姐姐不在家的这段时间里，似乎每天都去拜访您家"，这句话尤其令她狼狈不堪。实际上也是这样，两个人之间要是产生了恋爱的萌芽，那么现在正是萌芽成长的绝好机会。"姐夫白天也不在家，而且姐姐、悦子小姐、阿春都还在东京，这种情况下会发生什么事情，我实在是担忧得不得了"，这句话更是让她惊慌失措。真是的，自己是有多稀里糊涂啊。留下妙子一个人在家，带着雪子和悦子，连阿春也都一并带去东京，想出这主意的不是别人，不就是自己吗？自己好像是为这两个人准备了恋爱的温床。有了这么好的机会，没有恋爱萌芽的地方都可能有了萌芽。这样，要是真的发生了什么事，该责备的不是那两人，而应该是自己。不管怎么说，这件事片刻也不能耽搁了。考虑问题的这段时间都令她放心不下。……她感受到了几乎无法忍受的焦躁。距离和悦子一起回来还有一两天，这期间要怎么防止出问题呢？最有效、最快的方法就是，现在就给丈夫打电话，让他想办法在自己不在家时不让妙子和板仓见面。不过，这个方法果然还是不太好。还是想尽量不让丈夫知道。还有个办法，万不得已时只跟雪子讲，让她今晚就坐夜行列车出发回家，不动声色监督他们——比起让丈夫知道，还是让雪子知道更轻松，不过能避免的话还是要避免。首先，雪子虽然能谅解，但她刚回到涩谷家里，没有让她再急忙赶回关西的理由。这种情况下，让阿春先回去，看上去最自然，也是最可行的方法了。当然，不需要对阿春全部说明白，只要她在妙子身边，即使不能阻止板仓来访，也能牵制两人接近。

不过，幸子一想到阿春嘴特别不严实，对这最后的办法也犹豫了。让阿春回去干扰这俩人，要是他们两个没什么事还好，万一被她发现了什么暧昧行为，不知嘴那么快的她会怎么跟外面人说呢。即使没这样，她也是对这种事特别有兴趣的人，自然可能料到自己是为了什么才让她提前回去的。而且，幸子还担心她反过来会被妙子他们收买。她虽然招人喜欢、圆滑机灵，却很容易被诱惑，碰上能说会道的板仓那种人，肯定不多久就被他拉拢过去。幸子想来想去，怎么也不放心把这件事交给其他人去办。她决定还是自己提前回去，今天明天带悦子看完病，当天之内无论如何都要出发，坐再晚的车也无妨，只有这么个办法了。

不久，幸子看到从歌舞伎座方向过桥的雪子打着一把遮阳伞沿河岸路走来，她慢慢走进房间，坐在隔壁房间的梳妆台前，想看看自己的脸色。然后，她拿起腮红刷，往脸颊上刷了两三次，忽然想起了什么，将放在旁边的化妆包轻轻打开，不让悦子听到声音，拿出一瓶随身携带大小的白兰地，往瓶盖里滴了三分之一左右，喝下去了。

十九

幸子已经没有去展览会的兴致了，但想到要是去看展览会，也许会让自己暂时不再考虑这些，因此下午三个人就出发去上野了。参观了两个展览后，累得筋疲力尽，但悦子一心想去动物园，就又拖着双腿，在动物园里简单逛了一圈，回到旅馆时已经过了晚上六点了。其实，幸子也想过要不要在外面吃完饭，但又觉得不如早点回旅馆休息，就把雪子也一起带了回来，泡了澡后在房间里解决了晚饭，此时，听到外面有人喊"我回来啦"，只见阿春浑身是汗、脸颊通红，身上的明石和服皱巴巴的走了进来。她刚从日光回来，和阿久一起在雷门坐了地铁，忽然想到要看望一下夫人，对夫人让自己今天出去旅游表示感谢，就自己先在尾张町下车来到旅馆。她还说"这个是给悦子小姐的"，送上了三条日光羊羹和明信片。

"这些特产，特意买来辛苦了，还是送到涩谷那边吧。"

"是，是，涩谷那边我也买了，阿久先拿过去了。"

"哎，买了这么多东西……"

"华严瀑布看了吗，阿春？"悦子翻看着明信片，问。

"看了，东照宫、华严瀑布到中禅寺湖……托你们的福，我们什么景点都去了……"

大家兴致勃勃地聊了一阵日光旅游，阿春说："那里还能看到富士山。"这成了她们讨论的问题。

"什么，富士山吗？"

"是的。"

"在哪里看到的？"

"在东武电车里看到的。"

"东武电车线有能看到富士山的地方吗？"

"真的假的，阿春？不会是像富士山的别的山吧？"

"不是，确实是富士山。乘客们都说'看到富士山了，看到富士山了'，应该不会错的。"

"是吗，那你们是在哪儿看到的啊？"

幸子从今天早上开始就一直担心看病的事，就让阿春用桌上电话给杉浦博士家里打了电话。正巧，电话那边回答说杉浦博士刚从外地出发回家，明天，也就是六日早上到家的话就去给悦子看病。原本说的是五日回家，幸子以为至少要拖个两三天，意外的是博士会比预期提前回来，既然如此，她让阿春把旅馆账房请来，请账房帮忙买三张明晚的卧铺票，尽量在同一车厢的连号卧铺。"二姐，明天就回去吗？"雪子惊讶地问。"要是明天上午就能看完病，兴许有点匆忙，下午买买东西什么的，晚上也不是说不能出发。我虽然没什么要紧的事，但悦子学校已经开学了，不能一直请假休息，还是早点回去比较好。所以你和阿春明天中午前过来这边一趟，我们去杉浦博士那里看完病也会回来,下午大家一起去买东西吧。本来走之前不去涉谷看一下不太好,但实在是抽不出时间去了,你代我跟姐夫、姐姐问候一下吧。"幸子回答,吃完晚饭,就让两人回去了。

第二天非常忙碌慌乱。早上,先到本乡西片町的杉浦博士家看病,然后拿着医生开的处方去本乡药局拿药,再到东京大学赤门①前打车回滨屋,一进屋就看到雪子和阿春已经在等着她们了。雪子先问了看病的结果,幸子说去看杉浦博士和去看辻博士的结果差不多。

"只是杉浦博士还说:'这种神经质的少男少女当中,很多人都很有天分,学习上也很优秀,因此对这个孩子要是好好引导,有些方面或许能有常人不及的才能,不用特别担心。重要的是要发现这个孩子哪方面的才能特别突出,然后让她精神能专注于一件事上。'然后说主要进行的是饮食疗法,还开了处方,但他开的处方跟辻博士很不一样。"

下午,四个人逛了池端的道明绳结店、日本桥的三越百货、山本海苔屋、尾张町的襟圆绸缎、平野屋和西银座的阿波屋等,那天残暑炎热,虽然有风,太阳却很毒,因此四人只能到三越百货商场的七楼、日耳曼面包房、野鸽西点屋等地一再休息,缓解干渴和疲劳。阿春拎着相当多的购物袋,看上去几乎是从堆积如山的购物袋中露出头,今天也是满头大汗地跟在三个人后面,其余三人手上也提着一两个购物袋。然后她们再次出发去尾张町,最后到服部地下室又买了点东西,买完就到了晚饭时间。因为Lohmeyer已经去过了,所以她们

---

① 东京大学的代表性建筑,非东京大学正门。

决定去数寄屋桥附近的新格兰。一个是因为比回旅馆吃饭省时间，另一个是为了今晚之后又一段时间无法见面的雪子，她喜欢西餐，大家一起吃西餐喝啤酒，权当告别。吃完饭，幸子她们火急火燎地回到旅馆，收拾行李，赶到东京站，和来送站的大姐在候车室聊了五分钟，就上了晚上八点半发车的快车卧铺车厢。大姐和雪子一直跟到了站台，在悦子下车和雪子聊天时，大姐走近站在连廊上的幸子，小声问：

"雪子的姻缘，之后没人再来了吗？"

"那之后就没有了……我想以后应该还能有吧……"

"今年之内要是定不下来，明年就是她的厄年了。"

"我也这么想，所以也到处求人帮忙……"

"再见，二姨！"悦子走上车门连廊，挥了挥手中玫瑰色的乔其纱手绢，"下次什么时候回来呀，二姨？"

"哎，什么时候回去，我也不知道……"

"早点回来呀。"

"嗯。"

"一定早点回来，二姨……听到了吗？一定要早点回来……"

卧铺票一张上铺，两张下铺，都是连号的，幸子让悦子和阿春面对面睡在两个下铺，自己睡上铺，然后马上爬上上铺，和着衣服就躺下了。卧铺只够平躺，她知道自己肯定睡不着，就不强迫自己睡着，她迷迷糊糊地闭上眼，眼前总会浮现刚才大姐和雪子泪眼汪汪送别的样子。她想了想，从上个月二十七日出发，到今天已经十一天了，没有比这次东京旅行更慌乱不安的了。一开始是住在姐姐家，被孩子们吵到不得安生，然后又遇上了台风，仓皇失措地跑到滨屋避难，还没等歇一口气，又收到了如炸弹一般的奥畑的信。能稍微平静一点的时候，也不过是和大姐一起去大黑屋吃饭的那一天。不过，能去杉浦博士那里看病，算是完成了这次旅行最重要的事情，但最后还是一场演出都没看成。从昨天到今天，白天在满是灰尘的东京街头到处转悠了一圈。真是忙得眼花缭乱的两天啊。在这么短的时间里，去了这么多地方，要不是去旅行是肯定做不到的。她只是这样回想着，就已经觉得疲累了。像被从高处抛下来似的，说是躺着，不如说是被打倒的感觉，但精神却越来越清醒。她本想喝点白兰地也许就能打个盹儿，但现在连起床拿白兰地的力气都没有了。她清醒的脑子里，全是回家后等着自己解决的那件麻烦事——昨天开始留待解决的问题，聚集成各种各样的疑问和忧虑，时不时地出现在脑海里。那封信上写的确实是事实吗……要是事实的话，该怎么处理比较好呢……悦子没有觉得哪里奇怪吧……她不会把奥畑来信的事告诉雪子了吧……

二十

悦子只在回到家当天休息了一天，第二天就去上学了。而幸子这两三天，一天比一天更加疲劳，在按摩、睡午觉中度过了这些日子。觉得无聊了，就一个人坐在阳台的椅子上，眺望院子里打发时间。

这个庭院不知是否反映了女主人比起秋天更爱春花的趣味，仅在假山山阴虚弱无力地开了几朵芙蓉，以及与舒尔茨家交界附近奄拉着一丛白花胡枝子。除此以外，现在没有什么特别吸引人眼球的色彩。夏天时枝繁叶茂的旃檀和梧桐，受炎热所苦伸展枝叶，草坪如深绿色毛毡一般铺展在地面。这样的景色与她前一阵子去东京时没有太大变化，只是阳光不那么强烈了，微风凉爽，不知从哪里飘来一股桂花香气，不禁令人感到秋天渐渐来到这里了。就连放在阳台上用来遮阳的芦苇帘，最近也必须拆掉了。——幸子想着，一直以来司空见惯的自家院子，这两三天来看着也十分怀恋。的确，偶尔还是需要去旅旅游的。不过十日不在家，也许是不习惯旅行吧，总觉得像是一个月都不在家，时隔这些天回到家的喜悦涌上心头。她又想起每次雪子回来时都一副十分怀念——或者说是伤感留恋——站在庭院各处的样子。看来，不只是雪子，自己果然也是个地地道道的关西人，是有多么深爱着关西的风土啊。即使是这个没什么特色和风情的普通庭院，站在此处，感受着充满松树清香的空气，眺望六甲方向的群山，抬头仰望清澈蓝天，就会觉得没有比大阪神户间这片土地更令人心情舒畅的地方了。那个喧闹又漫天尘土的东京，是多令人厌烦的都市啊。"东京和这边连风吹到身上的感觉都不一样。"雪子的口头禅真是千真万确。可以不搬到那边去的自己，与姐姐和雪子比起来是有多么幸福啊——幸子沉浸在那种至高的快乐感受中。

"阿春，让你去日光旅游确实挺好的，但我觉得东京那个地方没什么好的。果然还是自己家最好啊。"她一抓着阿春就这样说。

妙子打算最近重新开始夏天停下来的人偶制作工作，但幸子不在家的时候，她一直没有外出，幸子回来后的第二天，她就开始每天去凤川了。剪裁学校那边还不知道什么时候才能开学,山村作师傅又去世了,除了制作人偶外也没有其他能做的工作了,正好借着这个机会学学一直想学的法语——妙子说了这些想法。"那就让塚本夫人来吧,虽然我在雪子不学了之后也不再学了,但小妹要学的话我也跟着一起学。"幸子说。"我是从头开始学的,不太能一起学,而且请法国人来费用很高。"妙子笑着说。板仓有一次在妙子不在家时来拜访,说是夫人回来了前来问候,和幸子在阳台聊了二三十分钟,又去厨房听阿春讲去日光的事就回去了。其实,幸子一方面在等着自己恢复体力,另一方面也在等着一个好时机,但日子一天天过去,神奇的是,她从东京时就带着的各种疑虑竟然渐渐淡薄了。那天早上在滨屋房间里打开信笺时的吃惊、持续到第二天都缠绕心头不去的忧虑、卧铺上如梦魇一般折磨自己一夜的问题——那时觉得那么急迫,一天也不能耽搁的事,回到家迎来清爽早晨的瞬间,紧张心情竟然开始放松下来,让她觉得不那么着急也没事。总之,要是问题涉及雪子的品行,不管谁怎么说,幸子一开始就不会理睬,斥责其为没有根据的中伤。但妙子过去曾有过一次这样的事,和自己及雪子性格想法都不太一样,直截了当地说,有不能信任的地方。正是如此,幸子才会被那封信搞得仓皇失措,但回家后却没发现妙子的态度有什么变化,看到她开朗的那张脸,这个妹妹不会做出那种事的想法反而越来越强,甚至觉得自己当时那么慌乱不安有点可笑。现在再回想一下,自己也许是在东京时被感染了悦子那样的神经衰弱了。实际上,处在东京那种焦躁不安的氛围,自己这样的人神经也会出问题。果然那时自己那么担心是病态的,现在的判断也许才是正确的⋯⋯

此后，回家一星期后的某一天，她找到了和妙子谈这件事的机会，此时她的心情已经轻松多了。

那天，妙子比平时更早从夙川回来，上到二楼自己的房间里，把刚从工作室拿回来的人偶——那人偶是个上了年纪的女性，穿着小纹黑底白圆点的和服、脚上穿着木屐，半蹲在石灯笼下，人偶作品题名为《虫之音》，表现出女子听虫鸣听得入迷的样子，是苦心制作的作品——放在桌子上看得入神。

"哎呀，真是不错啊……"这时，幸子一边赞叹一边走进来。

"很好吧，这个作品。"

"很好，真的不错。是这段时间的杰作啊。……做的不是年轻女子，而是上了年纪的女性，想法真妙啊，看着也有种寂寞感。"

然后，她又评论了两三句，稍微停了一下。"小妹！"她说，"我啊，其实前段时间在东京的时候收到了一封奇怪的信。"

"谁寄的？"妙子依然盯着人偶，若无其事地问。

"是启少爷。"幸子说。

"嗯。"妙子回头看了看姐姐。

"是这个——"幸子把信连着信封一起从怀里取出来，"这封信里写了什么事，你知道吗？"

"大概知道——不就是板仓的事嘛。"

"是啊，你读读吧。"

妙子在这种情况下一向面不改色，从容不迫，不知道她心里想着什么。今天幸子看来也是一样，把三张信笺放在桌子上展开，眉头一动都不动，一张张地翻看着。

"白痴。之前他就威胁我说,要把这信上写的事都告诉二姐。"

"我真是觉得晴天霹雳,你知道我被吓得多难受吗?"

"这种事,就放着他别管了。"

"上面写着他给我写信这事一定不要告诉小妹,但我觉得跟谁商量,都不如直接问你有用,所以才来问你的。信上的事都是真的吗?"

"启少爷他自己到处拈花惹草,还好意思怀疑别人。"

"不过小妹,你是怎么看板仓的?"

"他那样的人,不值一提。我很感谢板仓,但不是启少爷说的那种意思。对于自己的救命恩人,觉得他不好得多对不起他啊。"

"那样的话我就明白了。我就觉得你是这么想的。"

按妙子的话来说,奥畑之所以会怀疑起她和板仓,信上虽然写着"水灾以来",但实际上时间还要再往前推,他就已经开始怀疑了。他在妙子面前没说什么,对板仓则是动不动就表现出来厌恶嫌弃,这还是她很久以后才知道的。最初,板仓只是觉得自己能自由地出入芦屋家里,而他却不行——这事让他心里不舒服,嫉妒自己,和小孩子闹别扭发泄差不多,就没当回事。但水灾之后,奥畑对他说话越来越难听,甚至对妙子也开始怀疑。不过奥畑还说:"我只是问问你,板仓不知道,你别跟他说。"而且奥畑实际上自尊心很强,他也不会对板仓说这些,对于这事妙子就尽量避免直接和板仓讨论了。而板仓也一直没对妙子说他被奥畑责骂的事。然后,妙子因为这件事还跟奥畑吵了一架,他打来电话她也不接,故意不给他见面的机会,但看奥畑是认真地烦恼于此,看着可怜,最近——说到最近,也就是信上写的这个月三日时才见了面（她和奥畑见面一般都是在她往返工作室路上的某个地方，奥畑在信里也写着"在夙川见面了"，但没详细说是在具体哪个位置、怎么见面的。幸子问她，她也说就在那边松林边散步边聊然后分开了）。那时，奥畑说有很多证据，诘问妙子信上写的那些事，让她和板仓绝交，但妙子说自己的救命恩人不可能就此绝交，拒绝了他，只答应今后尽量不见面，让他尽量别到芦屋来，工作上的关系（委托他帮忙拍宣传照片）完全切断，等等。为了履行诺言，她必须要和板仓说明理由，她自作主张跟他把事情都说了，说完板仓也说奥畑要求他保密和做出同样的约定。"就是这样，在做出保证之后，也就是这个月三日以来，自己一次都没再见过板仓，板仓也不来找我，只是二姐回来了，突然不来实在显得很奇怪，所以前几天才来打个招呼，而且都选在我不在的时候再来。"妙子说。

不过，妙子这样的话还好，那板仓是怎么想妙子的呢？奥畑怀疑妙子无根无据，但怀疑板仓却不是完全没有理由的。按奥畑的话来讲，妙子不至于对板仓救她感恩戴德。之所以这么说，是因为板仓的英雄行动，从一开始就是有目的的。那个狡猾的男人，要是没考虑过有多么丰厚的报酬，是不会冒那么大危险的。他那天早上就全身上下做好准备在那边闲逛，这么看，他的行动完全都是有计划的。有什么理由去感谢那个不知好歹、心怀鬼胎的男人呢？首先，他自己就曾经抢过老东家的意中人，这不就是忘恩负义吗？奥畑这么说，而板仓则是极力否认。"启少爷说的这些真的是太误会我了。我去救小妹，是因为小妹是启少爷的对象。我正是因为无法忘记曾经老东家的恩德，才拼命尽忠的。没想到却被他理解成别的意思，真是受不了。我就算这个样子,也是有常识的,当然明白小妹是不会和我这样的人在一起的。"板仓如此反驳。那么妙子怎么判断这两个人说的这些话呢?

"说实话,我对板仓的想法不是一点都没有感觉到,而且他很聪明,不会表现出来,他拼到那种地步来冒险救我,肯定不只是单纯回报老东家恩德和尽忠。他自己有没有意识到另说,比起说是对启少爷尽忠,不如说是对我尽忠。假设真是这样也没什么,只要他不越界,我也能装作不知道。难得有这么一个机灵圆滑、办事利索周到的人,可以好好利用,对方也会觉得被利用很光荣,所以随他想吧。"妙子就是这样想着,和他打交道的。"启少爷气量小,又爱吃醋,我很讨厌因为一点小事就被他误解,所以虽然没绝交,也答应他尽量避免双方往来了。启少爷现在也应该打消疑虑,安心下来了。恐怕现在他已经后悔给二姐写了这么封信了吧。"

"板仓那种人,他爱怎么想怎么想,启少爷可真可笑。"

"他要是有小妹这样的心胸,就没这些事了,启少爷可能还做不到吧。"

妙子最近在幸子面前也不管不顾了,从腰带里拿出白玳瑁烟盒,取出一支刚进口来的金嘴香烟,用打火机点上了烟。然后,她把让她自豪的厚唇张成圆形,一个接一个吐出烟圈,思考了一下。

"说起来,留学的事……"她把脸转向幸子说,"二姐,你帮我考虑没有?"

"嗯,我也考虑过……"

"在东京时没说吗?"

"跟大姐聊天的时候都在嘴边了,但这事毕竟涉及钱,得好好考虑下怎么说才行，所以这次就什么都没提。要说的话就让贞之助姐夫去提吧。"

"姐夫怎么说？"

"他说小妹只要自己认认真真下定决心了，他去说也行。但欧洲有可能要打仗，他很担心这点。"

"会打起来吗？"

"我也不知道，他说再看看形势之后再定吧。"

"这倒也是，但玉置老师已经决定最近就出发了。她还说，如果我也去的话，就带我一起去。"

实际上，幸子也觉得，现在这个样子不仅是板仓，妙子也需要暂时避开奥畑，让妙子出国也许是个好办法。然而，欧洲形势风云变幻，看报纸就知道。把妹妹一个人送去那样一个地方，她自然放心不下，本家也绝不会允许，想到这点她一直犹豫不决。要是和玉置女士同行，还有再考虑的余地。按妙子的说法，玉置女士在那边也不会待太长时间。玉置女士去过巴黎，但已经是很久以前了，她一直希望有机会能再去一次，研究最新的流行时尚，结果上次学校受了水灾，不得不重新修建校舍，因此她想利用这段时间出国，大约半年后回国。"原本来讲，妙子小姐应该在那边待一两年学习会比较好，但要是害怕之后自己一个人在那边待着，跟我一起回国也行。就算只去半年，但半年也有半年的收获，我帮着运作一下，尽量给你弄个头衔回来。现在计划的是明年正月出发，七八月份回来，短时间待在那边，其间应该不会发生战争。要是真打起来了就听天由命吧。到时候两个人一起，也不那么害怕，而且我在德国和英国都有朋友，万一发生战争也不用担心没地方避难。"玉置女士这样说，因此妙子觉得没有比这更好的时机了，自己也做好了多少遇到危险的觉悟，希望跟着她一起去。

"这次启少爷也因为板仓的事，赞成我出国了。"妙子说。

"我也赞成，但不知道贞之助姐夫能怎么说，总之还是商量一下吧。"

"拜托你一定要让姐夫同意，然后去说服本家。"

"要是正月走的话，不用这么着急吧。"

"能早点的话还是尽量早点吧，姐夫下次什么时候去东京？"

"今年还要去一两次。哎，小妹先学学法语吧。"幸子说。

二十一

舒尔茨夫人决定这个月十五日，带罗斯玛丽和弗里茨乘"柯立芝总统号"出发去马尼拉。罗斯玛丽因为悦子在东京待的时间比自己想象的长，"悦子小姐还没回来吗？为什么不快点回来？"每天都跑到悦子家，缠着在家的妙子和女佣们一个劲地问。悦子回家后，罗斯玛丽每天都迫不及待等悦子放学，在这里仅剩的日子里，两个人一天不落地在一起玩耍。悦子放学回家把书包放在客厅，然后跑到铁丝网围墙下，用自己仅会的德语单词喊她：

"鲁米小姐，快来！"

没过一会儿，罗斯玛丽就来了，翻过围墙来到悦子家院子里，光脚在草坪上跳绳。然后，弗里茨、幸子和妙子等人有时也加入进来。

"一、二、三、四……"悦子用德语从一数到三十。还有像"快点！快点！""鲁米小姐，请""还不行！"等等，这种程度的话能用德语讲。有一天，在两家交界植物茂盛的地方，罗斯玛丽用日语喊：

"悦子小姐，祝你一切顺利！"

"再见！"悦子用德语说，"到了汉堡，一定要来信呀！"

"悦子小姐也一定要来信！"

"嗯，我会写的，一定，一定……代我向佩特问好！"

"悦子小姐……"

"鲁米小姐，弗里茨弟弟……"

他们互相喊着，突然，罗斯玛丽和弗里茨合唱起了"Deutschland, Deutschand über alles①"。幸子来到阳台上，看到舒尔茨家姐姐和弟弟爬到梧桐树干上，站在树枝上挥舞手绢，悦子回应着他们，表演着船出发时的送别。

"哎，"幸子也赶紧跑到梧桐树下，"鲁米小姐，弗里茨少爷……"幸子喊着，好似站在码头，挥舞着手绢。

"阿姨，再见！"

"再见！鲁米小姐，祝你一路顺风，一定再来日本啊！"

"阿姨，悦子小姐，请到汉堡来玩。"

---

① 德国国歌首句歌词。

324 | 细雪

"嗯，会去的。等悦子长大了一定去。鲁米小姐也要一直健康呀。"幸子说着，明知不过是孩子们的游戏，眼眶却依然热了起来。

舒尔茨夫人教育孩子们时很有原则，也很严格，罗斯玛丽来悦子家玩时，到了一定时间，舒尔茨夫人就会在围墙那边喊"鲁米——"，不过在最近不到十天时间里，也许是考虑到孩子们最后依依惜别的心情，就没有像平时一样严格按时叫孩子回去，到了傍晚，孩子们就在家里玩耍。与往常相同，孩子们在客厅里摆上人偶，给它们穿上各种各样的衣裳。最后把小铃抓过来当作人偶，把衣裳穿在它身上。有时候两个人轮流弹钢琴。

"悦子小姐，请再来一个。"

罗斯玛丽常常这样说。意思是"请再弹一曲"。

由于丈夫舒尔茨先生急急忙忙就出发了，整理行李、处理家财，等等，一切剩下的杂务都是夫人一个人完成的，每天都忙于杂事之中，在幸子家二楼都能看见。说起来，幸子在这德国人一家搬到隔壁以后，就没有刻意偷看过那边，但早晚站在二楼的走廊里眺望庭院时，自然而然地看到了隔壁家后门。夫人和阿妈干活的样子、厨房里的样子都看得一清二楚。无论何时看过去，厨房里的器具都被收拾得整整齐齐。以做饭用的火炉和灶台为中心，周围摆放着铝锅和平底锅等，从大到小排列，器物各得其所、井井有条，被擦得如武器一样锃亮。而且，洗刷打扫、烧洗澡水、准备饭菜，等等，每天都严格按照时间安排。幸子家里这边，只要看见邻居家在做什么工作，甚至没有必要再看钟表确认时间了。阿妈是两个年轻的日本女子，她们曾经有一次在幸子家发生了点纠纷。那时还不是现在的这两个阿妈——那两个阿妈在幸子她们看来，确实是尽力工作且忠诚的人，但她们也许是觉得夫人使唤人时太严厉了，很早以前就对此不满了。"我们家夫人自己带头，一分钟也不浪费，安排工作满满当当，我们刚做完一件事，马上又要去做另一件事。虽然我们比在日本人家庭做工挣得多，家务事上也能学到不少，但一天之内连喘口气的工夫都没有，我们家夫人作为家庭主妇真是不得了，我们都尊敬佩服她，但作为被使唤的一方，实在是受不了。"她们曾经这样抱怨过。有天早上，本应是阿妈们的例行公事，需要打扫舒尔茨家墙外，在幸子家做工的阿秋在扫完自己这边的墙后，就顺带收拾了那片地方。阿秋是觉得，每次舒尔茨家的阿妈们都会顺带打扫自己这边的墙外，觉得不好意思，只是偶尔打扫一下那边，作为回礼罢了，结果却被舒尔茨夫人看见了，非常严厉地训斥了阿妈们："你们自己该做的工作却让别人家女佣做了，真是不像话！"阿妈们也毫不退让，说："我们并不是消极怠工，也不是要让阿秋扫的，是阿秋心怀好意才帮忙扫的，而且只是今天早上这一次，这样不好的话下次看见就不让她帮忙了。"可能也有语言不通的原因，夫人并没有轻易原谅她们，她们说："那么我们就不干了。""可以，你们走吧。"最后到了如此地步。幸子从阿秋那里听说了事情的经过，想去帮忙调解，但阿妈们反而更强硬地说："不用了，谢谢您。这件事和您没有关系，请您什么都不要说。实际上不只是今天的事，我们拼了命地干活，可我们家夫人却完全不认可我们，还总说我们脑子不好使。确实，我们和那位夫人在头脑上没法比，但我们都是忠实且有用的人，或许她雇了别人之后就会知道了我们有多么尽职尽责了。那位夫人要是自己意识到了这点，和我们道歉那另说,不然,这就当作是我们辞职的好机会吧。"夫人似乎也没有挽留的意思,那两个阿妈都离开了。之后没过多久,就来了现在的两个阿妈。果然之前那两个阿妈那么气愤,她们说得是对的。无论是脑子的灵活程度,还是工作效率,那两个人都非常出色,舒尔茨夫人后来也和幸子说过"我让那两个人离开是错的"。夫人作为家庭主妇是如何操持的,这件事上就能体现得非常明显,尽管如此,她也不是一个墨守成规且一味严格的人,也有慈祥温柔的一面。发水灾的时候,有两三个人满身泥泞地逃到了附近的警察局,她听说之后,马上带了T恤和内衣裤送过去,还热心地跟阿妈们说,要是她们有浴衣什么的就送过去一些。她担心着自家丈夫和孩子们的安全,却还记挂着悦子,苍白的脸上满是泪水。晚上,丈夫和孩子平安无恙回家时,她几乎疯了一般欢呼着跑了出来,这些只要看了就明白了。幸子至今依然清楚地记得目光越过旃檀枝叶所看到的,舒尔茨夫人高兴得近乎忘我,冲过去紧紧抱着舒尔茨先生的样子。确实,她那样热情令人感慨万千。一般来说,德国妇女都很伟大,但不是所有人都和舒尔茨夫人一样,像她那样优秀的人果然还是很少。这样的人能做自己的邻居,自己是有多幸福啊。然而两家交往实在太短,一般西方家庭都不太喜欢同日本人进行邻里交往,而这家人却周到圆滑,搬过来时就给邻居家都送了一个金字塔蛋糕来打招呼,如果自家这边也放下拘谨防备,不光让孩子们在一起玩耍,大人们也更亲密地来往,让她教教自己这边饭菜点心的做法什么的就好了。现在想想,幸子依然觉得十分惋惜。

夫人是这样的人,除了幸子她们以外,也有不少邻居对舒尔茨一家的离开依依不舍。经常来往的商人之中,也有人为廉价买到她家处理的缝纫机和冰箱而喜不自胜。舒尔茨夫人把不需要的家具都尽量廉价地出让给朋友或是经常来往的人,只有没人要的东西才会拿到家具店里卖,仅剩下野餐用的篮子,里面装了些餐具。

"家里已经什么都没有了。我们坐船之前,就用这篮子里的刀叉吃饭。"舒尔茨夫人笑着说。

附近邻居们听说她回国后为了纪念自己在日本生活的日子,打算建个日式房间,里面装饰着日本的纪念物,大家都送来了书画和古董,幸子也把祖父母那时就有的、表面绣着御所车的小方绸巾送给了她。罗斯玛丽给悦子送了自己平时就很喜欢的人偶和人偶的婴儿车,悦子给罗斯玛丽送了前段时间自己跳舞时拍的彩色照片,还有那时穿着的桃红色绫子绉绸的长袖和服,上面绣着花斗笠。

乘船出发的前一天晚上,罗斯玛丽被特别允许到悦子的房间里过夜,那晚两个孩子都情不自禁闹了很久。悦子为了罗斯玛丽,把自己的床让了出来,自己睡在雪子的草垫子上,但两个人都没有要睡觉的意思。贞之助被她们叫唤的声音和在走廊里啪嗒啪嗒来回跑动的声音搞得完全睡不着,说:

"真是能闹腾啊。"

说着,把被子蒙在脑袋上。孩子们闹腾得越来越厉害,他忍不住霍地起来拉开了床头灯,说:

"喂,都半夜两点了。"

"哎,都这么晚啦!"幸子也大吃一惊。

"太兴奋了可不行,舒尔茨夫人要骂的。"

"就今天一晚上,放过她们吧。兴许夫人今晚也睡不着……"

正说着，忽然听到一声"鬼……"，外面响起走向卧室的脚步声。

"爸爸！"悦子在拉门外边大喊，"鬼的德语怎么说？"

"悦子她爹！鬼的德语怎么说，教教她。"

"Gespenster！"贞之助觉得自己竟然还能记得不知多少年前学的德语，很不可思议，不禁大声喊了出来。

"鬼的德语是Gespenster……"

"Gespenster，"悦子说了一遍，"鲁米小姐，这个，Gespenster……"

"哦哦，我也变成Gespenster了……"

然后孩子们闹腾得更厉害了。

"鬼……"

"Gespenster！"

两个人打打闹闹，在二楼满屋子跑，终于，罗斯玛丽先闯进了贞之助夫妇的卧室。一看，两个人都把脑袋用衬衣蒙住，装成了鬼。然后，她们喊着"鬼！""Gespenster！"大声笑着，绕床跑了两三圈，又跑到了走廊里。时间走到凌晨三点，他们终于都进卧室了，而两个孩子过于兴奋，怎么也睡不着。罗斯玛丽或许是想家了，难过地说："我现在要回到妈妈那里。"贞之助夫妇轮流起来安慰她，天亮时终于让她睡着了。

悦子在舒尔茨家出发当天，被母亲和妙子带着，手里捧着花束来到码头送行。船的出发时间是晚上七点多，孩子们来送行的尤其少，罗斯玛丽的朋友中仅有一位德国少女英戈来送行——悦子在舒尔茨家开茶会时也见过她,背地里总叫她"扁豆[①]、扁豆"——日本孩子中就只有悦子来了。舒尔茨一家白天时就上了船,悦子她们提前吃完晚饭出门,从阪神电车三宫站坐出租车出发,过了海关,就看到挂着闪烁彩灯的"柯立芝总统号",像不夜城一样,矗立在码头。她们马上去找舒尔茨夫人所在的船室。船室里墙壁、天花板、窗帘、床铺都是有点发乳白的绿色,床铺上堆满花束,令人眼花缭乱。夫人叫来罗斯玛丽,让她带悦子在船上参观。罗斯玛丽带着悦子到处走来走去,然而悦子一想到还有十四五分钟开船就十分担心,只记得这船真漂亮、又豪华,来来回回上下好几次楼梯。她回到船室里,看到说着告别话语的舒尔茨夫人哭了,妈妈也哭了。没过多久,她们听到了出发的钟声,才恋恋不舍地下了船。

　　船驶出了码头,妙子站在夜晚海岸的秋风里,穿着白衬衫缩着肩膀说:

　　"啊,真漂亮啊。好像百货商店动起来了啊。"

　　在那以后很久,还能看到舒尔茨夫人他们站在甲板上的样子,浮现在彩灯的灯光中,渐渐变小,直至最后分辨不清谁是谁,却又听到罗斯玛丽尖声大喊:

　　"悦子小姐——"

　　喊声经过漆黑的海面传进耳朵里。

[①] 扁豆的日语发音与上述德国少女名字发音相近。